Erich Maria Remarque

DER WEG ZURÜCK

Roman

W0298423

Bild und VORSICHT BUCH präsentieren:

Die Bibliothek der **verbotenen** Bücher

MIX
Papier aus verantwortungsvollen Quellen
FSC® C006701
www.fsc.org

Lizenzausgabe der Axel Springer AG, Berlin
1. Auflage Mai 2013
In Zusammenarbeit mit dem
Börsenverein des Deutschen Buchhandel

© 1931 by the Estate of the late Paulette Remarque
© 1959, 2013 by Verlag Kiepenheuer & Witsch, Köln
Bildnachweis Vorsatztitel: KPA Zuma / Keystone Pressedienst

Idee und Konzeption: Kai Diekmann, Anne-Mette Noack,
Stephan Pallmann, Willem A. Tell
Redaktionelle Leitung: Willem A. Tell
Projektkoordination: Stephan Pallmann, Alexandra Wesner,
Tim Steinmetzger
Verlagsagentur: Klaus Fuereder (Berlin)
Gestaltung: Markus Ackermann, Philippe Krüger (Berlin)

Satz: CPI – Ebner & Spiegel, Ulm
Druck und Verarbeitung: CPI – Ebner & Spiegel, Ulm

ISBN: 978-3-942656-78-8

Eingang

DER REST DES ZWEITEN ZUGES liegt in einem zerschossenen Grabenstück hinter der Front und döst.

»Komische Art von Granaten –«, sagt Jupp plötzlich.

»Wieso?«, fragt Ferdinand Kosole und richtet sich halb auf.

»Hör doch!«, antwortet Jupp.

Kosole legt eine Hand hinters Ohr und lauscht. Wir horchen ebenfalls in die Nacht hinaus. Aber es ist nichts anderes zu vernehmen als das dumpfe Geräusch des Artilleriefeuers und das hohe Zwitschern der Granaten. Von rechts kommt dazu nur noch das Knarren von Maschinengewehren und ab und zu ein Schrei. Aber das kennen wir nun seit Jahren, deshalb braucht man doch nicht extra den Mund aufzumachen.

Kosole sieht Jupp bedenklich an.

»Jetzt hat's gerade aufgehört«, verteidigt sich der verlegen.

Kosole mustert ihn noch einmal forschend. Da Jupp jedoch ruhig bleibt, wendet er sich ab und brummt nur: »Dir zischt der Kohldampf im Bauch, das sind deine Granaten. Solltest lieber ein Auge voll Schlaf nehmen.«

Dabei klopft er aus Erde eine Kopfstütze zurecht und streckt sich vorsichtig so aus, dass seine Stiefel nicht ins Wasser rutschen können. »Mensch, zu Hause hat man nun 'ne Frau und ein zweischläfriges Bett«, murmelt er, schon mit geschlossenen Augen.

»Wird schon einer dabei liegen«, gibt Jupp aus seiner Ecke zurück.

Kosole öffnet ein Auge und wirft ihm einen scharfen Blick zu. Er sieht aus, als wollte er doch noch aufstehen. Dann aber knurrt er: »Möcht ich ihr nicht raten, du Rheineule.« Gleich darauf schnarcht er bereits.

Jupp macht mir ein Zeichen, zu ihm herüberzuklettern. Ich steige über Adolf Bethkes Stiefel und setze mich neben ihn. Mit einem behutsamen Blick nach dem Schnarchenden bemerkt er bitter: »Keine Ahnung von Bildung hat so was, sage ich dir.«

Jupp war vor dem Kriege Schreiber bei einem Rechtsanwalt in Köln. Obwohl er schon drei Jahre Soldat ist, hat er immer noch ein empfindliches Gemüt und legt sonderbarerweise Wert darauf, hier draußen ein gebildeter Mensch zu sein. Worum es sich dabei genau handelt, weiß er selbst natürlich auch nicht; aber von allem, was er früher einmal gehört hat, ist ausgerechnet das Wort Bildung bei ihm hängen geblieben, und er klammert sich daran wie an eine Planke im Meer, um nicht unterzugehen. Jeder hat hier so irgendetwas, der eine seine Frau, der andere sein Geschäft, der Dritte seine Stiefel, Valentin Laher seinen Schnaps und Tjaden den Wunsch, noch einmal dicke Bohnen mit Speck zu fressen. Kosole hingegen wird durch das Wort Bildung ohne Weiteres gereizt. Er bringt es irgendwie mit dem Begriff Stehkragen zusammen, und das genügt ihm. Sogar jetzt wirkt es. Ohne sein Schnarchen zu unterbrechen, äußert er kurz: »Du Miststock von Schreiberseele.«

Jupp schüttelt resigniert und erhaben den Kopf. Eine Weile sitzen wir schweigend dicht nebeneinander, um uns zu wärmen. Die Nacht ist nass und kalt, Wolken ziehen, und manchmal regnet es. Dann nehmen wir die Zeltbahnen, auf denen wir hocken, und hängen sie über unsere Köpfe.

Am Horizont leuchtet das Mündungsfeuer der Geschütze. Man hat den Eindruck, es müsse dort eine weniger kalte Gegend sein, so gemütlich sieht es aus. Wie bunte und silberne Blumen steigen die Raketen über das Wetterleuchten der Artillerie hinaus. Groß und rot schwimmt der Mond in der diesigen Luft über den Ruinen einer Ferme.

»Glaubst du, dass wir nach Hause kommen?«, flüstert Jupp.

Ich zucke mit den Schultern. »Es heißt ja so. –«

Jupp atmet laut. »Ein warmes Zimmer und ein Sofa und abends ausgehen – kannst du dir das noch vorstellen?«

»Bei meinem letzten Urlaub habe ich mein Zivilzeug anprobiert«, sage ich nachdenklich, »aber es ist mir viel zu klein geworden; ich müsste neue Sachen haben.« Wie wunderlich das alles hier klingt: Zivilzeug, Sofa, Abend –. Sonderbare Gedanken kommen einem hoch dabei – wie schwarzer Kaffee, wenn er manchmal zu sehr nach dem Blech und Rost des Kochgeschirrs schmeckte und man ihn heiß und würgend wieder erbrach.

Jupp bohrt versonnen in der Nase. »Menschenskind, Schaufenster – und Cafés – und Weiber.«

»Ach, Mann, sei froh, wenn du zuerst mal aus der Scheiße hier raus bist«, sage ich und blase in meine kalten Hände.

»Hast recht.« Jupp zieht die Zeltbahn über seine mageren, krummen Schultern. »Was machst du denn, wenn du hier weg bist?«

Ich lache. »Ich? Ich werde wohl wieder zur Schule müssen. Ich und Willy und Albert – und sogar Ludwig drüben auch.« Damit zeige ich rückwärts, wo jemand vor einem zerschossenen Unterstand liegt, mit zwei Mänteln zugedeckt.

»Ach, verflucht! Aber das werdet ihr doch nicht machen?«, meint Jupp.

»Weiß ich nicht. Werden wir wohl müssen«, antworte ich und werde wütend, ohne zu wissen warum.

Unter den Mänteln regt es sich. Ein blasses, schmales Gesicht hebt sich hoch und stöhnt leise. Dort liegt mein Mitschüler, der Leutnant Ludwig Breyer, unser Zugführer. Seit Wochen hat er blutigen Durchfall, es ist zweifellos Ruhr, aber er will nicht zurück ins Lazarett. Er will lieber hier bei uns bleiben, denn wir warten alle darauf, dass es Frieden gibt, und dann können wir ihn gleich mitnehmen. Die Lazarette sind übervoll, niemand kümmert sich da recht um einen, und wenn man erst auf so einem Bett liegt, ist man gleich schon ein Stück mehr tot. Rundum krepieren die Leute, das steckt an, wenn man allein dazwischen ist, und ehe man sich's versieht, ist man dabei. Max Weil, unser Sanitäter, hat Breyer eine Art flüssigen Gips besorgt, den frisst er, damit die Därme auszementiert werden und wieder Halt kriegen. Trotzdem lässt er den Tag so zwanzig-, dreißigmal die Hosen herunter.

Auch jetzt muss er wieder nebenan. Ich helfe ihm um die Ecke, und er hockt sich nieder.

Jupp winkt mir: »Hörst du, da ist es wieder!«

»Was denn?«

»Die Granaten von vorhin.«

Kosole rührt sich und gähnt. Dann erhebt er sich, sieht seine schwere Faust bedeutungsvoll an, schielt nach Jupp und erklärt: »Mann, wenn du uns jetzt aber wieder Fiole vorgemacht hast, kannst du deine Knochen im Rübensack nach Hause schicken.«

Wir lauschen. Das Zischen und Pfeifen der unsichtbaren Granatbögen wird unterbrochen durch einen sonderbaren, heiseren, lang gezogenen Laut, der so seltsam und neu ist, dass mir die Haut schauert.

»Gasgranaten!«, ruft Willy Homeyer und springt auf.

Wir sind alle wach und horchen angespannt.

Weßling zeigt in die Luft. »Da sind sie! Wilde Gänse!«

Vor dem trüben Grau der Wolken zieht dunkler ein Strich, ein Keil. Die Spitze steuert den Mond an, jetzt durchschneidet sie seine rote Scheibe, deutlich sind die schwarzen Schatten zu sehen, ein Winkel von vielen Flügeln, ein Zug mit quarrenden, fremden, wilden Rufen, der sich in der Ferne verliert.

»Da gehen sie hin«, knurrt Willy. »Verflucht, wer auch so abhauen könnte! Zwei Flügel, und dann weg!«

Heinrich Weßling sieht hinter den Gänsen her. »Jetzt wird's Winter«, sagt er langsam. Er ist Bauer, er weiß so was.

Ludwig Breyer lehnt schwach und traurig an der Böschung und murmelt: »Das erste Mal, dass ich welche sehe.«

Aber am muntersten ist mit einem Schlage Kosole geworden. Er lässt sich die Sache rasch noch einmal von Weßling erklären und fragt vor allem, ob wilde Gänse so groß wie Mastgänse wären.

»Ungefähr«, sagt Weßling.

»Meine Fresse noch mal«, Kosole zittern die Kinnbacken vor Aufregung, »dann fliegen da ja jetzt so fuffzehn, zwanzig tadellose Braten durch die Luft!«

Wieder rauscht es von Flügeln dicht über uns, wieder stößt uns der raue, kehlige Ruf wie ein Habicht in die Schädel, und das Klatschen der Schwingen vereinigt sich mit den ziehenden Schreien und den Stößen des stärker werdenden Windes zu einem heftigen, jähen Begriff von Freiheit und Leben.

Ein Schuss knallt. Kosole setzt die Knarre ab und späht eifrig zum Himmel. Er hat mitten in den Keil hineingehalten. Neben ihm steht Tjaden, bereit, wie ein Jagdhund loszurasen, wenn eine Gans fällt. Aber der Schwarm fliegt geschlossen weiter.

»Schade«, sagt Adolf Bethke, »das wäre der erste vernünftige Schuss in diesem Lausekrieg gewesen.«

Kosole schmeißt enttäuscht das Gewehr weg. »Wenn man doch ein paar Schrotpatronen hätte!« Er versinkt in

Schwermut und Fantasien, was dann alles getan werden könnte. Unwillkürlich kaut er.

»Jawohl«, sagt Jupp, der ihn beobachtet hat, »mit Apfelmus und Bratkartoffeln, was?«

Kosole sieht ihn giftig an. »Halt die Schnauze, Schreiberseele!«

»Du hättest Flieger werden sollen«, grinst Jupp, »dann könntest du sie jetzt mit einem Netz fangen.«

»Arschloch!«, antwortet Kosole abschließend und haut sich wieder zum Schlafen hin. Es ist auch das Beste. Der Regen wird stärker. Wir setzen uns mit den Rücken gegeneinander und hängen uns die Zeltbahnen über. Wie dunkle Haufen Erde hocken wir in unserem Grabenstück. Erde, Uniform und etwas Leben darunter.

Ein scharfes Flüstern weckt mich. »Vorwärts – vorwärts!«

»Was ist denn los?«, frage ich schlaftrunken.

»Wir sollen nach vorn«, knurrt Kosole und rafft seine Sachen zusammen.

»Da kommen wir ja gerade her«, sage ich verwundert.

»So ein Quatsch«, höre ich Weßling schimpfen, »der Krieg ist doch aus.«

»Los, vorwärts!« Es ist Heel selbst, unser Kompanieführer, der uns antreibt. Ungeduldig läuft er durch den Graben. Ludwig Breyer ist schon auf den Beinen. »Es hilft nichts, wir müssen raus«, sagt er ergeben und nimmt ein paar Handgranaten.

Adolf Bethke sieht ihn an. »Du solltest hier bleiben, Ludwig. Mit deiner Ruhr kannst du nicht nach vorn.« Breyer schüttelt den Kopf.

Die Koppel schnurren, die Gewehre klappern und der fahle Geruch des Todes steigt plötzlich wieder aus der Erde empor. Wir hatten gehofft, ihm schon für immer entronnen zu sein, denn wie eine Rakete war der Gedanke an Frieden vor uns hochgegangen, und wenn wir es auch noch nicht geglaubt und begriffen hatten, die Hoffnung allein war doch bereits genug gewesen, um uns in den wenigen Minuten, die das Gerücht zum Erzähltwerden brauchte, mehr zu verändern als vorher in zwanzig Monaten. Ein Jahr Krieg hat sich bisher auf das andere gelegt, ein Jahr Hoffnungslosigkeit kam zum anderen, und wenn man die Zeit nachrechnete, war die Verwunderung fast gleich groß darüber, dass es schon so lange und dass es erst so lange her war. Jetzt aber, wo bekannt geworden ist, dass der Friede jeden Tag da sein kann, hat jede Stunde tausendfaches Gewicht, und jede Minute im Feuer erscheint uns fast schwerer und länger als die ganze Zeit vorher.

Der Wind miaut um die Reste der Brustwehren, und die Wolken ziehen eilig über den Mond. Licht und Schatten wechseln immerfort. Wir gehen dicht hintereinander, eine Gruppe von Schatten, ein armseliger zweiter Zug, zusammengeschossen bis auf ein paar Mann – die ganze Kompanie hat ja kaum noch die Stärke eines normalen Zuges –, aber dieser Rest ist gesiebt. Wir haben sogar noch drei alte Leute von vierzehn hier: Bethke, Weßling und Kosole, die alles kennen und manchmal von den ersten Monaten des Bewegungskrieges erzählen, als wäre das zur Zeit der alten Deutschen gewesen.

Jeder sucht sich in der Stellung seine Ecke, sein Loch. Es ist wenig los. Leuchtkugeln, Maschinengewehre, Ratten. Willy schmeißt eine mit gut gezieltem Tritt hoch und halbiert sie in der Luft mit einem Spatenschlag.

Vereinzelte Schüsse fallen. Von rechts klingt entfernt das Geräusch explodierender Handgranaten.

»Hoffentlich bleibt's hier ruhig«, sagt Weßling.

»Jetzt noch eins vor den Bregen kriegen –« Willy schüttelt den Kopf.

»Wer Pech hat, bricht sich den Finger, wenn er in der Nase bohrt«, brummt Valentin.

Ludwig liegt auf einer Zeltbahn. Er hätte wirklich hinten bleiben können. Max Weil gibt ihm ein paar Tabletten zum Einnehmen. Valentin redet auf ihn ein, Schnaps zu trinken. Ledderhose versucht, eine saftige Schweinerei zu erzählen. Keiner hört hin. Wir liegen herum. Die Zeit geht weiter.

Mit einem Male zucke ich zusammen und hebe den Kopf. Ich sehe, dass auch Bethke bereits hochgefahren ist. Selbst Tjaden wird lebendig. Der jahrelange Instinkt meldet irgendetwas, keiner weiß noch was, aber bestimmt ist etwas Besonderes los. Vorsichtig recken wir die Köpfe und lauschen, die Augen zu engen Spalten verengt, um die Dämmerung zu durchdringen. Alle sind wach, in allen sind alle Sinne bis aufs Äußerste angespannt, alle Muskeln bereit, das noch Unbekannte, Kommende, das nur Gefahr bedeuten kann, zu empfangen. Leise schurren die Handgranaten, mit denen Willy, der beste Werfer, sich vorschiebt. Wir liegen wie Katzen angeschmiegt am Boden. Neben mit entdecke ich Ludwig Breyer. In seinen gespannten Zügen ist nichts mehr von Krankheit. Er hat dasselbe kalte, tödliche Gesicht wie alle hier, das Gesicht des Schützengrabens. Eine rasende Spannung hat es gefroren, so außergewöhnlich ist der Eindruck, den das Unterbewusstsein uns vermittelt hat, lange bevor unsere Sinne ihn erkennen können.

Der Nebel schwankt und weht. Und plötzlich fühle ich, was uns alle zu höchstem Alarm gebannt hat. Es ist nur still geworden. Ganz still.

Kein MG mehr, kein Abschuss, kein Einschlag; kein Granatenpfeifen, nichts, gar nichts mehr, kein Schuss, kein Schrei. Es ist einfach still, vollkommen still.

Wir sehen uns an, wir können es nicht begreifen. Es ist das erste Mal so still, seit wir im Kriege sind. Wir wittern unruhig, um zu erfahren, was es zu bedeuten hat. Schleicht Gas heran? Aber der Wind steht schlecht, er würde es abtreiben. Kommt ein Angriff? Aber dann wäre er durch die Stille ja vorzeitig verraten. Was ist bloß los? Die Granate in meiner Hand ist nass, so schwitze ich vor Erregung. Es ist, als wollten die Nerven reißen. Fünf Minuten. Zehn Minuten. »Jetzt schon eine Viertelstunde«, ruft Valentin Laher. Seine Stimme schallt hohl im Nebel wie aus einem Grabe. Und immer noch geschieht nichts, kein Angriff, keine plötzlich verdunkelnden, springenden Schatten ... Die Hände lockern sich und schließen sich fester. Das ist nicht mehr zum Aushalten! Wir sind den Lärm der Front so gewohnt, dass wir das Gefühl haben, jetzt, wo er mit einmal nicht mehr auf uns lastet, zerplatzen zu müssen, hochzufliegen wie Ballons.

»Mensch, pass auf, es ist Frieden«, sagt Willy plötzlich, und das schlägt ein wie eine Bombe.

Die Gesichter lockern sich, die Bewegungen werden ziellos und unsicher. Frieden? Wir sehen uns ungläubig an. Frieden? Ich lasse meine Handgranaten fallen. Frieden? Ludwig legt sich langsam wieder auf seine Zeltbahn. Frieden? Bethke hat einen Ausdruck in den Augen, als würde sein Gesicht gleich zerbrechen. Frieden? Weßling steht unbeweglich wie ein Baum, und als er das Gesicht abwendet und sich zu uns dreht, sieht er aus, als wolle er gleich weitergehen bis nach Hause.

Auf einmal, wir haben es kaum bemerkt im Wirbel unserer Erregung, ist das Schweigen zu Ende, dumpf dröhnen wieder die Abschüsse, und wie Spechtgehacke knarrt auch bereits von weither ein MG Wir werden ruhig und sind fast froh, die vertrauten Geräusche des Todes wieder zu hören.

Den Tag über haben wir Ruhe. Nachts sollen wir ein Stück zurück, wie schon oft bisher. Aber die von drüben folgen nicht einfach, sondern sie greifen an. Ehe wir uns versehen, kommt schweres Feuer herüber. Hinter uns tost es in roten Fontänen durch die Dämmerung. Einstweilen ist es bei uns noch ruhig. Willy und Tjaden finden zufällig eine Büchse Fleisch und fressen sie sofort auf. Die andern liegen da und warten. Die vielen Monate haben sie ausgeglüht, sie sind fast gleichgültig, solange sie sich nicht wehren können.

Der Kompanieführer kriecht in unsern Trichter. »Habt ihr alles?«, fragt er durch den Lärm. »Zu wenig Munition«, schreit Bethke. Heel zuckt die Achseln und schiebt Bethke eine Zigarette über die Schulter zu. Der nickt, ohne umzusehen. »Muss so gehen«, ruft Heel und springt zum nächsten Trichter. Er weiß, dass es gehen wird. Jeder dieser alten Soldaten könnte genauso gut Kompanieführer sein wie er selber.

Es wird dunkel. Das Feuer erwischt uns. Schutz haben wir wenig. Wir wühlen im Trichter mit Händen und Spaten Löcher für die Köpfe. So liegen wir fest angepresst, Albert Troßke und Adolf Bethke neben mir. Zwanzig Meter neben uns wichst es ein. Wir reißen die Schnauzen auf, als das Biest ranpfeift, um die Trommelfelle zu retten, aber auch so sind wir halb taub, Erde und Dreck spritzen uns in die Augen, und der verfluchte Pulver- und Schwefelqualm kratzt uns im Halse. Es regnet Sprengstücke. Einen hat es bestimmt erwischt, denn in unsern Trichter saust mit einem heißen Granatfetzen eine abgerissene Hand, gerade neben Bethkes Kopf.

Heel springt zu uns herein, kalkweiß vor Wut unter dem Helm beim Aufflackern der Explosionen. »Brand«, keucht er, »Volltreffer, alles weg.«

Wieder kracht es, braust, brüllt, regnet Dreck und Eisen, die Luft donnert, die Erde dröhnt. Dann hebt sich der Vorhang, gleitet zurück, im gleichen Augenblick heben sich Menschen, verbrannt, schwarz aus der Erde, Handgranaten in den Fäusten, lauernd und bereit. »Langsam zurück«, ruft Heel.

Der Angriff liegt links von uns. Ein Trichternest von uns wird umkämpft. Das MG bellt. Die Blitze der Handgranaten zucken. Plötzlich schweigt das MG – Ladehemmung. Sofort wird das Nest von der Flanke gefasst. Ein paar Minuten noch und es ist abgeschnitten. Heel sieht es. »Verflucht«, er setzt über die Böschung. »Vorwärts!« Munition fliegt mit hinüber, rasch liegen Willy, Bethke, Heel in Wurfweite und werfen, Heel springt schon wieder hoch, er ist verrückt in solchen Momenten, ein wahrer Satan. Aber es gelingt, die im Trichter fassen neuen Mut, das MG kommt wieder in Schwung, die Verbindung ist da, und wir springen gemeinsam zurück, um den Betonklotz hinter uns zu erreichen. Es ist so schnell gegangen, dass die Amerikaner gar nicht gemerkt haben, wie das Nest geräumt wurde. Blitze zucken immer noch in den verlassenen Trichter.

Es wird ruhiger. Ich habe Angst um Ludwig. Aber er ist da. Dann kriecht Bethke heran. »Weßling?«

»Was ist mit Weßling? Wo ist Weßling?« – Der Ruf steht plötzlich im dumpfen Rollen der Ferngeschütze. »Weßling – Weßling –«

Heel taucht auf. »Was ist?«

»Weßling fehlt.«

Tjaden hat neben ihm gelegen, als es zurückging, ihn dann aber nicht mehr gesehen. »Wo?«, fragt Kosole. Tjaden zeigt dahin. »Verdammt! –« Kosole sieht Bethke an. Bethke Kosole. Beide wissen, dass dies vielleicht unser letztes Gefecht ist. Sie zögern keinen Moment. »Einerlei«, knurrt Bethke. »Los«, schnauft Kosole. Sie verschwinden im Dunkel. Heel springt hinter ihnen heraus.

Ludwig macht alles fertig, um sofort vorzustoßen, falls die drei angegriffen werden. Es bleibt vorläufig still. Plötzlich aber blitzen Explosionen von Handgranaten. Revolverschüsse knallen dazwischen. Wir springen sofort vor, Ludwig als Erster – da tauchen die schweißigen Gesichter Bethkes und Kosoles schon auf, die jemand auf einer Zeltbahn hinter sich herschleifen.

Heel? Es ist Weßling, der stöhnt. Heel? Hält die andern

auf, er hat geschossen; gleich darauf ist er zurück, »die ganze Bande im Trichter erledigt«, schreit er, »und zwei noch mit dem Revolver.« Dann starrt er auf Weßling. »Na, was ist?« Der antwortet nicht. Sein Bauch ist aufgerissen wie ein Fleischerladen. Man kann nicht sehen, wie tief die Wunde reicht. Sie wird notdürftig verbunden. Weßling stöhnt nach Wasser, aber er kriegt keins. Bauchverletzte dürfen nicht trinken. Dann verlangt er nach Decken. Ihn friert, er hat viel Blut verloren.

Ein Gefechtsläufer bringt den Befehl, weiter zurückzugehen. Weßling nehmen wir in einer Zeltbahn mit, durch die ein Gewehr zum Tragen gesteckt wird, bis wir eine Bahre finden. Vorsichtig tappen wir hintereinander her. Es wird allmählich hell. Silberner Nebel im Gebüsch. Wir verlassen die Gefechtszone. Schon glauben wir, es sei alles vorbei, da sirrt es leise heran und schlägt tackend auf. Ludwig Breyer krempelt schweigend seinen Ärmel hoch. Er hat einen Schuss in den Arm bekommen. Weil verbindet ihn.

Wir gehen zurück. Zurück.

Die Luft ist milde wie Wein. Das ist kein November, das ist März. Der Himmel blassblau und klar. In den Lachen am Wege spiegelt sich die Sonne. Wir gehen durch eine Pappelallee. Die Bäume stehen zu beiden Seiten der Straße, hoch und fast unversehrt, nur manchmal fehlt einer. Diese Gegend war früher Hinterland, sie ist nicht so verwüstet worden wie die Kilometer davor, die wir Tag um Tag, Meter um Meter aufgegeben haben. Die Sonne leuchtet auf der braunen Zeltbahn, und während wir durch die gelben Alleen gehen, schweben segelnd immerfort Blätter darauf herunter; einige fallen hinein.

In der Lazarettstation ist alles voll. Viele Verwundete liegen schon vor der Tür. Wir lassen Weßling einstweilen auch draußen. Eine Anzahl Armverwundeter mit weißen

Verbänden formiert sich zum Abmarsch. Das Lazarett wird schon aufgelöst. Ein Arzt läuft herum und untersucht die Neuangekommenen. Einen Mann, dem das Bein lose, falsch geknickt im Kniegelenk hängt, lässt er sofort hereinschaffen. Weßling wird nur verbunden und bleibt draußen.

Er wacht aus seinem Dösen auf und sieht dem Arzt nach. »Weshalb geht er denn ab?«

»Wird schon wiederkommen«, sage ich.

»Aber ich muss doch rein, ich muss operiert werden.« Er wird auf einmal furchtbar aufgeregt und tastet nach dem Verband. »Das muss doch gleich genäht werden.«

Wir versuchen, ihn zu beruhigen. Er ist ganz grün und schwitzt vor Angst: »Adolf, renn hinterher, er soll kommen.«

Bethke zögert einen Moment. Aber er kann nicht anders unter Weßlings Augen, obschon er weiß, dass es keinen Zweck hat. Ich sehe ihn mit dem Arzt sprechen. Weßling blickt ihm nach, so weit er kann, es sieht schrecklich aus, wie er den Kopf herumzudrehen versucht.

Bethke kommt so zurück, dass Weßling ihn nicht erblicken kann, schüttelt den Kopf und zeigt mit den Fingern eins und macht mit dem Munde unhörbar: Ei-ne Stunde. –

Wir setzen zuversichtliche Gesichter auf. Aber wer kann einen sterbenden Bauern täuschen! Als Bethke ihm sagt, er werde später operiert werden, die Wunde müsse erst etwas anheilen, weiß Weßling schon alles. Einen Augenblick schweigt er, dann keucht er leise: »Ja, da steht ihr und seid heil – und kommt nach Hause – und ich – vier Jahre und so was – vier Jahre – und so was –«

»Du kommst ja gleich rein ins Lazarett, Heinrich«, tröstet Bethke ihn.

Er wehrt ab. »Lasst man.«

Von da ab sagt er nicht mehr viel. Er will auch nicht hineingetragen werden, sondern draußen bleiben. Das Lazarett liegt an einem kleinen Hang. Die Allee, durch die wir gekommen sind, kann man von hier aus weithin sehen. Sie ist bunt und golden. Die Erde liegt still und weich und geborgen da, sogar Äcker sind zu sehen, kleine, braune, aufgegrabene Stücke, dicht beim Lazarett. Wenn der Wind den Blut- und Eiterbrodem wegfegt, kann man den herben Geruch der Schollen riechen. Die Ferne ist blau und alles sehr friedlich; denn der Blick von hier geht nicht zur Front. Die Front liegt rechts.

Weßling ist still. Er betrachtet alles ganz genau. Die Augen sind aufmerksam und klar. Er ist Bauer und versteht sich mit der Landschaft noch besser und anders als wir. Er weiß, dass er jetzt weg muss. Deshalb will er nichts versäumen und wendet keinen Blick mehr ab. Von Minute zu Minute wird er blasser. Endlich macht er eine Bewegung und flüstert: »Ernst ...«

Ich beuge mich zu seinem Munde herunter. »Nimm meine Sachen heraus«, sagt er.

»Das hat doch noch Zeit, Heinrich ...«

»Nein, nein. Los.«

Ich lege sie vor ihn hin. Die Brieftasche aus abgeschabtem Kaliko, das Messer, die Uhr, das Geld – man kennt das ja allmählich. Lose in der Brieftasche liegt das Bild seiner Frau.

»Zeig her«, sagt er.

Ich nehme es heraus und halte es so, dass er es sehen kann. Es ist ein klares, bräunliches Gesicht. Er betrachtet es. Nach einer Weile flüstert er: »Das ist dann alles weg«, und die Lippen zittern ihm. Endlich wendet er den Kopf ab.

»Nimm's mit«, sagt er. Ich weiß nicht, was er meint, aber ich will nicht noch lange fragen und stecke es deshalb in die Tasche. »Das bring ihr ...«, er sieht mich mit einem sonderbaren, großen Blick an, murmelt, schüttelt den Kopf und stöhnt. Ich versuche krampfhaft, noch etwas zu verstehen, doch er gurgelt nur noch, reckt sich, atmet schwerer und langsamer, mit Pausen, stockend – dann noch einmal ganz tief und seufzend – und hat plötzlich Augen, als sei er erblindet, und ist tot.

Am nächsten Morgen liegen wir zum letzten Male vorn. Es wird kaum noch geschossen. Der Krieg ist zu Ende. In einer Stunde sollen wir abziehen. Wir brauchen nun nie wieder hierher zu kommen. Wenn wir gehen, gehen wir für immer.

Wir zerstören, was zu zerstören ist. Wenig genug. Ein paar Unterstände. Dann kommt der Befehl zum Rückzug.

Es ist ein sonderbarer Moment. Wir stehen beieinander und sehen nach vorn. Leichte Nebelschwaden liegen über dem Boden. Die Trichterlinien und Gräben sind deutlich erkennbar. Es sind zwar nur noch die letzten Linien, denn dieses hier gehört zur Reservestellung, aber es ist doch immer noch Feuerbereich. Wie oft sind wir durch diesen Laufgraben vorgegangen; wie oft mit wenigen durch ihn zurückgekommen. – Grau liegt die eintönige Landschaft vor uns – in der Ferne der Rest des Wäldchens, ein paar Stümpfe, die Ruinen des Dorfes, dazwischen eine hohe einsame Mauer, die sich immer noch gehalten hat.

»Ja«, sagt Bethke nachdenklich, »da hat man nun vier Jahre dringesessen …«

»Verdammt ja«, nickt Kosole. »Und nun ist einfach Schluss.«

»Mensch, Mensch«, Willy Homeyer lehnt sich gegen die Brustwehr. »Komisch so was, nicht …«

Wir stehen und starren. Die Ferne, der Waldrest, die Höhen, die Linien am Horizont drüben, das war eine furchtbare Welt und ein schweres Leben. Und jetzt bleibt das ohne Weiteres zurück, wenn wir die Füße vorwärts setzen, es versinkt Schritt für Schritt hinter uns, und in einer Stunde ist es weg, als wäre es nie gewesen. Wer kann das begreifen!

Da stehen wir und sollten lachen und brüllen vor Vergnügen – und haben doch ein flaues Gefühl im Magen, als hätte man einen Besen gefressen und müsste das Kotzen kriegen.

Keiner sagt recht was. Ludwig Breyer lehnt müde am Grabenrand und hebt die Hand, als stände gegenüber ein Mensch, dem er winken wollte.

Heel erscheint. »Könnt euch wohl nicht trennen, was? Ja, jetzt kommt der Dreck.«

Ledderhose sieht ihn verwundert an. »Jetzt kommt doch der Frieden.«

»Ja, eben der Dreck«, sagt Heel und geht weiter mit einem Gesicht, als sei seine Mutter gestorben.

»Dem fehlt der Pour le mérite«, erklärt Ledderhose.

»Ach, halt's Maul«, sagt Albert Troßke.

»Na, nun los«, meint Bethke, bleibt aber auch noch stehen.

»Liegt mancher da von uns«, sagt Ludwig.

»Ja – Brandt, Müller, Kat, Haie, Bäumer, Bertinck –«

»Sandkuhl, Meinders, die beiden Terbrüggen, Hugo, Bernhard …«

»Mensch, hör auf …«

Viele liegen da von uns, aber bislang haben wir es nicht so empfunden. Wir sind ja zusammengeblieben, sie in den Gräbern, wir in den Gräben, nur durch ein paar Handvoll Erde getrennt. Sie waren uns nur etwas voraus, denn täglich wurden wir weniger und sie mehr – und oft wussten wir nicht, ob wir schon zu ihnen gehörten oder nicht. Aber manchmal brachten die Granaten auch sie wieder herauf zu uns, hochgeschleuderte zerfallende Knochen, Uniformreste, verweste, nasse, schon erdige Köpfe, die im Trommelfeuer noch einmal aus ihren verschütteten Unterständen in die Schlacht zurückkehrten. Wir empfanden es nicht als schrecklich; wir waren ihnen zu nahe. Aber jetzt gehen wir ins Leben zurück, und sie müssen hierbleiben.

Ludwig, dessen Vater in diesem Abschnitt gefallen ist, schnäuzt sich durch die Hand und dreht sich um. Langsam folgen wir. Aber wir halten noch einige Male und sehen uns um. Und stehen wieder still und spüren plötzlich, dass das da vorn, diese Hölle des Grauens, diese zerfetzte Ecke Trichterland, uns in der Brust sitzt, dass es – verflucht, wenn es nicht so ein Quatsch und uns nicht zum Brechen wäre –, dass es beinahe aussieht, als wäre es uns vertraut geworden wie eine qualvolle, furchtbare Heimat, und wir gehören einfach hierher.

Wir schütteln die Köpfe darüber – aber sind es die verlorenen Jahre, die dort bleiben, sind es die Kameraden, die da liegen, ist es all das Elend, das diese Erde deckt –, ein Jammer sitzt uns in den Knochen, dass wir losheulen könnten.

Dann marschieren wir.

Erster Teil

DIE STRASSEN GEHEN LANG DURCH DIE LANDSCHAFT, die Dörfer liegen in grauem Licht, die Bäume rauschen, und die Blätter fallen, fallen.

Über die Straßen aber ziehen Schritt um Schritt, in ihren fahlen, schmutzigen Uniformen, die grauen Kolonnen. Die stoppeligen Gesichter unter den Stahlhelmen sind schmal und ausgehöhlt von Hunger und Not, ausgemergelt und zusammengeschmolzen zu den Linien, die Grauen, Tapferkeit und Tod zeichnen. Schweigsam ziehen sie dahin, wie sie schon so viele Straßen entlangmarschiert, in so vielen Güterwaggons gesessen, in so vielen Unterständen gehockt, in so vielen Trichtern gelegen haben, ohne viele Worte: so ziehen sie jetzt auch diese Straße in die Heimat und den Frieden. Ohne viele Worte.

Alte Leute mit Bärten und schmale, noch nicht zwanzigjährige, Kameraden ohne Unterschied. Neben ihnen ihre Leutnants, halbe Kinder, aber Führer in vielen Nächten und Angriffen. Und hinter ihnen das Heer der Toten. So ziehen sie vorwärts, Schritt um Schritt, krank, halb verhungert, ohne Munition, in dünnen Kompanien, mit Augen, die es immer noch nicht begreifen können: Entronnene der Unterwelt – den Weg zurück ins Leben.

I

DIE KOMPANIE MARSCHIERT LANGSAM, denn wir sind müde und haben noch Verwundete bei uns. Dadurch bleibt unsere Gruppe allmählich zurück. Die Gegend ist hügelig, und wenn die Straße ansteigt, können wir von der Höhe aus nach der einen Seite den Rest unserer abziehenden Truppen und nach der anderen die dichten, endlosen Linien sehen, die uns folgen. Es sind Amerikaner. Wie ein breiter Fluss schieben sich ihre Kolonnen zwischen den Baumreihen vorwärts, und das unruhige Glitzern der Waffen läuft über sie hin. Ringsum aber liegen die stillen Felder, und die Wipfel der Bäume ragen ernst und unbeteiligt mit ihren herbstlichen Farben aus der vordringenden Flut.

Wir sind die Nacht über in einem kleinen Dorf geblieben. Hinter den Häusern, in denen wir gelegen haben, fließt ein Bach, der mit Weiden bestanden ist. Ein schmaler Pfad führt daran entlang. Einzeln hintereinander, in langer Reihe, folgen wir ihm. Kosole ist der Vorderste. Neben ihm läuft Wolf, der Kompaniehund, und schnuppert an seinem Brotbeutel.

Plötzlich, an der Kreuzung, wo der Pfad in den Hauptweg mündet, springt Ferdinand zurück.

»Achtung!«

Im nächsten Moment haben wir die Gewehre hoch und spritzen auseinander. Kosole liegt fertig zum Feuern im Chausseegraben, Jupp und Troßke ducken sich spähend hinter einer Holunderhecke, Willy Homeyer reißt an seinem Koppel mit Handgranaten, und selbst unsere Verwundeten sind kampfbereit.

Die Landstraße entlang kommen Amerikaner. Sie lachen und schwatzen miteinander. Es ist die Spitzengruppe, die uns eingeholt hat.

Adolf Bethke ist als Einziger von uns stehen geblieben. Er geht ruhig einige Schritte aus der Deckung heraus, auf die Straße. Kosole steht wieder auf. Wir anderen besinnen uns ebenfalls und rücken verwirrt und verlegen unsere Koppel und Gewehrriemen zurecht – seit einigen Tagen wird ja nicht mehr gekämpft.

Die Amerikaner stutzen, als sie uns sehen. Ihr Gespräch bricht ab. Sie nähern sich langsam. Wir ziehen uns gegen einen Schuppen zurück, um den Rücken gedeckt zu haben, und warten ab. Nach einer Minute des Schweigens löst sich ein baumlanger Amerikaner aus der Gruppe vor uns und winkt.

»Hallo, Kamerad!«

Adolf Bethke hebt ebenfalls die Hand. »Kamerad!«

Die Spannung weicht. Die Amerikaner kommen heran. Einen Augenblick später sind wir von ihnen umringt. So nahe haben wir sie bisher nur gesehen, wenn sie gefangen oder tot waren.

Es ist ein sonderbarer Moment. Schweigend blicken wir sie an. Sie stehen im Halbkreis um uns herum, lauter große, kräftige Leute, denen man gleich ansieht, dass sie immer satt zu essen gehabt haben. Alle sind jung – nicht einer von ihnen ist annähernd so alt wie Adolf Bethke oder Ferdinand Kosole, und das sind doch noch längst nicht unsere Ältesten. Aber auch keiner von ihnen ist so jung wie Albert Troßke oder Karl Bröger – und das sind noch immer nicht unsere Jüngsten.

Sie tragen neue Uniformen und neue Mäntel; ihre Schuhe sind wasserdicht und passen genau; ihre Waffen sind gut und ihre Taschen voller Munition. Alle sind frisch und unverbraucht.

Gegen diese Leute sind wir die reine Räuberbande. Unsere Uniformen sind gebleicht vom Dreck der Jahre, vom Regen der Argonnen, vom Kalk der Champagne, vom Sumpfwasser in Flandern – die Mäntel zerfetzt von Splittern und Schrapnells, geflickt mit groben Stichen, steif von Lehm und manchmal von Blut –, die Stiefel zerlatscht, die

Waffen ausgeleiert, die Munition fast zu Ende; alle sind wir gleich dreckig, gleich verwildert, gleich müde. Der Krieg ist wie eine Dampfwalze über uns hinweggegangen.

Immer mehr Truppen rücken heran. Der Platz ist jetzt voll von Neugierigen.

Wir stehen immer noch in der Ecke, um unsere Verwundeten gedrängt – nicht weil wir Angst haben, sondern weil wir zusammengehören. Die Amerikaner stoßen sich an und zeigen auf unsere alten, verbrauchten Sachen. Einer bietet Breyer ein Stück weißes Brot an, aber der nimmt es nicht, obschon in seinen Augen der Hunger steht.

Plötzlich deutet jemand mit einem unterdrückten Ausruf auf die Verbände unserer Verwundeten. Sie bestehen aus Krepp-Papier und sind mit Bindfäden umschnürt. Alle blicken hin – dann treten sie zurück und flüstern miteinander. Ihre freundlichen Gesichter werden mitleidig, weil sie sehen, dass wir nicht einmal mehr Mullbinden haben. Der Mann, der uns vorhin gerufen hat, legt Bethke die Hand auf die Schulter. »Deutsche – gute Soldat –«, sagt er, »brave Soldat –«

Die anderen nicken eifrig.

Wir antworten nicht, denn wir können jetzt nicht antworten. Die letzten Wochen haben uns mächtig mitgenommen. Wir mussten immer wieder ins Feuer und verloren unnütz Leute; aber wir haben nicht viel gefragt, sondern haben es getan, wie wir es all die Zeit getan haben, und zum Schluss hatte unsere Kompanie noch zweiunddreißig Mann von zweihundert. So sind wir herausgekommen, ohne weiter nachzudenken und ohne mehr zu fühlen, als dass wir richtig gemacht haben, was uns aufgetragen worden war.

Jetzt aber, unter den mitleidigen Augen der Amerikaner, begreifen wir, wie sinnlos das alles zuletzt noch gewesen ist. Der Anblick ihrer endlosen, reichlich ausgerüsteten Kolonnen zeigt uns, gegen welch eine hoffnungslose Übermacht an Menschen und Material wir standgehalten haben.

Wir beißen uns auf die Lippen und sehen uns an. Bethke zieht die Schulter unter der Hand des Amerikaners fort, Kosole starrt vor sich hin, Ludwig Breyer richtet sich auf – wir fassen unsere Gewehre fester, unsere Knochen straffen sich, die Augen werden härter und senken sich nicht, wir sehen wieder die Landschaft entlang, aus der wir kommen, unsere Gesichter werden verschlossen vor Bewegung, und heiß geht es noch einmal durch uns hin: alles, was wir getan, alles, was wir gelitten und alles, was wir zurückgelassen haben.

Wir wissen nicht, was mit uns ist; aber wenn jetzt ein scharfes Wort hineinflöge, so würde es uns zusammenreißen, ob wir wollten oder nicht, wir würden vorstürzen und losbrechen, wild und atemlos, verrückt und verloren, und kämpfen – trotz allem wieder kämpfen –

Ein stämmiger Sergeant mit erhitztem Gesicht schiebt sich zu uns durch. Er übersprudelt Kosole, der ihm am nächsten steht, mit einem Schwall deutscher Worte. Ferdinand zuckt zusammen, so überrascht ihn das.

»Der spricht ja genau wie wir«, sagt er verwundert zu Bethke, »was sagst du nun?«

Der Mann spricht sogar besser und geläufiger als Kosole. Er erzählt, dass er vor dem Kriege in Dresden gewesen wäre und dort viele Freunde hätte.

»In Dresden?«, fragt Kosole immer verblüffter, »da war ich ja auch zwei Jahre. –«

Der Sergeant lächelt, als wäre das eine Auszeichnung. Er nennt die Straße, in der er gewohnt hat.

»Keine fünf Minuten von mir«, erklärt Ferdinand jetzt aufgeregt, »dass wir uns da nicht gesehen haben! Kennen Sie vielleicht die Witwe Pohl, Ecke Johannisgasse? So eine Dicke mit schwarzen Haaren? Meine Wirtin.«

Der Sergeant kennt sie zwar nicht, dafür aber den Rechnungsrat Zander, auf den sich wiederum Kosole nicht besinnen kann. Aber beide erinnern sich an die Elbe und an das Schloss und strahlen sich deshalb an, als wären sie alte Freunde. Ferdinand haut dem Sergeanten auf den Oberarm: »Mensch, Mensch – quatscht deutsch wie ein Alter und ist in Dresden gewesen! Mann, wozu haben wir beide eigentlich Krieg geführt?«

Der Sergeant lacht und weiß es auch nicht. Er holt ein Päckchen Zigaretten heraus und hält es Kosole hin. Der greift eilig zu, denn für eine Zigarette würde jeder von uns gern ein Stück seiner Seele hingeben. Unsere eigenen sind nur aus Buchenlaub und Heu, und das ist noch die bessere Sorte. Valentin Laher behauptet, die gewöhnlichsten wären aus Seegras und getrocknetem Pferdemist – und Valentin ist Kenner.

Kosole bläst den Rauch voll Genuss von sich. Wir schnuppern gierig. Laher wird blass. Seine Nasenflügel beben. »Gib mal einen Zug«, sagt er flehentlich zu Ferdinand. Aber ehe er die Zigarette nehmen kann, hält ihm ein anderer Amerikaner ein Paket Virginiatabak entgegen. Ungläubig sieht Valentin ihn an. Dann nimmt er es und riecht daran. Sein Gesicht verklärt sich. Zögernd gibt er den Tabak zurück. Doch der andere wehrt ab und deutet heftig auf die Kokarde an Lahers Krätzchen, das aus dem Brotbeutel hervorlugt.

Valentin versteht ihn nicht. »Er will den Tabak gegen die Kokarde tauschen«, erklärt der Sergeant aus Dresden. Das versteht Laher noch weniger. Diesen erstklassigen Tabak gegen eine blecherne Kokarde – der Mann muss übergeschnappt sein. Valentin würde das Päckchen nicht rausrücken, selbst wenn er dafür auf der Stelle Unteroffizier oder Leutnant werden könnte. Er bietet dem anderen gleich die ganze Mütze an und stopft sich mit zitternden Händen gierig die erste Pfeife.

Wir haben jetzt begriffen, was los ist: die Amerikaner wollen tauschen. Man merkt, dass sie noch nicht lange im Kriege sind; sie sammeln noch Andenken, Achselklappen, Kokarden, Koppelschlösser, Orden, Uniformknöpfe. Wir versorgen uns dagegen mit Seife, Zigaretten, Schokolade und Konserven. Für unsern Hund wollen sie uns sogar eine ganze Handvoll Geld obendrein geben – aber da können sie bieten, was sie wollen, Wolf bleibt bei uns. Dafür haben wir mit unseren Verwundeten Glück. Ein Amerikaner mit so viel Gold im Munde, dass die Schnauze wie eine Messingwerkstatt glänzt, will gerne Verbandfetzen mit Blut daran haben, um zu Hause beweisen zu können, dass sie tatsächlich aus Papier gewesen sind. Er bietet erstklassigen Keks und vor allem einen Arm voll Verbandzeug dafür. Sorgfältig und sehr zufrieden verstaut er die Lappen in seiner Brieftasche, besonders die von Ludwig Breyer, denn das ist ja Leutnantsblut. Ludwig hat mit Bleistift Ort, Namen und Truppenteil darauf schreiben müssen, damit jeder in Amerika gleich sehen kann, dass die Sache kein Schwindel ist. Zuerst wollte er zwar nicht – aber Weil redete ihm zu, denn wir brauchen das gute Verbandzeug bitter nötig. Außerdem ist der Keks für ihn mit seiner Ruhr direkt eine Rettung.

Den besten Schlag jedoch macht Arthur Ledderhose. Er schleppt eine Kiste mit Orden heran, die er in einer verlassenen Schreibstube gefunden hat. Ein ebenso zerknitterter Amerikaner wie er, mit ebensolchem Zitronengesicht, will die ganze Kiste auf einmal erwerben. Aber Ledderhose sieht ihn nur mit einem langen überlegenen Blick aus zusammengekniffenen Augen an. Der Amerikaner hält den Blick ebenso unbeweglich und scheinbar harmlos aus. Beide gleichen sich auf einmal wie Brüder. Über Krieg und Tod trifft hier plötzlich etwas aufeinander, das alles überstanden hat: der Geschäftsgeist.

Ledderhoses Gegner merkt bald, dass nichts für ihn zu machen ist, denn Arthur lässt sich nicht täuschen: sein

Handel ist im Einzelnen bedeutend vorteilhafter. Er tauscht, bis die Kiste leer ist. Neben ihm sammelt sich allmählich ein Haufen Sachen an, sogar Butter, Seide, Eier und Wäsche, sodass er zum Schluss dasteht wie ein Kolonialwarenladen auf O-Beinen.

Wir brechen auf. Die Amerikaner rufen und winken hinter uns her. Besonders der Sergeant ist unermüdlich. Auch Kosole ist bewegt, soweit das einem alten Soldaten möglich ist. Er grunzt ein paar Abschiedslaute und winkt; allerdings sieht das bei ihm immer noch so aus, als ob er drohe. Dann äußert er zu Bethke: »Ganz vernünftige Kerle, was?«

Adolf nickt. Schweigend gehen wir weiter. Ferdinand lässt den Kopf hängen. Er denkt. Das tut er nicht oft, aber wenn es ihn gepackt hat, dann ist er zähe und kaut lange daran herum. Ihm will der Sergeant aus Dresden nicht aus dem Kopf.

In den Dörfern starren die Leute hinter uns her. In einem Bahnwärterhaus stehen Blumen am Fenster. Eine Frau mit vollen Brüsten stillt ein Kind. Sie hat ein blaues Kleid an. Hunde bellen uns an. Wolf bellt zurück. Am Wege bespringt ein Hahn eine Henne. Wir rauchen gedankenlos.

Marschieren, marschieren. Die Zone der Feldlazarette. Die Zone der Proviantämter. Ein großer Park mit Platanen. Unter den Bäumen Tragbahren und Verwundete. Die Blätter fallen und decken sie zu mit Rot und Gold.

Ein Gaslazarett. Schwere Fälle, die nicht mehr transportiert werden können. Blaue, wächserne, grüne Gesichter, tote Augen, zerfressen von der Säure, röchelnde, würgende Sterbende. Alle wollen fort, denn sie fürchten sich vor der Gefangennahme. Als wenn es nicht gleich wäre, wo sie sterben.

Wir versuchen, sie zu trösten, indem wir ihnen sagen, bei den Amerikanern würden sie besser verpflegt werden.

Aber sie hören nicht darauf. Sie rufen uns immer wieder zu, wir möchten sie mitnehmen.

Das Rufen ist schrecklich. Die blassen Gesichter sehen so unwirklich aus in der klaren Luft hier draußen. Am schlimmsten aber ist es mit den Bärten. Sie stehen sonderbar für sich, hart, eigensinnig, wuchernd und wachsend um die Kinnbacken, ein schwarzer Pilzbelag, der sich nährt, je mehr sie verfallen.

Manche von den Schwerverletzten strecken ihre dünnen, grauen Arme aus wie Kinder. »Nehmt mich doch mit, Kameraden«, betteln sie, »nehmt mich doch mit, Kameraden.«

In ihren Augenhöhlen hocken schon tiefe, fremde Schatten, aus denen sich die Pupillen nur noch wie Ertrinkende hervorquälen. Andere sind still; sie folgen uns nur mit den Blicken, so weit sie können.

Allmählich wird das Rufen schwächer. Die Straßen gehen langsam vorbei. Wir schleppen viele Sachen, denn man muss doch etwas mitbringen nach Hause. Wolken hängen am Himmel. Nachmittags bricht die Sonne durch, und Birken, nur noch mit wenigen Blättern, spiegeln sich in den Regenlachen am Wege. Leichter, blauer Duft hängt in den Ästen.

Während ich marschiere, den Tornister auf dem Rücken, den Kopf gesenkt, sehe ich am Rande der Straße, in den klaren Regenpfützen, das Bild der hellen, seidenen Bäume. Es ist in diesem zufälligen Spiegel stärker als in Wirklichkeit. Eingebettet in den braunen Boden liegt da ein Stück Himmel mit Bäumen, Tiefe und Klarheit, und ich erschauere plötzlich. Zum ersten Mal seit langer Zeit fühle ich wieder, dass etwas schön ist, dass dieses hier einfach schön ist, schön und rein, dieses Bild in der Wasserlache vor mir – und in diesem Erschauern steigt mir das Herz hoch, alles fällt für einen Augenblick ab, und jetzt spüre ich es zum ersten Male: Frieden – sehe es: Frieden – empfinde es ganz:

Frieden. Der Druck weicht, der nichts freigab bisher, ein Unbekanntes, Neues fliegt auf, Möwe, weiße Möwe, Frieden, zitternder Horizont, zitternde Erwartung, erster Blick, Ahnung, Hoffnung, Schwellendes, Kommendes: Frieden.

Ich schrecke auf und blicke mich um; dahinten liegen nun meine Kameraden auf den Tragbahren und rufen immer noch. Es ist Frieden, und sie müssen trotzdem sterben. Ich aber bebe vor Freude und schäme mich nicht. Sonderbar ist das. –

Vielleicht ist nur deshalb immer wieder Krieg, weil der eine nie ganz empfinden kann, was der andere leidet.

II

NACHMITTAGS SITZEN WIR AUF DEM HOF einer Brauerei. Unser Kompanieführer, der Oberleutnant Heel, kommt aus dem Büro der Fabrik und ruft uns zusammen. Es ist ein Befehl da, dass aus der Mannschaft Vertrauensleute gewählt werden sollen. Wir sind erstaunt darüber. Bislang gab es so was nicht.

Da erscheint Max Weil auf dem Hof. Er schwenkt ein Zeitungsblatt und ruft: »In Berlin ist Revolution.«

Heel wendet sich um. »Unsinn«, sagt er scharf, »in Berlin sind Unruhen.«

Aber Weil ist noch nicht fertig. »Der Kaiser ist nach Holland geflohen.«

Das weckt uns auf. Weil muss verrückt sein. Heel wird knallrot und schreit:

»Verdammter Lügner!«

Weil übergibt ihm die Zeitung. Heel zerknüllt sie und starrt Weil wütend an. Er kann ihn nicht leiden, denn Weil ist Jude, ein ruhiger Mensch, der immer herumsitzt und Bücher liest. Heel aber ist ein Draufgänger.

»Alles Quatsch«, knurrt er und sieht Weil an, als wolle er ihn fressen.

Max knöpft seinen Rock los und holt ein zweites Extrablatt heraus. Heel wirft einen Blick darauf, dann reißt er es in Fetzen und geht in sein Quartier. Weil setzt das Blatt wieder zusammen und liest uns die Nachrichten vor. Wir sitzen da wie besoffene Hühner. Das versteht keiner mehr. »Es heißt, er wollte einen Bürgerkrieg vermeiden«, sagt Weil.

»Blödsinn«, ruft Kosole, »wenn wir das nun auch gesagt hätten, damals. Verflucht, und dafür hat man hier ausgehalten.«

»Jupp, fass mich mal an, ob ich noch da bin«, sagt Bethke kopfschüttelnd. Jupp bestätigt es. »Dann muss es ja stimmen«, fährt Bethke fort, »aber trotzdem begreife ich nichts. Wenn einer von uns das gemacht hätte, wäre er an die Wand gestellt worden.«

»Ich darf jetzt nicht an Weßling und Schröder denken«, sagt Kosole und ballt die Fäuste, »sonst fliege ich auseinander. Küken Schröder, das Kind, plattgehauen hat er dagelegen, und der, für den er gefallen ist, reißt aus! – Kotzverflucht! –« Er knallt die Absätze gegen eine Biertonne. Willy Homeyer macht eine wegwerfende Handbewegung. »Wollen lieber von was anderm reden«, schlägt er dann vor, »der Mann ist für mich endgültig erledigt.«

Weil erklärt, dass bei verschiedenen Regimentern Soldatenräte gebildet worden seien. Die Offiziere seien keine Vorgesetzten mehr. Vielen hätte man die Achselstücke heruntergerissen.

Er will auch bei uns einen Soldatenrat gründen. Aber er findet wenig Gegenliebe. Wir wollen nichts mehr gründen. Wir wollen nach Hause. Und dahin kommen wir auch so.

Schließlich werden drei Vertrauensleute gewählt: Adolf Bethke, Max Weil und Ludwig Breyer.

Weil verlangt von Ludwig, er solle seine Achselstücke abmachen. »Hier –«, sagt Ludwig müde und tippt an seine Stirn. Bethke schiebt Weil zurück. »Ludwig gehört doch zu uns«, sagt er kurz. Breyer ist als Kriegsfreiwilliger zur Kompanie gekommen und da Leutnant geworden. Er duzt sich nicht nur mit uns, mit Troßke, Homeyer, Bröger und mir – das ist selbstverständlich, denn wir sind seine Mitschüler von früher –, sondern auch mit seinen älteren Kameraden, wenn kein anderer Offizier in der Nähe ist. Das wird ihm hoch angerechnet. »Aber Heel«, beharrt Weil.

Das ist eher zu verstehen. Weil ist oft von Heel schikaniert worden: kein Wunder, dass er jetzt seinen Triumph erleben will. Uns ist es schnuppe. Heel war zwar scharf, aber er ging ran wie Blücher und war immer vorneweg. Da unterscheidet der Soldat schon.

»Kannst ihn ja mal fragen«, sagt Bethke.

»Aber nimm dir Verbandpäckchen mit«, ruft Tjaden hinterher. Doch es wird anders. Heel kommt aus dem Büro, als Weil gerade hinein will. Er hat ein paar Formulare in der Hand und zeigt darauf. »Es stimmt«, sagt er zu Max.

Weil beginnt zu reden. Als er bei den Achselstücken ist, macht Heel eine jähe Bewegung. Wir glauben, dass jetzt der Krach losgeht, aber der Kompanieführer sagt zu unserer Verwunderung plötzlich nur: »Sie haben recht.« Dann wendet er sich an Ludwig und legt ihm die Hand auf die Schulter. »Werden Sie wohl nicht verstehen, Breyer, was? Mannschaftsrock, das ist es. Das andere ist jetzt vorbei.«

Keiner von uns sagt etwas. Das ist nicht mehr der Heel, den wir kennen, der nur mit einem Spazierstock nachts auf Patrouille ging und als kugelfest galt: das ist ein Mensch, der Mühe hat, zu stehen und zu sprechen.

Abends, als ich schon schlafe, werde ich von einem Gemurmel geweckt. »Du spinnst«, höre ich Kosole sagen. »Tatsache«, erklärt Willy dagegen. »Komm selbst mit.«

Sie rappeln sich auf und gehen zum Hof. Ich folge ihnen.

Im Büro ist Licht, man kann hineinsehen. Da sitzt Heel am Tisch. Seine Litewka liegt vor ihm. Die Achselstücke fehlen. Er trägt einen Mannschaftsrock. Den Kopf hat er in die Hände gestützt, und – aber das ist ja gar nicht möglich –, ich gehe einen Schritt näher – Heel, Heel weint.

»So was«, flüstert Tjaden.

»Weg!«, sagt Bethke und gibt Tjaden einen Tritt. Wir schleichen betroffen zurück.

Am nächsten Morgen hören wir, dass ein Major des Nachbarregiments sich erschossen hat, als er von der Flucht des Kaisers hörte.

Heel kommt. Er ist grau und übernächtigt. Leise gibt er die nötigen Anweisungen. Dann geht er wieder fort. Uns allen ist scheußlich zumute. Das Letzte, was wir hatten, ist uns genommen worden. Jetzt haben wir den Boden unter den Füßen verloren. »Richtig verraten kommt man sich vor«, sagt Kosole mürrisch. Es ist ein ganz anderer Zug als gestern, der sich formiert und düster weitermarschiert. Eine verlorene Kompanie, eine verlassene Armee. Das Schanzzeug klappert bei jedem Schritt – eine monotone Melodie – umsonst – umsonst. –

Nur Ledderhose ist munter wie eine Drossel. Er verkauft aus seinen amerikanischen Beständen Konserven und Zucker.

Am anderen Abend erreichen wir Deutschland. Jetzt, wo nicht mehr Französisch um uns herum gesprochen wird, beginnen wir allmählich wirklich an den Frieden zu glauben. Bislang haben wir immer noch im Geheimen mit einem Befehl gerechnet, umzukehren und in die Gräben zurückzukehren; denn der Soldat ist misstrauisch gegen das Gute, und es ist besser, von Anfang an mit dem Gegenteil zu rechnen. Aber nun steht ein sanftes Fieber langsam in uns auf.

Wir kommen in ein großes Dorf. Ein paar verwelkte

Girlanden hängen über der Straße. Es sind wohl schon so viele Truppen durchgezogen, dass es nicht mehr lohnt, für die letzten etwas Besonderes zu unternehmen. Wir müssen uns deshalb mit dem verblichenen Willkommen einiger verregneter Plakate begnügen, die von Eichenlaub aus grünem Papier lose umrahmt sind. Die Leute sehen kaum noch nach uns hin, als wir vorübermarschieren, so sehr sind sie es gewöhnt. Für uns aber ist es neu, hier anzukommen, und wir sind hungrig nach ein paar freundlichen Worten und Blicken, wenn wir auch behaupten, darauf zu pfeifen. Wenigstens die Mädchen könnten sich schon mal hinstellen und winken. Tjaden und Jupp versuchen immer wieder, ein paar anzurufen, aber sie haben keinen Erfolg. Wahrscheinlich sehen wir zu dreckig aus. Da geben sie es endlich auf.

Nur die Kinder begleiten uns. Wir halten sie an der Hand, und sie laufen neben uns her. Wir schenken ihnen, was wir an Schokolade entbehren können, denn einen Teil müssen wir natürlich auch mit nach Hause bringen.

Adolf Bethke hat ein kleines Mädchen auf den Arm genommen. Es zerrt an seinem Schnurrbart, als wäre er ein Zügel, und lacht, was es kann, denn Adolf schneidet Grimassen. Die kleinen Hände patschen ihm ins Gesicht. Er hält eine fest und zeigt mir, wie winzig sie ist.

Das Kind fängt an zu weinen, als er keine Grimassen mehr zieht. Adolf versucht es zu beruhigen, aber es weint nur noch heftiger, und er muss es herunterlassen.

»Wir scheinen ja die reinen Kinderschrecks geworden zu sein«, brummt Kosole.

»Sie haben eben Angst vor einer richtigen Schützengrabenfresse, die ist ihnen unheimlich«, erklärt Willy.

»Wir riechen nach Blut, das ist es«, sagt Ludwig Breyer.

»Da werden wir wohl mal baden müssen«, meint Jupp, »dann sind die Mädels vielleicht auch schärfer.«

»Ja, wenn das mit Baden alleine ginge«, antwortet Ludwig nachdenklich.

Verdrossen ziehen wir weiter. Wir hatten uns den Einzug in die Heimat anders vorgestellt nach den Jahren draußen. Wir hatten geglaubt, man würde uns erwarten; aber jetzt sehen wir, dass jeder hier schon wieder mit sich beschäftigt ist. Alles ist weitergegangen und geht weiter, fast als wären wir bereits überflüssig. Dieses Dorf ist natürlich nicht Deutschland, aber trotzdem sitzt uns der Ärger im Halse, und ein Schatten streift uns und eine seltsame Ahnung.

Wagen rasseln vorüber, Kutscher schreien, Menschen blicken flüchtig auf und rennen dann weiter hinter ihren Gedanken und Sorgen her. Vom Kirchturm schlägt die Uhr, und der feuchte Wind schnobert über uns hin. Nur eine alte Frau mit langen Kopfbändern läuft unermüdlich unsere Reihen entlang und fragt mit zaghafter Stimme nach einem gewissen Erhard Schmidt.

In einem großen Schuppen bekommen wir Quartier. Aber obschon wir viel marschiert sind, hat keiner von uns Ruhe. Wir gehen in die Schenken.

Da ist großes Leben. Es gibt einen trüben Wein, der schon von diesem Jahr ist und wunderbar schmeckt. Er zieht mächtig in die Beine. Um so lieber sitzen wir. Tabakschwaden wehen durch den niedrigen Raum, und der Wein riecht nach Erde und Sommer. Wir holen unsere Konserven heraus, säbeln das Fleisch auf dicke Butterbrote, stechen die Messer neben uns in das Holz der breiten Tische und essen. Die Petroleumlampe scheint wie eine Mutter über uns allen.

Der Abend macht die Welt schöner. Nicht im Schützengraben, wohl aber im Frieden. Heute Nachmittag sind wir ärgerlich einmarschiert, doch jetzt leben wir auf. Die kleine Kapelle, die in der Ecke spielt, wird rasch ergänzt durch unsere Leute. Wir haben nicht nur Klavierspieler und Mundharmonikavirtuosen, sondern sogar einen Bayern mit Basszither bei uns. Dazu kommt Willy Homeyer, der sich eine Art Teufelsgeige zurechtbaut und mit Waschtrogdeckeln Glanz und Gloria von Becken, Pauke und Schellenbaum hineinpfeffert.

Das Ungewohnte aber, das uns mehr als der Wein zu Kopf steigt, sind die Mädchen. Sie sind anders als nachmittags, sie lachen und sind zugänglich. Oder sind es andere? Mädchen haben wir lange nicht mehr gesehen.

Anfangs sind wir gierig und befangen zugleich, wir trauen uns nicht recht, denn wir haben draußen verlernt, mit ihnen umzugehen – dann jedoch walzt Ferdinand Kosole mit einer los, einem strammen Deubel mit mächtiger Brustwehr, an der er eine gute Gewehrauflage hat, und die andern folgen.

Der süße, schwere Wein singt angenehm im Kopf, die Mädchen sausen, die Musik spielt, und in der Ecke sitzen wir zusammen um Adolf Bethke herum. »Kinder«, sagt er, »morgen oder übermorgen sind wir wieder zu Hause. Kinder, Kinder, meine Frau – zehn Monate ist das nun her –«

Ich lehne mich über den Tisch und rede mit Valentin Laher, der kühl und überlegen die Mädchen mustert. Eine Blonde sitzt neben ihm, aber er beachtet sie wenig. Während ich mich vorbeuge, drückt in meinem Rock etwas gegen die Tischkante. Es ist die Uhr von Weßling. Wie weit das schon zurückliegt! –

Jupp hat die dickste Dame erwischt. Er tanzt mit ihr wie ein Fragezeichen. Seine große Flosse liegt breit auf der mächtigen Kruppe des Mädchens und spielt da Klavier. Sie lacht ihm mit nassem Munde ins Gesicht, und er wird immer munterer. Schließlich schassiert er auf die Hoftür los und ist draußen.

Ein paar Minuten später gehe ich hinaus, um die nächste Ecke zu suchen – aber dort steht schon ein schwitzender Unteroffizier mit einem Mädchen. Ich trudele in den Garten und will gerade beginnen, da kracht es mächtig hinter mir. Ich drehe mich um und sehe Jupp mit der Dicken auf den Boden kollern. Sie sind mit einem Gartentisch zusammengebrochen. Die Dicke prustet los, als sie mich erblickt, und streckt mir die Zunge heraus. Jupp faucht. Ich verschwinde eilig hinter den Büschen und trete dabei jemand auf die Hand – eine verdammte Nacht. »Kannst du Ochse nicht sehen?«, brüllt ein Bass.

»Kann ich wissen, dass du Mondkalb da liegst?«, gebe ich ärgerlich zurück und finde endlich eine ruhige Ecke.

Kühler Wind, gut nach dem Qualm drinnen, dunkle Häusergiebel, Lauben, Stille und das friedliche Plätschern, während ich pinkele. Albert kommt und stellt sich neben mich. Der Mond scheint. Wir pissen lauter Silber.

»Mensch, Ernst, was?«, sagt Albert.

Ich nicke. Wir sehen noch eine Weile in den Mond. »Dass der Mist vorbei ist, Albert, was?«

»Verflucht ja, Ernst –«

Es knarrt und knackt hinter uns. Mädchen juchen hoch und jäh unterdrückt aus den Büschen. Die Nacht ist wie ein Gewitter, fiebrig geladen von ausbrechendem Leben, das sich wild und hastig aneinander entzündet.

Im Garten stöhnt jemand. Ein Kichern antwortet. Schatten klettern vom Heuboden herunter. Zwei stehen auf einer Leiter. Der Mann presst seinen Kopf wie ein Rasender in die Röcke des Mädchens und stammelt etwas. Sie lacht mit einer rauen Stimme, die uns wie eine Bürste über die Nerven kratzt. Schauer rieseln mir den Rücken herunter. Wie nahe ist das beieinander, gestern und heute, Tod und Leben.

Tjaden kommt aus dem dunklen Garten. Er ist schweißüberströmt, und sein Gesicht leuchtet. »Kinder, jetzt weiß man doch wieder, dass man lebt«, sagt er und knöpft seinen Rock zu.

Wir gehen um das Haus herum und stoßen auf Willy Homeyer. Er hat auf einem Acker aus Kraut ein großes Feuer gemacht und ein paar Hände voll erbeuteter Kartoffeln hineingeworfen. Jetzt sitzt er friedlich und träumerisch allein davor und wartet darauf, dass die Kartoffeln braten. Neben sich hat er ein paar amerikanische Büchsenkoteletts liegen. Der Hund hockt aufmerksam an seiner Seite.

Das flackernde Feuer wirft kupferne Reflexe in sein rotes Haar. Von den Wiesen unten zieht Nebel herauf. Die Sterne funkeln. Wir setzen uns zu ihm und holen die Kartoffeln aus dem Feuer. Die Schalen sind schwarz gebrannt, aber das Innere ist goldgelb und duftet. Wir packen die Koteletts mit beiden Fäusten und sägen auf ihnen herum wie auf Mundharmonikas. Dazu trinken wir Schnaps aus unsern Aluminiumbechern.

Wie die Kartoffeln schmecken! Dreht sich die Welt? Wo sind wir? Sitzen wir nicht wieder als Jungens bei Torloxten auf dem Acker und haben den ganzen Tag in der stark riechenden Erde Kartoffeln ausgewühlt, rotbackige Mädchen in blauen, verwaschenen Röcken mit Körben hinter uns? Kartoffelfeuer der Jugend! Weiße Schwaden zogen über das Feld, die Feuer knisterten, sonst war es still, die Kartoffel war die letzte Frucht, abgeerntet war alles schon – nur noch die Erde, die klare Luft, der bittere, weiße, geliebte Rauch, der letzte Herbst. Bitterer Rauch, bitterer Geruch des Herbstes, Kartoffelfeuer der Jugend – die Schwaden wehen, wehn und verwehen, Gesichter der Kameraden, wir sind unterwegs, der Krieg ist zu Ende, alles zerschmilzt wunderlich –, die Kartoffelfeuer kommen wieder und der Herbst und das Leben.

»Mensch, Willy, Willy –«

»Sache, was?«, fragt er aufschauend, die Hände voll Fleisch und Kartoffeln. –

Ach, Schafskopf, ich meinte ja ganz was anderes.

Das Feuer ist ausgebrannt. Willy wischt sich die Hände an der Hose ab und klappt sein Messer zu. Ein paar Hunde bellen im Dorf. Sonst ist es still. Keine Granate mehr. Kein

Rasseln von Munitionskolonnen. Nicht einmal mehr das vorsichtige Knirschen der Sanitätsautos. Eine Nacht, in der viel weniger Menschen sterben als jemals in den letzten vier Jahren.

Wir gehen wieder in die Kneipe. Aber dort ist nicht viel mehr los. Valentin hat seinen Rock ausgezogen und ein paar Handstände gemacht. Die Mädchen klatschen, doch Valentin ist nicht erfreut. Verdrossen sagt er zu Kosole: »Ich war einmal ein guter Artist, Ferdinand. Aber das hier reicht nicht mal mehr für den Jahrmarkt. Alles raus aus den Knochen. Und Valentinis Reckakt, das war eine Nummer früher! Jetzt habe ich Rheumatismus –«

»Ach, sei froh, dass du deine Knochen überhaupt noch hast«, ruft Kosole und haut mit der Hand auf den Tisch. »Musik! Willy!«

Homeyer setzt bereitwillig mit Pauke und Schellenbaum ein. Es wird wieder lebendiger. Ich frage Jupp, wie es mit der Dicken war. Er weist mit abfälliger Geste weit von sich. »Nanu«, sage ich verblüfft, »das geht ja schnell bei dir.«

Er zieht eine Grimasse. »Ich denke, sie liebt mich, verstehst du? Jawohl, Geld hat das Luder nachher von mir verlangt. Und dabei habe ich mir noch das Knie an dem Satansgartentisch gestoßen, dass ich kaum gehen kann.«

Ludwig Breyer sitzt still und blass am Tisch. Er sollte eigentlich längst schlafen, aber er will nicht. Sein Arm heilt gut, und die Ruhr lässt auch etwas nach. Doch er bleibt in sich gekehrt.

»Ludwig«, sagt Tjaden mit schwerer Stimme, »du solltest auch mal in den Garten gehen – das ist gut für alles –«

Ludwig schüttelt den Kopf und wird plötzlich sehr blass. Ich setze mich neben ihn. »Freust du dich denn gar nicht auf zu Hause?«, frage ich.

Er steht auf und geht weg. Ich verstehe ihn nicht mehr. Nachher finde ich ihn, wie er ganz allein draußen steht. Ich frage ihn nicht weiter. Wir gehen schweigend zurück.

In der Tür stoßen wir auf Ledderhose, der gerade mit der Dicken verschwinden will. Jupp grinst: »Der wird sich wundern.«

»Nein, sie«, sagt Willy, »oder glaubst du, dass Arthur auch nur einen Pfennig rausrückt?«

Wein fließt über den Tisch, die Lampe blakt, und die Mädchenröcke fliegen. Eine warme Müdigkeit weht hinter meiner Stirn, alles hat weiche Ränder, wie Leuchtkugeln manchmal im Nebel; langsam sinkt der Kopf auf die Tischplatte. – Die Nacht braust weich und wunderbar, wie ein Schnellzug, in die Heimat: Bald sind wir zu Hause.

III

WIR STEHEN ZUM LETZTEN MALE angetreten auf dem Kasernenhof. Ein Teil der Kompanie wohnt in der Umgebung. Er wird entlassen. Der Rest muss sich allein weiter durchschlagen. Der Eisenbahnverkehr ist so unregelmäßig, dass wir nicht mehr geschlossen transportiert werden können. Wir müssen uns trennen.

Der weite, graue Hof ist viel zu groß für uns. Ein fahler Novemberwind, der nach Aufbruch und Sterben riecht, fegt darüber hin. Wir stehen zwischen Kantine und Wache, mehr Platz brauchen wir nicht. Die große, leere Fläche um uns herum weckt trostlose Erinnerungen. Da stehen unsichtbar, viele Reihen tief, die Toten.

Heel geht die Kompanie entlang. Aber mit ihm geht lautlos der gespenstische Zug seiner Vorgänger. Als Nächster, noch blutend aus dem Halse, mit abgerissenem Kinn und traurigen Augen, Bertinck, eineinhalb Jahre Kompanieführer, Lehrer, verheiratet, vier Kinder – neben ihm mit schwarzgrünem Gesicht Möller, neunzehn Jahre alt, gasvergiftet, drei Tage, nachdem er die Kompanie übernahm – als Nächster Redecker, Forstassessor, zwei Wochen später durch einen Volltreffer in die Erde gestampft – dann schon blasser, ferner, Büttner, Hauptmann, beim Angriff gefallen durch MG-Schuss ins Herz – und wie Schatten dahinter, fast schon ohne Namen, so weit zurück, die andern – sieben Kompanieführer in zwei Jahren. Und mehr als fünfhundert Mann. Zweiunddreißig stehen auf dem Kasernenhof.

Heel versucht, ein paar Worte zum Abschied zu sagen. Aber es wird nichts; er muss aufhören. Keine Worte der Welt könnten sich behaupten gegen diesen einsamen, leeren Kasernenhof mit den wenigen Reihen der Übriggebliebenen, die stumm und frierend in ihren Mänteln und ihren Stiefeln dastehen und an ihre Kameraden denken.

Heel geht von einem zum andern und gibt jedem die Hand. Als er zu Max Weil kommt, sagt er mit schmalen Lippen: »Nun beginnt Ihre Zeit, Weil. –«

»Sie wird weniger blutig sein«, antwortet Max ruhig.

»Und weniger heroisch«, gibt Heel zurück.

»Das ist nicht das Letzte im Leben«, sagt Weil.

»Aber das Beste«, erwidert Heel. »Was sonst?«

Weil zögert einen Augenblick. Dann sagt er: »Etwas, das heute schlecht klingt, Herr Oberleutnant: Güte und Liebe. Auch da gibt es einen Heroismus.«

»Nein«, antwortet Heel rasch, als hätte er schon lange darüber nachgedacht, und seine Stirn zuckt, »da gibt es nur Märtyrertum, das ist etwas ganz anderes. Heroismus beginnt da, wo die Vernunft streikt: bei der Geringschätzung des Lebens. Er hat mit Sinnlosigkeit, mit Rausch, mit Riskieren zu tun, damit Sie es wissen. Aber nur wenig mit Zweck. Zweck, das ist Ihre Welt. Warum, wozu, weshalb – wer so fragt, weiß nichts davon. –«

Er spricht so heftig, als wollte er sich selbst überzeugen. Sein eingefallenes Gesicht arbeitet. Er ist in ein paar Tagen verbittert und um Jahre älter geworden. Aber ebenso rasch hat sich Weil verändert. Er war stets ein unauffälliger

Mensch, aus dem allerdings niemand recht klug werden konnte. Jetzt ist er plötzlich hervorgetreten und wird immer bestimmter. Keiner hätte vermutet, dass er so reden kann. Je nervöser Heel wird, desto ruhiger ist Max. Leise und fest sagt er: »Für den Heroismus von wenigen ist das Elend von Millionen zu teuer.«

Heel zuckt die Achseln. »Zu teuer – Zweck – bezahlen – das sind so Ihre Worte. Wollen sehen, wie weit Sie damit kommen.«

Weil sieht den Mannschaftsrock an, den Heel noch immer trägt. »Wie weit sind Sie mit den Ihrigen gekommen?«

Heel errötet. »Zu einer Erinnerung«, sagt er hart, »wenigstens zu einer Erinnerung an Dinge, die sich nicht für Geld kaufen lassen.«

Weil schweigt eine Zeit lang. »Zu einer Erinnerung –«, wiederholt er dann und sieht über den leeren Kasernenhof und unsere kurzen Reihen hin, »ja – und zu einer furchtbaren Verantwortung –«

Wir verstehen von alledem nicht viel. Wir frieren und halten es für unnötig, zu reden. Durch Reden wird die Welt doch nicht anders.

Die Reihen lockern sich. Das Verabschieden beginnt. Mein Nebenmann Müller schiebt sich den Tornister auf den Schultern zurecht und klemmt sein Paket mit Lebensmitteln unter den Arm. Dann hält er mir die Hand hin: »Also, mach's gut, Ernst –«

»Mach's gut, Felix –« Er geht weiter, zu Willy, zu Albert, zu Kosole. –

Gerhard Pohl kommt, der Kompaniesänger, der beim Marschieren immer den obersten Tenor sang, wenn die Melodie in großem Bogen anstieg. Die ganze übrige Zeit ruhte er sich aus, um ordentlich Kraft in die zweistimmigen Stellen legen zu können. Sein braunes Gesicht mit der Warze ist bewegt; er hat sich gerade von Karl Bröger verabschiedet, mit dem er unzählige Skatpartien gemacht hat. Das ist ihm schwer geworden.

»Wiedersehen, Ernst –«

»Wiedersehen, Gerhard –« Er geht.

Weddekampf gibt mir die Hand. Er tischlerte die Kreuze für die Gefallenen. »Schade, Ernst«, sagt er, »habe dir nun leider keins mehr verpassen können. Du hättest sogar eins aus Mahagoni gekriegt. Hatte schon einen schönen Klavierdeckel dafür in Reserve.«

»Was nicht ist, kann noch werden«, erwidere ich, »wenn's so weit ist, schreibe ich dir eine Postkarte.«

Er lacht. »Halt die Ohren steif, Junge, der Krieg ist noch nicht zu Ende.«

Dann trottet er ab mit seiner schiefen Schulter.

Die erste Gruppe verschwindet schon hinter dem Kasernentor. Scheffler, Fassbender, der kleine Lucke und August Beckmann sind dabei. Andere folgen. Wir werden aufgeregt. Man muss sich erst daran gewöhnen, dass sie für immer gehen. Bislang gab es nur Tod, Verwundung oder Abkommandierung, damit jemand die Kompanie verließ. Jetzt kommt noch dazu: Frieden.

Sonderbar ist das: Wir sind die Trichter und die Gräben so sehr gewohnt, dass wir plötzlich misstrauisch werden gegen die Stille der Landschaft, in die wir jetzt hineinkommen – als wäre die Stille nur ein Vorwand, um uns in heimlich unterminiertes Gebiet zu locken. –

Und nun laufen die da hinein, unsere Kameraden, unvorsichtig, allein, ohne Gewehre, ohne Handgranaten. Man möchte hinterherrennen, sie wieder holen und ihnen zurufen: Wo wollt ihr denn nur hin, was wollt ihr so allein da draußen, ihr gehört doch hierher, zu uns, wir müssen doch zusammenbleiben, wie können wir anders leben sonst. –

Seltsames Mühlrad im Schädel: zu lange Soldat gewesen. – Der Novemberwind pfeift über den leeren Kasernenhof. Immer mehr Kameraden gehen. Wie lange noch, und jeder ist wieder allein.

Der Rest unserer Kompanie hat den gleichen Weg nach Hause. Wir lagern in der Bahnhofhalle, um einen Zug zu erwischen. Die Halle ist ein Heerlager von Kisten, Kartons, Tornistern und Zeltbahnen.

In sieben Stunden fahren zwei Züge durch. Wie Trauben hängen Schwärme von Menschen an den Türen. Nachmittags erobern wir einen Platz nahe den Schienen. Abends sind wir ganz vorn in der besten Position. Wir schlafen im Stehen.

Der erste Zug kommt am nächsten Mittag. Es ist ein Güterzug mit blinden Pferden. Ihre verdrehten Augäpfel sind weißblau und rot unterlaufen. Sie stehen ganz still, die Köpfe sind vorgestreckt, und nur in den witternden Nüstern ist Leben.

Nachmittags wird bekannt gemacht, dass heute kein Zug mehr fahren soll. Kein Mensch geht. Ein Soldat glaubt nicht an Bekanntmachungen. Und wirklich kommt noch einer. Der erste Blick zeigt, dass er richtig ist. Halb voll höchstens.

Die Halle erdröhnt unter dem Fertigmachen der Brocken und dem gewaltigen Ansturm der Kolonnen, die aus den Wartesälen hervorbrechen. Sie geraten in einen wilden Knäuel mit denen, die in der Halle warten.

Der Zug gleitet vorbei. Ein Fenster ist offen. Albert Troßke, der Leichteste von uns, wird hochgeworfen und klettert wie ein Affe hinein. Im nächsten Augenblick hängen die Türen voller Leute. Die meisten Fenster sind geschlossen. Schon splittern einige unter den Kolbenschlägen derjenigen, die auf jeden Fall, auch mit zerrissenen Händen und Beinen, mitwollen. Decken fliegen über die Scherbensplitter, und das Entern beginnt bereits an einigen Stellen.

Der Zug hält. Albert ist durch die Gänge gerannt und reißt das Fenster vor uns herunter. Tjaden und der Hund fliegen als Erste hinein, Bethke und Kosole unter Willys Nachhilfe hinterher. Die drei stürmen sofort auf die Gangtüren los, um das Abteil nach beiden Seiten zu blockieren. Die Brocken folgen mit Ludwig und Ledderhose gleichzeitig, dann Valentin, ich und Karl Bröger, und als Letzter, nachdem er sich draußen noch einmal gründlich Luft gemacht hat, Willy.

»Alles drin?«, schreit Kosole vom Gang her, wo gewaltiger Druck herrscht. »Drin!«, brüllt Willy. Wie aus der Pistole geschossen weichen Bethke, Kosole und Tjaden zurück auf die Plätze, und der Strom der andern ergießt sich über die Abteile, erklettert die Gepäcknetze und füllt jeden Zentimeter aus.

Die Lokomotive wird gestürmt. Auf den Puffern sitzen schon Leute. Die Dächer der Wagen sind voll besetzt. Der Zugführer schreit: »Runter, ihr stoßt euch die Schädel ein!« »Halt's Maul, wir passen schon auf!«, schallt es zurück. Im Lokus sitzen fünf Mann. Einer hängt mit dem Hintern weit aus dem Fenster.

Der Zug zieht an. Einige Leute, die schlecht gefasst haben, fallen ab. Zwei werden überfahren und weggeschleppt. Sofort springen andere auf. Die Trittbretter sind voll. Das Gedränge geht im Fahren weiter.

Einer hält sich an der Tür fest. Sie geht auf, und er hängt draußen frei am Fenster. Willy klettert hinterher, packt ihn am Kragen und zieht ihn herein.

Nachts hat unser Waggon die ersten Verluste. Der Zug ist durch einen niedrigen Tunnel gefahren. Einige Leute auf dem Dache sind zerquetscht und heruntergefegt worden. Die andern haben es wohl bemerkt, hatten aber von oben aus keine Möglichkeit, den Zug zum Halten zu bringen. Auch der Mann im Lokusfenster ist eingeschlafen und herausgefallen.

Die übrigen Wagen haben ebenfalls Verluste. Die Dächer werden deshalb organisiert mit Halteklötzen, Stricken und eingerammten Seitengewehren. Außerdem wird ein Postendienst eingerichtet, um bei Gefahr zu warnen.

Wir schlafen und schlafen, im Stehen, im Liegen, im Sitzen, im Hocken, krumm auf Tornistern und Paketen, wir schlafen. Der Zug rattert. Häuser, Bäume, Gärten, winkende Menschen – Umzüge, rote Fahnen, Bahnhofwachen, Geschrei, Extrablätter, Revolution – wir schlafen erst mal, das andere mag später kommen. Jetzt erst spürt man, wie müde man in all der Zeit geworden ist.

Es wird Abend. Eine Funzel brennt. Der Zug fährt langsam. Er hat oft Aufenthalt wegen Maschinenschaden.

Die Tornister schaukeln. Die Pfeifen qualmen. Der Hund schläft friedlich auf meinen Knien. Adolf Bethke rückt zu mir herüber und streichelt sein Fell. »Ja, Ernst, nun gehen wir auch bald auseinander«, meint er nach einer Weile.

Ich nicke. Es ist sonderbar, aber ich kann mir das Leben ohne Adolf eigentlich gar nicht weiter vorstellen – ohne seine wachsamen Augen und seine ruhige Stimme. Er hat mich und Albert erzogen, als wir ahnungslos als Rekruten ins Feld kamen, und ich glaube nicht, dass ich ohne ihn überhaupt noch da sein würde.

»Wir müssen uns wiedertreffen«, sage ich. »Oft, Adolf.« Ein Stiefelabsatz patscht mir ins Gesicht. Über uns im Gepäcknetz sitzt Tjaden und zählt eifrig sein Geld – er will vom Bahnhof gleich zu einem Puff gehen. Um sich in Stimmung zu bringen, tauscht er schon jetzt seine Erfahrungen mit ein paar Landsern aus. Keiner empfindet das als Schweinerei – es ist nichts vom Krieg darin, schon deshalb hört man zu.

Ein Pionier, dem zwei Finger fehlen, erzählt stolz, seine Frau hätte ein Siebenmonatskind geboren, das trotzdem sechs Pfund gewogen habe. Ledderhose lacht ihn aus – so was gäbe es nun doch nicht. Der Pionier versteht ihn nicht. Er zählt die Monate zwischen seinem Urlaub und der Geburt an den Fingern ab. »Sieben«, sagt er, »es muss stimmen.«

Ledderhose gluckst und verzieht spöttisch sein Zitronengesicht: »Wird dir dann eben ein anderer besorgt haben.«

Der Pionier starrt ihn an. »Was sagst du da?«, stottert er.

»Na, ist doch klar«, näselt Arthur und rekelt sich.

Dem Pionier bricht der Schweiß aus. Er zählt immer wieder. Seine Lippen zittern. Ein dicker Trainfahrer mit einem Vollbart biegt sich am Fenster vor Lachen. »Mensch, du Ochse, du blödsinniger Ochse –«

Bethke richtet sich auf. »Halt die Schnauze, Dicker!«

»Wieso?«, fragt der Vollbart.

»Weil du die Schnauze halten sollst«, sagt Bethke, »und du auch, Arthur.«

Der Pionier ist blass geworden. »Was soll man denn da nur machen?«, fragt er hilflos und hält sich am Fensterrahmen fest.

»Man soll eben erst heiraten«, sagt Jupp nachdenklich, »wenn man die Kinder schon am Verdienen hat. Dann kann so was nicht passieren.«

Draußen gleitet der Abend vorbei. Die Wälder liegen wie dunkle Kühe am Horizont, die Felder schimmern blass im fahlen Schein, den der Zug aus den Fenstern wirft. Es sind plötzlich nur noch zwei Stunden bis nach Hause. Bethke steht auf und macht seinen Tornister fertig. Er wohnt in einem Dorfe, einige Stationen vor der Stadt, und muss früher aussteigen. –

Der Zug hält. Adolf gibt uns die Hand. Er stolpert auf den kleinen Bahnsteig und sieht sich um mit einem kreisenden Blick, der in einer Sekunde die ganze Landschaft einsaugt wie ein dürres Feld den Regen. Dann wendet er sich uns wieder zu. Aber er hört nichts mehr. Ludwig Breyer steht am Fenster, obschon er Schmerzen hat. »Nun hau schon ab, Adolf«, sagt er, »deine Frau wartet doch. –«

Bethke sieht zu uns empor und schüttelt den Kopf. »So eilig ist es nicht, Ludwig.« Man sieht ihm an, dass es ihn mit Gewalt rückwärts zieht, aber Adolf ist Adolf – er bleibt bis zum letzten Augenblick bei uns stehen. Doch als der Zug dann abfährt, macht er schnell kehrt und nimmt große Schritte.

»Wir besuchen dich bald«, rufe ich rasch noch hinter ihm her.

Wir sehen ihn über die Felder gehen. Er winkt noch lange. Rauch von der Lokomotive weht vorbei. In der Ferne stehen ein paar rötliche Lichter.

Der Zug fährt eine große Schleife. Nun ist Adolf nur noch sehr klein, ein Punkt, ein winziger Mensch, ganz allein auf der großen, dunklen Ebene, über der mächtig, gewittrig hell, schwefelgelb am Horizont verlaufend, der Nachthimmel steht. Ich weiß nicht warum, es hat nichts mit Adolf zu tun, aber es ergreift mich, wie da so ein einzelner Mensch vor dem großen Himmel über die weite Fläche der Felder geht, abends und allein.

Dann schieben sich die Bäume heran mit stärkeren Dunkelheiten, und bald ist nichts mehr da als Fahren und Himmel und Wälder.

Im Abteil wird es laut. Hier drinnen sind Ecken, Kanten, Geruch, Wärme, Raum und Grenzen – hier sind braune, verwitterte Gesichter mit den blanken Flecken der Augen darin, es stinkt nach Erde, Schweiß, Blut und Uniform – draußen aber jagt ungewiss die Welt im Stampfen des Zuges vorüber und bleibt zurück, immer weiter, die Welt der Gräben und Trichter, des Dunkels und des Grauens, ein Wirbel vor den Fenstern nur noch, der uns nicht mehr fasst.

Jemand fängt an zu singen. Andere fallen ein. Bald singen alle, das ganze Abteil, das Nebenabteil auch, der ganze Wagen, der ganze Zug. Wir singen immer lauter, immer stärker, die Stirnen röten sich, die Adern schwellen, wir singen alle Soldatenlieder, die wir kennen, wir stehen dabei auf und sehen uns an, die Augen glänzen, die Räder donnern den Rhythmus dazu, wir singen und singen. –

Ich bin eingezwängt zwischen Ludwig und Kosole und spüre ihre Wärme durch meinen Rock. Ich bewege meine Hände, ich drehe meinen Kopf, die Muskeln spannen sich, und ein Zittern steigt mir aus den Knien in den Magen, es bebt in meinen Knochen wie Brauselimonade, springt in die Lungen, die Lippen, die Augen, dass das Abteil verschwimmt, es braust in mir wie ein Telegrafenmast im Sturm, tausend Drähte klingen, tausend Straßen öffnen sich – ich lege meine Hand langsam auf Ludwigs Hand und glaube, sie müsse verbrennen –, aber als er aufsieht, müde und blass wie immer, kann ich nichts anderes herauskriegen von dem, was in mir ist, als mühsam und stockend zu fragen: »Hast du eine Zigarette, Ludwig?«

Er gibt sie mir. Der Zug saust, und wir singen weiter. Allmählich aber mischt sich ein dunkleres Murren als das Rattern der Räder in unsere Lieder, und in einer Pause kracht es mächtig und lange rollend über die Ebene. Die Wolken haben sich weiter zusammengezogen, und das Gewitter geht hernieder. Die Blitze flammen wie nahes Mündungsfeuer von Geschützen. Kosole steht kopfschüttelnd am Fenster; »Kinder, um diese Zeit noch ein Gewitter«, murmelt er und beugt sich weit hinaus. Plötzlich ruft er hastig: »Schnell! Schnell! Da ist sie!« Wir drängen hinzu. Im Schein der Blitze stechen am Rande der Landschaft die schmalen, dünnen Türme der Stadt in den Himmel. Donnernd fällt die Dunkelheit jedes Mal wieder darüber hin, aber bei jedem Blitz kommen sie näher.

Unsere Augen brennen vor Erregung. Wie ein Riesenbaum wächst mit einem Male zwischen uns, über uns, in uns die Erwartung auf.

Kosole greift nach seinen Sachen. »Menschenskinder,

wo mögen wir in einem Jahr wohl sitzen«, sagt er und dehnt die Arme.

»Auf dem Hintern«, erklärt Jupp nervös. Aber keiner lacht mehr. Die Stadt hat uns angesprungen, sie reißt uns an sich. Da liegt sie, atmend fast im wilden Licht, breit ausgestreckt kommt sie heran, und wir fahren auf sie zu, ein Zug Soldaten, ein Zug Heimkehr aus dem Nichts, ein Zug ungeheurer Erwartung, näher und näher, wir rasen darauf los, die Mauern stürzen uns entgegen, gleich müssen wir zusammenprallen, die Blitze fliegen, der Donner tost – dann schäumt der Bahnhof mit Lärm und Rufen zu beiden Seiten des Wagens hoch, ein mächtiger Regen stürzt hernieder, die Rampe glänzt vor Nässe, und wir springen besinnungslos hinein.

Mit mir springt der Hund aus der Tür. Er drängt sich an mich, und wir laufen zusammen durch den Regen die Treppen hinunter.

Zweiter Teil

I

WIE EIN EIMER WASSER, der aufs Pflaster klatscht, spritzen wir vor dem Bahnhof auseinander. Im Sturmschritt marschiert Kosole mit Bröger und Troßke die Heinrichstraße hinunter. Ebenso eilig wende ich mich mit Ludwig zur Bahnhofsallee. Ledderhose ist ohne Abschied bereits wie ein Bolzen mit seinem Trödelladen davongeschossen. Tjaden lässt sich von Willy rasch noch den nächsten Weg zum Puff beschreiben, und nur Jupp und Valentin haben Zeit. Sie werden von niemandem erwartet und schlendern deswegen vorläufig zum Wartesaal, um auf Futter zu spekulieren. Später wollen sie zur Kaserne.

Von den Bäumen der Bahnhofsallee tropft die Nässe; Wolken ziehen niedrig und rasch. Ein paar Soldaten jüngsten Jahrgangs kommen uns entgegen. Sie tragen rote Armbinden. »Achselstücke runter!«, schreit einer und springt auf Ludwig zu.

»Halt's Maul, du Sommerrekrut«, sage ich und schiebe ihn beiseite.

Andere drängen heran und umringen uns. Ludwig sieht den Vordersten ruhig an und geht weiter. Der Mann weicht aus. Dann jedoch erscheinen zwei Matrosen und stürzen sich auf ihn.

»Ihr Schweine, seht ihr denn nicht, dass er verwundet ist?«, brülle ich und werfe meinen Tornister ab, um die Hände besser frei zu kriegen. Aber Ludwig liegt schon am

Boden, er ist ja so gut wie wehrlos mit seinem Armschuss. Die Matrosen zerren an seiner Uniform und treten auf ihm herum. »Ein Leutnant!«, kreischt eine Weiberstimme, »schlagt ihn tot, den Bluthund!«

Ehe ich ihm helfen kann, kriege ich einen Schlag ins Gesicht, dass ich taumle. »Satansbiest!«, keuche ich und pflanze dem Angreifer mit voller Kraft meinen Stiefel in den Bauch. Er seufzt und kippt um. Sofort fallen drei andere über mich her. Der Hund springt einem davon ins Genick. Doch die Übrigen reißen mich herunter. »Licht aus – Messer raus –«, schreit das Weib.

Zwischen den trampelnden Beinen sehe ich, wie Ludwig mit der freien linken Hand einen Matrosen würgt, den er umwerfen konnte, indem er ihm von unten in die Kniekehlen schlug.

Er lässt nicht los, obschon die andern mächtig auf ihn einhauen. Dann wichst mir jemand ein Koppel auf den Schädel, und ein anderer tritt mir in die Zähne. Wolf schnappt ihn zwar gleich darauf am Knie, aber wir kommen nicht hoch, sie schlagen uns immer wieder herunter und wollen uns zu Brei trampeln. Wütend versuche ich, an meinen Revolver heranzugelangen. Doch im selben Augenblick kracht schon einer meiner Angreifer rücklings neben mir aufs Pflaster. Ein zweiter Krach – ein zweiter Besinnungsloser – gleich darauf ein dritter – da kann nur Willy an der Arbeit sein.

Er ist im Galopp herangestürmt, hat seinen Tornister unterwegs abgeworfen und tobt nun über uns. Je zwei greift er mit seinen Fäusten im Genick und hämmert ihnen die Köpfe zusammen. Sie sind sofort ohnmächtig, denn wenn Willy wild wird, ist er ein lebendiger Schmiedehammer. Wir werden frei, und ich springe auf, aber die anderen reißen schon aus. Es gelingt mir noch, einem meinen Tornister ins Kreuz zu schmettern, dann kümmere ich mich um Ludwig.

Willy ist schon auf der Verfolgung. Er hat gesehen, dass die beiden Matrosen auf Ludwig eingeschlagen haben. Einer von ihnen liegt blau und stöhnend im Rinnstein, den knurrenden Hund über sich, hinter dem Zweiten jagt er mit flatternden Haaren her wie ein roter Orkan.

Ludwigs Verband ist zertreten. Blut quillt hindurch. Sein Gesicht ist verschmiert, die Stirn durch einen Tritt verletzt. Er wischt sich ab und steht langsam auf. »Hast du viel abgekriegt?«, frage ich. Totenblass schüttelt er den Kopf.

Willy hat unterdessen den Matrosen geschnappt und schleift ihn wie einen Sack heran. »Ihr verdammten Säue«, knirscht er, »den ganzen Krieg habt ihr in der Sommerfrische auf euren Schiffen gesessen und keinen Schuss gehört – jetzt aber wollt ihr die Fresse aufreißen und über Frontsoldaten herfallen –, ich will euch helfen! Knie nieder, du Etappenbock! Bitte ihn um Verzeihung!« Er stößt den Mann vor Ludwig herunter und sieht so fürchterlich dabei aus, dass einem tatsächlich bange werden kann. »Ich massakriere dich«, faucht er, »ich reiße dich in Fetzen, runter auf die Knie!«

Der Mann winselt. »Lass doch, Willy«, sagt Ludwig und nimmt seine Sachen auf.

»Was?«, fragt der fassungslos, »bist du verrückt? Wo sie dir den Arm zertrampelt haben?«

Ludwig geht schon weiter. »Ach, lass ihn laufen –«

Einen Augenblick staunt Willy verständnislos über Ludwig; dann lässt er kopfschüttelnd den Matrosen los.

»Na schön, also lauf!« Aber er kann es sich doch nicht versagen, ihm in der Sekunde, wo er absaust, einen Fußtritt nachzufeuern, dass er sich zweimal überschlägt.

Wir gehen weiter. Willy schimpft, denn er muss reden, wenn er wütend ist. Ludwig aber schweigt.

Plötzlich sehen wir von der Ecke der Bierstraße den Trupp der Weggelaufenen wieder anrücken. Sie haben Verstärkung geholt. Willy nimmt seine Knarre herunter. »Laden und sichern«, sagt er, und seine Augen werden klein. Ludwig zieht seinen Revolver hervor, und ich mache mein Gewehr ebenfalls schussfertig. Bislang war das Ganze eine Keilerei, aber jetzt wird es Ernst. Zum zweiten Male lassen wir uns nicht anfallen.

Wir verteilen uns auf der Straße in einem Abstand von drei Schritt, damit wir kein geschlossenes Ziel bilden, und gehen vor. Der Hund merkt sofort, was los ist. Knurrend drückt er sich neben uns in den Rinnstein, denn er hat im Felde gelernt, unter Deckung vorwärtszuschleichen.

»Wenn wir auf zwanzig Meter ran sind, schießen wir«, ruft Willy drohend.

Der Haufen vor uns wird unruhig. Wir gehen weiter. Gewehre heben sich gegen uns. Willy legt knackend den Sicherungsflügel herum und holt eine Handgranate vom Koppel, die er als eisernen Bestand immer noch bei sich hat. »Ich zähle bis drei –«

Da löst sich aus dem Trupp ein älterer Mann mit einem Unteroffiziersrock, an dem die Tressen fehlen. Er tritt vor uns und ruft: »Sind wir Kameraden oder nicht?« Willy muss erst Luft holen, so verblüfft ist er. »Verdammt, das fragen wir euch, ihr feigen Kälber«, entgegnet er entrüstet, »wer hat denn hier angefangen, über Verwundete herzufallen?«

Der andere stutzt. »Habt ihr das gemacht?«, fragt er zurück.

»Er wollte die Achselstücke nicht runternehmen«, sagt einer aus dem Haufen.

Der Mann macht eine ärgerliche Bewegung. Dann wendet er sich uns wieder zu. »Das hätten sie nicht machen sollen, Kameraden. Aber ihr scheint gar nicht zu wissen, was los ist. Wo kommt ihr denn eigentlich her?«

»Von der Front, woher sonst?«, schnaubt Willy.

»Und wohin wollt ihr?«

»Dahin, wo ihr den ganzen Krieg gewesen seid: nach Hause.«

»Kamerad«, der Mann hebt einen leeren Ärmel hoch, »das habe ich nicht zu Hause verloren.«

»Umso schlimmer«, erklärt Willy ungerührt, »dann solltest du dich schämen, mit solchen nachgemachten Soldaten zusammen zu sein!«

Der Unteroffizier kommt näher. »Es ist Revolution«, sagt er ruhig, »und wer nicht für uns ist, der ist gegen uns!«

Willy lacht. »Schöne Revolution, mit deinem Verein der Achselklappenabreißer da! Wenn ihr nicht mehr wollt ...« Er spuckt verächtlich aus.

»Doch!«, sagt der Einarmige und geht jetzt rasch auf ihn zu, »wir wollen mehr! Schluss mit dem Krieg, Schluss mit der Verhetzung! Schluss mit dem Mord! Wir wollen wieder Menschen werden und keine Kriegsmaschinen!« Willy lässt die Handgranate sinken. »Dafür war das ja ein feiner Anfang«, sagt er und deutet auf Ludwigs zertretenen Verband. Dann geht er mit ein paar Sprüngen auf den Trupp los. »Macht, dass ihr nach Hause kommt, ihr Säuglinge!«, brüllt er in den zurückweichenden Haufen. »Menschen wollt ihr werden? Ihr seid ja noch nicht mal Soldaten! Wenn man sieht, wie ihr eure Gewehre anfasst, kann man Angst kriegen, dass ihr euch die Hände brecht!«

Der Schwarm verläuft sich. Willy macht kehrt und baut sich vor dem Unteroffizier auf. »So, jetzt will ich dir mal was sagen! Wir haben den Kram genauso satt wie ihr, und Schluss werden muss einmal damit, das ist klar! Aber nicht so! Wenn wir was machen, dann tun wir es selbst, aber vorschreiben lassen wir uns noch lange nichts. Und nun sperr deine Augen mal ganz weit auf!«

Er reißt sich mit zwei Griffen die Achselklappen ab. »Das mache ich, weil ich es will, und nicht, weil ihr es wollt! Das ist meine Sache. Der da aber –«, er zeigt auf

Ludwig hinüber, »ist unser Leutnant, und er behält sie, und wehe dem, der was dazu sagt.«

Der Einarmige nickt. In seinem Gesicht arbeitet es. »Ich war doch auch draußen, Mensch«, stößt er hervor, »ich weiß doch auch Bescheid! Hier –«, er weist erregt seinen Stumpf vor. »Zwanzigste I. D., Verdun!«

»Waren wir auch«, sagt Willy lakonisch, »dann also – Mahlzeit!«

Er lupft seinen Tornister an und hängt die Knarre um. Wir marschieren weiter. Aber als Ludwig an ihm vorübergeht, nimmt der Unteroffizier mit der roten Armbinde plötzlich die Hand an die Mütze, und wir verstehen, was er will: er grüßt nicht die Uniform und nicht den Krieg – er grüßt den Kameraden von draußen.

Willys Wohnung ist am nächsten. Gerührt winkt er zu dem kleinen Hause hinüber. »Salü, alter Kasten! Jetzt hat Reserve Ruhe.« Wir wollen stehen bleiben. Doch Willy wehrt ab. »Erst bringen wir Ludwig weg«, erklärt er kampflustig, »meinen Kartoffelsalat und meine Ermahnungen kriege ich früh genug.«

Unterwegs halten wir an und säubern uns, damit unsere Eltern nicht sehen, dass wir gerade aus einer Schlägerei kommen. Ich wische Ludwigs Gesicht ab, und wir machen seinen Verband los, um die blutigen Stellen zu verdecken, weil seine Mutter sich sonst leicht erschrecken könnte. Er muss sowieso später zum Lazarett und sich neu verbinden lassen.

Wir kommen ruhig hin. Ludwig sieht immer noch sehr angegriffen aus. »Mach dir nichts draus«, sage ich und gebe ihm die Hand. Willy legt ihm seine Pranke um die Schultern. »Kann jedem mal passieren, alter Junge. Ohne den Schuss hättest du Gulasch aus ihnen gemacht!«

Ludwig nickt uns zu und geht hinein. Wir sehen ihm nach, ob er auch richtig die Treppe hinaufkommt. Er ist schon halb oben, da fällt Willy plötzlich noch etwas ein. »Das nächste Mal treten, Ludwig«, ruft er beschwörend hinter ihm her, »immer nur treten! Nie rankommen lassen in solchen Fällen!« Dann lässt er befriedigt die Haustür zufallen.

»Ich möchte wissen, was er seit ein paar Wochen hat«, sage ich. Willy kratzt sich den Schädel. »Es wird die Ruhr sein«, meint er, »denn Ludwig sonst! – Weißt du noch, wie er den Tank bei Bixschoote erledigte? – Ganz allein? Das war nicht so einfach, mein lieber Scholli –«

Er lupft seinen Tornister an. »Also mach's gut, Ernst – ich will jetzt mal nachsehen, was Familie Homeyer im letzten halben Jahr gemacht hat. Eine Stunde Rührung schätze ich, dann geht's los mit dem Erziehen. Meine Mutter – Mensch, das wäre ein Feldweibel geworden! Ein goldenes Herz hat die Alte – aber in einer Fassung von Granit!«

Ich gehe allein weiter, und auf einmal ist die Welt verändert. In meinen Ohren rauscht es, als ströme ein Fluss unter dem Pflaster her, und ich sehe und höre nicht eher mehr etwas, als bis ich vor unserm Hause stehe. Langsam gehe ich hinauf. Über der Tür hängt ein Schild »Herzlich willkommen!«, und ein Strauß Blumen steckt daneben. Sie haben mich schon kommen sehen und stehen alle da, meine Schwestern – hinter ihnen ist das Wohnzimmer zu sehen, auf dem Tisch steht Essen und alles ist feierlich. – »Was macht ihr denn für Unsinn«, sage ich, »Blumen und alles – wozu denn? – so wichtig ist das doch nicht – weshalb weinst du denn, Mutter? – ich bin doch wieder da – und der Krieg ist zu Ende – da braucht man doch nicht zu weinen –«, und dann erst merke ich, dass mir selbst die Tränen salzig in die Schnauze laufen.

II

WIR HABEN KARTOFFELPUFFER MIT EIERN und Wurst gegessen – eine wunderbare Mahlzeit. Fast zwei Jahre ist es her, seit ich zuletzt ein Ei gesehen habe – von Kartoffelpuffern ganz zu schweigen.

Jetzt sitzen wir satt und behaglich um den großen Tisch im Wohnzimmer und trinken Eichelkaffee mit Zuckerersatz. Die Lampe brennt, der Kanarienvogel singt, sogar der Ofen ist warm, und Wolf liegt unter dem Tisch und schläft. Es ist so schön, wie es nur sein kann.

»Nun erzähl mal, was du alles erlebt hast, Ernst«, sagt mein Vater.

»Erlebt –«, erwidere ich und denke nach, »erlebt habe ich eigentlich gar nichts. Es war doch andauernd Krieg, was soll man da schon erleben?«

Sosehr ich mir auch den Kopf zerbreche, mir fällt nichts Rechtes ein. Von den Sachen draußen kann man mit Zivilisten nicht reden, und etwas anderes kenne ich ja nicht. »Ihr habt doch sicher hier viel mehr erlebt«, sage ich entschuldigend.

Das haben sie. Meine Schwestern erzählen, wie sie das Abendbrot zusammenhamstern mussten. Zweimal ist ihnen von den Gendarmen alles auf den Bahnhöfen abgenommen worden. Beim dritten Mal haben sie die Eier in die Mäntel genäht, die Wurst in die Blusen gesteckt, und die Kartoffeln in Taschen unter den Röcken verborgen. Da sind sie durchgekommen.

Ich höre ihnen etwas abwesend zu. Sie sind groß geworden, seit ich sie zum letzten Mal gesehen habe. Vielleicht habe ich damals auch nicht so darauf geachtet, deshalb fällt es mir umso mehr auf. Ilse muss schon über siebzehn sein. Wie die Zeit vergeht! –

»Weißt du, dass Regierungsrat Pleister gestorben ist?«, fragt mein Vater.

Ich schüttle den Kopf. »Wann denn?«

»Im Juli, ungefähr um den zwanzigsten herum. –«

Das Wasser auf dem Ofen singt. Ich spiele mit den Fransen der Tischdecke. So, im Juli, denke ich, im Juli – da haben wir in den letzten fünf Tagen sechsunddreißig Mann verloren. Doch ich weiß kaum noch von dreien, wie sie heißen, so viele kamen später noch dazu. »Was hat er denn gehabt?«, frage ich, ein bisschen schläfrig von der ungewohnten Wärme des Zimmers, »Splitter oder Gewehrschuss?«

»Aber Ernst«, erwidert mein Vater verwundert, »er war doch gar kein Soldat! Lungenentzündung hat er gehabt.«

»Ach, richtig«, sage ich und setze mich auf meinem Stuhl zurecht, »das gibt's ja auch noch.«

Sie berichten weiter, was seit meinem letzten Urlaub passiert ist. Der Schlächter an der Ecke ist von hungrigen Frauen halb tot geschlagen worden. Einmal, Ende August, hat es für jede Familie ein ganzes Pfund Fisch gegeben. Der Hund von Doktor Knott ist weggefangen und wahrscheinlich zu Seife verarbeitet worden. Fräulein Mentrup hat ein Kind gekriegt. Die Kartoffeln sind wieder teurer geworden. Nächste Woche soll es vielleicht auf dem Schlachthof Knochen zu kaufen geben. Die zweite Tochter von Tante Grete hat im vorigen Monat geheiratet, einen Rittmeister sogar. –

Draußen klopft der Regen an die Scheiben. Ich ziehe die Schultern hoch. Sonderbar, wieder in einem Zimmer zu sitzen. Sonderbar, zu Hause zu sein. –

Meine Schwester hält inne. »Du hörst ja gar nicht zu, Ernst –«, sagt sie erstaunt.

»Doch, doch«, versichere ich und raffe mich rasch zusammen, »einen Rittmeister, natürlich, einen Rittmeister hat sie geheiratet.«

»Ja, stell dir vor, das Glück«, fährt meine Schwester eifrig fort, »dabei hat sie doch das ganze Gesicht voll Sommersprossen! Was sagst du nur dazu?«

Was soll ich schon dazu sagen – wenn ein Rittmeister eine Schrapnellkugel ins Gehirn kriegt, ist er ebenso erledigt wie andere Menschen auch.

Sie sprechen weiter, doch ich kann meine Gedanken nicht recht zusammenhalten. Immer wieder schweifen sie ab.

Ich stehe auf und sehe aus dem Fenster. Ein paar Unterhosen hängen auf der Leine. Sie flattern grau und träge in der Dämmerung. Das unsichere Halbdunkel der Bleiche flackert – und plötzlich steigt schattenhaft und fern ein anderes Bild dahinter herauf – flatternde Wäsche, eine einsame Mundharmonika im Abend, ein Vormarsch im Zwielicht – und viele tote Neger in fahlen, blauen Mänteln, mit zerborstenen Lippen und blutigen Augen – Gas. Das Bild ist einen Augenblick ganz deutlich, dann schwankt es und schwindet, die Unterhosen flattern hindurch, die Bleiche ist wieder da, und ich spüre hinter mir wieder das Zimmer mit Eltern, Wärme und Geborgenheit. Vorbei, denke ich erleichtert und wende mich rasch ab.

»Weshalb bist du nur so zappelig, Ernst«, fragt mein Vater, »du hast noch keine Viertelstunde hintereinander ruhig gesessen.«

»Vielleicht ist er übermüdet«, meint meine Mutter.

»Nein«, antworte ich etwas verwirrt und denke nach, »das nicht. Aber ich glaube fast, ich kann nicht mehr so lange auf einem Stuhl sitzen. Im Felde hatten wir keine, lagen wir immer herum, wie es gerade traf. Ich bin es einfach nicht mehr gewöhnt.«

»Komisch«, sagt mein Vater.

Ich zucke die Achseln. Meine Mutter lächelt. »Warst du schon in deinem Zimmer?«, fragt sie.

»Noch nicht«, erwidere ich und gehe hinüber. Mir schlägt das Herz, als ich die Tür öffne und im Dunkeln den Geruch der Bücher atme. Hastig knipse ich das Licht an. Dann blicke ich mich um. »Es ist alles genau so geblieben«, sagt meine Schwester hinter mir.

»Ja, ja«, antworte ich abwehrend, denn ich möchte jetzt lieber allein sein. Doch die andern kommen auch schon. Sie bleiben in der Tür stehen und blicken mich aufmunternd an. Ich setze mich in den Lehnstuhl und lege die Hände auf die Tischplatte. Sie fühlt sich glatt und kühl an. Ja, alles ist so geblieben. Da liegt sogar noch immer der Briefbeschwerer aus braunem Marmor, den mir Karl Vogt geschenkt hat. Er hat seinen Platz wie früher neben dem Kompass und dem Tintenfass. Aber Karl Vogt ist am Kemmel gefallen.

»Gefällt dir das Zimmer nicht mehr?«, fragt meine Schwester.

»Doch«, sage ich zögernd, »aber es ist so klein. –«

Mein Vater lacht. »Es war doch früher genauso.«

»Das wohl«, gebe ich zu, »aber ich habe gemeint, es wäre viel größer. –«

»Du warst so lange nicht hier, Ernst«, sagt meine Mutter.

Ich nicke. »Das Bett wird noch frisch überzogen«, fährt sie fort, »da musst du jetzt nicht hinsehen.«

Ich taste nach meiner Rocktasche. Adolf Bethke hat mir zum Abschied ein Päckchen Zigarren geschenkt. Ich muss jetzt eine davon rauchen. Alles ist so lose um mich herum, als wäre mir etwas schwindlig. Ich ziehe den Rauch tief in die Lungen und fühle, dass es schon besser wird.

»Zigarren rauchst du?«, fragt mein Vater überrascht und beinahe vorwurfsvoll.

Verwundert sehe ich ihn an. »Natürlich«, erwidere ich, »die gehörten doch zur Verpflegung draußen. Jeden Tag standen uns drei oder vier zu. Willst du auch eine haben?«

Kopfschüttelnd nimmt er sie. »Früher hast du überhaupt nicht geraucht.«

»Ja, früher –«, sage ich und muss ein bisschen über ihn lächeln, weil er so viel Wesen davon macht. Früher hätte ich allerdings auch das nicht getan. Aber die Scheu vor älteren Leuten hat sich im Schützengraben verloren. Da waren wir alle gleich.

Verstohlen sehe ich nach der Uhr. Ein paar Stunden bin ich erst hier, aber mir ist, als wären es ein paar Wochen, seit ich Willy und Ludwig nicht mehr gesehen habe. Am liebsten möchte ich rasch einmal zu ihnen laufen; denn noch kann ich mir nicht vorstellen, dass ich jetzt für immer in der Familie bleiben soll, noch habe ich das Gefühl, dass wir morgen, übermorgen, irgendwann wieder marschieren werden, Schulter an Schulter, fluchend, ergeben, aber dicht zusammen. –

Schließlich stehe ich auf und hole meinen Mantel vom Korridor.

»Willst du heute Abend nicht bei uns bleiben?«, fragt meine Mutter.

»Ich muss mich noch melden«, sage ich, denn das andere würde sie doch nicht verstehen.

Sie geht mit mir bis zur Treppe. »Warte«, sagt sie, »es ist ja dunkel, ich bringe ein Licht. –«

Überrascht bleibe ich stehen. Ein Licht? Für die paar Treppenstufen? Herrgott, durch wie viel verschlammte Trichter, über wie viel zerwühlte Anmarschwege habe ich mich jahrelang ohne Licht in schwerem Feuer nachts zurechtfinden müssen – und jetzt ein Licht für eine Treppe? Ach Mutter! – Aber ich warte geduldig, bis sie mit der Lampe kommt und mir leuchtet, und es ist, als streichelte sie mich im Dunkel.

»Sei vorsichtig, Ernst, dass dir draußen nichts geschieht«, ruft sie mir nach.

»Was soll mir denn geschehen, hier in der Heimat, hier im Frieden, Mutter?«, sage ich lächelnd und blicke zu ihr hinauf.

Sie beugt sich über das Geländer. Ihr kleines, zerfurchtes Gesicht ist golden beschattet vom Lampenschirm. Unwirklich wehen die Schatten und Lichter hinter ihr über den Flur. Und plötzlich schwankt etwas in mir, eine seltsame Rührung packt mich, fast wie ein Schmerz – als gäbe es nichts auf der Welt als dieses Gesicht, als wäre ich wieder ein Kind, dem man auf der Treppe leuchten muss, ein Junge, dem auf der Straße etwas geschehen kann, und alles andere dazwischen nur Spuk und Traum. –

Aber das Licht der Lampe fängt sich zu einem scharfen Reflex in meinem Koppelschloss. Die Sekunde verfliegt, ich bin kein Kind, ich trage eine Uniform. Rasch springe ich die Treppe hinunter, immer drei Stufen auf einmal, und stoße die Haustür auf, begierig, zu meinen Kameraden zu kommen.

Zuerst besuche ich Albert Troßke. Seine Mutter hat verweinte Augen, doch das gehört heute ja dazu und ist nicht weiter schlimm. Aber Albert ist auch nicht der Alte, er hockt wie ein nasser Pudel am Tisch. Neben ihm sitzt sein älterer Bruder. Ich habe ihn lange nicht gesehen und weiß nur, dass er im Lazarett gelegen hat. Er ist dick geworden und hat schöne rote Backen.

»Tag, Hans, wieder gesund«, sage ich lustig, »wie geht's, wie steht's? Auf zwei Beinen immer noch am besten, was?«

Er murmelt etwas Unverständliches. Frau Troßke schluckt auf und geht hinaus. Albert macht mir ein Zeichen mit den Augen. Verständnislos blicke ich mich um. Dann sehe ich, dass Hans neben seinem Stuhl Krücken liegen hat. »Noch immer nicht in Ordnung?«, frage ich. »Doch«, antwortet er, »vorige Woche aus dem Lazarett entlassen.« Er greift nach den Krücken, stützt sich auf und schwingt sich mit zwei Sätzen zum Ofen. Beide Füße fehlen ihm. Rechts hat er eine eiserne Prothese, links schon ein Gestell mit einem Schuh daran.

Ich schäme mich über meine dumme Redensart. »Hab's nicht gewusst, Hans«, sage ich.

Er nickt. Die Füße sind ihm in den Karpaten erfroren, dann ist Brand hinzugekommen, und schließlich hat man sie abnehmen müssen.

»Gott sei Dank, nur die Füße!« Frau Troßke hat ein Kissen geholt und schiebt es unter die Prothesen. »Lass nur, Hans, wir werden es schon machen, du wirst schon wieder laufen lernen.« Sie setzt sich neben ihn und streichelt seine Hände.

»Ja«, sage ich, um etwas zu sagen, »die Beine hast du wenigstens noch.«

»Mir reicht es auch so«, antwortet er.

Ich gebe ihm eine Zigarette. Was soll man machen in solchen Augenblicken – alles ist roh, wenn man es auch noch so gut meint. Wir sprechen zwar etwas, mühsam und stockend, aber wenn einer von uns aufsteht, Albert oder ich, und hin und her geht, merken wir, wie Hans uns auf die Füße schaut, mit einem dunklen, gequälten Blick, und wie die Augen seiner Mutter denselben Weg suchen – immer nur auf die Füße – hin und her – ihr habt Füße – ich habe keine. –

Er kann wohl vorläufig nichts anderes denken – und seine Mutter kümmert sich nur um ihn. Sie sieht nicht, dass Albert darunter leidet. Er ist ganz scheu geworden in den paar Stunden. »Du, wir müssen uns noch melden«, sage ich zu ihm, um einen Grund anzugeben, damit er fortgehen kann.

»Ja«, sagt er rasch.

Draußen atmen wir auf. Der Abend spiegelt sich weich auf dem nassen Pflaster. Laternen flackern im Wind. Albert sieht starr geradeaus. »Ich kann doch nichts daran ändern, Ernst«, beginnt er stockend, »aber wenn ich so dazwischen sitze und ihn sehe und seine Mutter, dann meine ich zuletzt, ich sei schuld, und ich schäme mich, weil ich noch zwei Füße habe. Ganz gemein kommt man sich vor, weil man so heil ist. Wenn man wenigstens noch einen Armschuss hätte, wie Ludwig, dann stände man doch nicht ganz so aufreizend da. –«

Ich versuche, ihn zu trösten. Doch er blickt zur Seite. Es überzeugt ihn nicht, was ich auch sage – aber mich erleichtert es wenigstens. So ist es ja immer mit Trost.

Wir gehen zu Willy. In seinem Zimmer sieht es wüst aus. Das Bett steht zerlegt an der Wand. Es muss größer gemacht werden, denn Willy ist beim Militär so gewachsen, dass er nicht mehr hineinpasst. Bretter, Hämmer und Sägen liegen umher. Auf einem Stuhl glänzt eine gewaltige Schüssel Kartoffelsalat. Er selbst ist nicht da. Seine Mutter erzählt, dass er seit einer Stunde in der Waschküche sei, um sich sauber zu schrubben. Wir warten.

Frau Homeyer kniet vor Willys Tornister und kramt darin. Kopfschüttelnd holt sie einige dreckige Fetzen heraus, die früher einmal ein Paar Strümpfe gewesen sind. »Lauter Löcher«, murmelt sie und sieht Albert und mich missbilligend an.

»Kriegsware«, sage ich und zucke die Achseln.

»So, Kriegsware?«, erwidert sie ärgerlich, »was ihr nicht alles wisst! Beste Wolle war das! Acht Tage bin ich rumgelaufen, bis ich sie gekriegt habe. Und jetzt sind sie schon hin. Aber neue gibt's nirgendwo.« Bekümmert sieht sie die Reste an. »So viel Zeit habt ihr im Krieg doch sicher jede Woche mal gehabt, um schnell ein Paar reine Strümpfe anzuziehen. Vier Paar hat er das letzte Mal mitgenommen. Nur zwei hat er wieder mitgebracht. Und die noch so!« Sie fährt mit der Hand durch die Löcher.

Ich will Willy gerade in Schutz nehmen, da kommt er selbst triumphierend mit gewaltigem Gebrüll hereingestürmt. »Das nennt die Welt Schwein haben! Ein Kochgeschirraspirant! Heute Abend gibt es noch Hühnerfrikassee!«

In der Hand trägt er wie eine Fahne einen dicken Hahn. Die grüngoldenen Schwanzfedern schimmern, der Kamm leuchtet purpurn, am Schnabel hängen ein paar Blutstropfen. Obschon ich gut gegessen habe, läuft mir das Wasser im Munde zusammen.

Willy schwenkt das Tier selig hin und her. Frau Homeyer richtet sich auf und stößt einen Schrei aus. »Willy! Wo hast du den her?«

Willy berichtet stolz, dass er ihn soeben hinter dem Schuppen gesichtet, gefangen und geschlachtet habe, alles in zwei Minuten. Er klopft seiner Mutter auf den Rücken. »Das haben wir draußen gelernt. Willy war nicht umsonst mal stellvertretender Küchenbulle.«

Sie sieht ihn an, als hätte er eine Bombe verschluckt. Dann ruft sie nach ihrem Mann. Gebrochen stöhnt sie: »Oskar, sieh dir das an – er hat Bindings Zuchthahn geschlachtet!«

»Wieso Binding?«, fragt Willy.

»Der Hahn gehört doch Binding nebenan! Dem Milchhändler! O Gott, wie konntest du so was machen?« Frau Homeyer sinkt auf einen Stuhl.

»Ich werde doch solch einen Braten nicht laufen lassen«, sagt Willy erstaunt, »das hat man schon so im Griff.«

Frau Homeyer kann sich nicht beruhigen. »Das wird ja was geben! Dieser Binding ist solch ein Wutkopp!«

»Wofür hältst du mich eigentlich?«, fragt Willy jetzt ernstlich beleidigt, »meinst du denn, mich hätte nur eine Maus gesehen? Ich bin doch kein Anfänger! Es ist genau der Zehnte, den ich erwische. Ein Jubiläumshahn! Den können wir in voller Ruhe essen, dieser Binding hat keine Ahnung davon.« Er schüttelt ihn zärtlich. »Du sollst mir schmecken! Wollen wir ihn kochen oder braten?«

»Glaubst du denn, ich werde ein Stück davon essen?«, ruft Frau Homeyer außer sich, »sofort bringst du ihn zurück!«

»Ich bin doch nicht verrückt«, erklärt Willy.

»Du hast ihn doch gestohlen«, klagt sie verzweifelt.

»Gestohlen?« Willy bricht in ein Gelächter aus. »Das wäre ja noch schöner. Requiriert ist der! Besorgt! Gefunden! – Gestohlen? Wenn man Geld wegnimmt, da kann man von Stehlen reden, aber doch nicht, wenn man was zu fressen schnappt. Da hätten wir schon viel gestohlen, Ernst, was?«

»Aber klar«, sage ich, »der Hahn ist dir zugelaufen, Willy. Genau wie damals der vom Batterieführer der Zweiten in Staden. Weißt du noch, wie du daraus für die ganze Kompanie Hühnerfrikassee gemacht hast? Eins zu eins – ein Huhn auf ein Pferd?«

Willy grinst geschmeichelt und tupft mit der Hand auf die Platte des Kochherdes. »Kalt«, sagt er enttäuscht und wendet sich an seine Mutter. »Habt ihr denn keine Kohlen?«

Frau Homeyer ist vor Aufregung die Sprache weggeblieben. Sie kann nur den Kopf schütteln. Willy winkt begütigend. »Besorge ich morgen auch. Einstweilen können wir ja dann diesen alten Stuhl hier nehmen, der ist sowieso nichts mehr wert.«

Frau Homeyer sieht ihren Sohn erneut fassungslos an. Dann reißt sie ihm erst den Stuhl und darauf den Hahn aus den Fingern und tritt den Weg zu Milchhändler Binding an.

Willy ist ehrlich entrüstet. »Da geht er hin und singt nicht mehr«, sagt er schwermütig. »Verstehst du das, Ernst?«

Dass wir den Stuhl nicht nehmen können, obschon wir im Felde einmal ein ganzes Klavier verbrannt haben, um einen Apfelschimmel weich zu kriegen, verstehe ich zur Not. Und dass wir hier zu Hause nicht mehr dem unwillkürlichen Zucken unserer Hände nachgeben dürfen, obwohl draußen alles Fressbare Sache des Glücks und nicht der Moral war, begreife ich vielleicht auch noch. Aber dass der Hahn, der doch nun mal tot ist, zurückgebracht wird, wo sogar ein Rekrut schon wissen müsste, dass so was nur unnütze Scherereien gibt, das finde ich ganz und gar blödsinnig.

»Wenn das Mode wird, verhungern wir hier noch, pass auf«, behauptet Willy aufgewühlt. »In einer halben Stunde hätten wir das schönste Hühnerfrikassee gehabt, wenn wir unter uns gewesen wären. Ich hätte uns eine gelbe Soße dazu gemacht.«

Er lässt den Blick zwischen Kochherd und Tür hin und her wandern. »Am besten ist es, wir verschwinden«, schlage ich vor, »hier gibt's nur noch dicke Luft.«

Aber Frau Homeyer kommt schon zurück. »Er war nicht zu Hause«, sagt sie atemlos und will aufgeregt weitersprechen, da sieht sie, dass Willy sich angezogen hat. Darüber vergisst sie alles. »Du willst schon weg?«

»Bisschen Patrouille gehen, Mama«, sagt er lachend.

Sie beginnt zu weinen. Willy klopft ihr verlegen auf die Schulter. »Ich komme ja wieder. Jetzt kommen wir ja immer wieder. Viel zu oft, pass mal auf ...«

Seite an Seite, mit großen Schritten, die Hände in den Taschen, gehen wir die Schlossstraße entlang. »Wollen wir Ludwig nicht abholen?«, frage ich.

Willy schüttelt den Kopf. »Lieber schlafen lassen. Ist besser für ihn.«

Die Stadt ist unruhig. Lastautos mit Matrosen rasen über die Straßen. Rote Fahnen flattern.

Vor dem Rathaus werden Stöße von Flugblättern abgeladen und verteilt. Die Leute reißen sie den Matrosen aus den Händen und überfliegen sie gierig. Ihre Augen glänzen. Ein Windstoß fasst in die Packen und wirbelt die Bekanntmachungen wie einen Schwarm weißer Tauben hoch. Die Blätter fangen sich in den kahlen Ästen der Bäume und bleiben dort raschelnd hängen.

»Kameraden«, sagt ein alter Mann in einem feldgrauen Mantel neben uns, »Kameraden, jetzt wird es besser.« Sein Mund zittert.

»Verdammt, hier scheint was los zu sein«, sage ich.

Wir verdoppeln unsere Schritte. Je näher wir zum Domhof kommen, desto stärker wird das Gedränge. Der Platz ist voller Menschen. Auf den Stufen des Theaters steht ein Soldat und redet. Das kreidige Licht einer Karbidlampe flackert über sein Gesicht. Wir können nicht richtig verstehen, was er spricht, denn der Wind faucht in langen, unregelmäßigen Stößen über den Platz und bringt vom Dom jedes Mal eine Welle Orgelmusik mit, in der die dünne, abgehackte Stimme beinahe ertrinkt.

Eine aufregende, ungewisse Spannung lagert über dem Platz. Die Menge steht wie eine Mauer. Fast alles Soldaten. Viele mit ihren Frauen. Die schweigsamen, verschlossenen Gesichter haben denselben Ausdruck wie im Felde, wenn sie unter den Stahlhelmen hinweg nach dem Feinde spähten. Aber in den Blicken liegt jetzt plötzlich noch etwas anderes: die Ahnung einer Zukunft, die unfassbare Erwartung eines anderen Lebens. – Vom Theater her kommen Rufe. Ein dumpfes Brausen antwortet.

»Kinder, jetzt geht's ran!«, sagt Willy begeistert. Arme heben sich. Ein Ruck geht durch die Menge. Die Reihen geraten in Bewegung. Ein Zug formiert sich. Schreie ertönen: »Vorwärts, Kameraden!« Wie ein gewaltiger Atemzug rauscht der Marschtritt über das Pflaster. Wir schwenken ohne Besinnen ein.

Rechts von uns geht ein Artillerist. Vor uns ein Pionier. Gruppe fügt sich zu Gruppe. Nur wenige kennen sich. Trotzdem sind wir sofort miteinander vertraut. Soldaten brauchen nichts voneinander zu wissen. Sie sind Kameraden, das ist genug. »Los, Otto, komm auch mit!«, ruft der Pionier vor uns einem anderen zu, der stehen geblieben ist.

Der zögert. Er hat seine Frau bei sich. Sie schiebt ihren Arm unter den seinen und sieht ihn an. Er lächelt verlegen: »Nachher, Franz.«

Willy zieht eine Grimasse. »Wenn die Unterröcke erst dazwischenkommen, ist die richtige Kameradschaft bald zum Deubel, passt mal auf!«

»Ach Quatsch«, erwidert der Pionier und gibt ihm eine Zigarette, »Weiber sind das halbe Leben. Bloß alles zu seiner Zeit.«

Wir fallen unwillkürlich in Gleichschritt. Das ist ein anderes Marschieren als sonst. Das Pflaster dröhnt, und wie ein Blitz fliegt über den Kolonnen eine wilde, atemlose Hoffnung auf: als ginge es jetzt geradewegs in ein Dasein der Freiheit und Gerechtigkeit hinein.

Doch schon nach wenigen hundert Metern stoppt der Zug. Er hält vor der Wohnung des Bürgermeisters. Ein paar Arbeiter rütteln an der Haustür. Es bleibt still; aber hinter den geschlossenen Fenstern sieht man einen Augenblick das bleiche Gesicht einer Frau. Das Rütteln verstärkt sich, und ein Stein fliegt gegen das Fenster. Ein zweiter folgt. Klirrend splittert das Glas in den Vorgarten.

Da erscheint der Bürgermeister auf dem Balkon der ersten Etage. Zurufe fliegen ihm entgegen. Er versucht, etwas zu beteuern, aber niemand hört auf ihn. »Los! Mitkommen!«, schreit jemand.

Der Bürgermeister zuckt die Achseln und nickt. Wenige Minuten später marschiert er an der Spitze des Zuges. Der Nächste, der herausgeholt wird, ist der Leiter des Lebensmittelamtes. Dann kommt ein verstörter Kahlkopf an die Reihe, der Butterschiebungen gemacht haben soll. Einen Getreidehändler erwischen wir nicht mehr – der ist rechtzeitig getürmt, als er uns kommen hörte.

Der Zug marschiert zum Schlosshof und staut sich vor dem Eingang des Bezirkskommandos. Ein Soldat springt die Treppe empor und geht hinein. Wir warten. Alle Fenster sind hell.

Endlich öffnet sich die Tür wieder. Wir recken die Köpfe. Ein Mann mit einer Aktentasche tritt heraus. Er sucht Blätter hervor und beginnt mit gleichmäßiger Stimme eine Rede abzulesen. Wir lauschen angestrengt. Willy hält beide Hände an seine großen Ohren. Da er einen Kopf größer als alle anderen ist, versteht er die Sätze besser und wiederholt sie. Aber die Worte plätschern über uns hin. Sie klingen und verklingen, doch sie treffen uns nicht, sie reißen uns nicht mit, sie rütteln uns nicht auf, sie plätschern nur und plätschern.

Wir werden unruhig. Wir verstehen das nicht. Wir sind gewohnt zu handeln. Es ist doch Revolution! Da muss doch was geschehen! Aber der Mann da oben redet nur und redet. Er mahnt zur Ruhe und Besonnenheit. Dabei ist noch niemand unbesonnen gewesen. Endlich tritt er ab. »Wer war das?«, frage ich enttäuscht.

Der Artillerist neben uns weiß Bescheid. »Der Vorsitzende vom Arbeiter- und Soldatenrat. War früher, glaube ich, Zahnarzt.«

»Aha!«, brummt Willy und dreht unbehaglich seinen roten Schädel hin und her. »So ein Quatsch! Ich habe gedacht, es ginge gleich zum Bahnhof und dann direkt nach Berlin.«

Rufe aus der Menge werden laut und pflanzen sich fort. Der Bürgermeister soll reden. Er wird die Treppe hinaufgeschoben. Mit ruhiger Stimme erklärt er, es würde alles genau untersucht werden. Neben ihm stehen schlotternd die beiden Schieber. Sie schwitzen vor Angst. Dabei geschieht ihnen gar nichts. Sie werden wohl angeschrien, aber jeder geniert sich, die Hand gegen sie zu erheben.

»Na«, sagt Willy, »wenigstens der Bürgermeister hat Courage.«

»Ach, der ist das gewöhnt«, meint der Artillerist, »den holen sie alle paar Tage mal raus. –«

Wir sehen ihn erstaunt an. »Passiert denn so was öfter?«, fragt Albert.

Der andere nickt. »Es kommen ja immer noch neue Truppen zurück, die meinen, dass sie aufräumen müssen. Na, und dabei bleibt's dann. –«

»Mensch, das versteh ich nicht«, sagt Albert.

»Ich auch nicht«, erklärt der Artillerist und gähnt herzhaft, »hab's mir auch anders vorgestellt. Na adjüs, ich trudele in meine Flohkiste. Das ist vernünftiger.«

Andere folgen. Der Platz leert sich zusehends. Ein zweiter Delegierter spricht jetzt. Auch er mahnt zur Ruhe. Die Führer würden für alles sorgen. Sie seien schon bei der Arbeit. Er zeigt auf die erleuchteten Fenster. Am besten wäre es, wir gingen nach Hause.

»Verflucht, und das ist alles?«, sage ich ärgerlich.

Wir kommen uns beinahe lächerlich vor, weil wir mitgegangen sind. Was haben wir vorhin nur gewollt? »Scheiße«, sagt Willy enttäuscht. Wir zucken die Achseln und schlendern fort.

Eine Zeit lang bummeln wir noch herum, dann trennen wir uns. Ich bringe Albert nach Hause und gehe allein zurück. Aber es ist sonderbar: Jetzt, wo meine Kameraden nicht mehr bei mir sind, beginnt alles um mich herum leise zu schwanken und unwirklich zu werden. Eben noch war es selbstverständlich und fest, jetzt aber löst es sich plötzlich und ist so bestürzend neu und ungewohnt, dass ich beinahe nicht mehr weiß, ob ich nicht alles nur träume. Bin ich denn da? Bin ich wirklich wieder da und zu Hause?

Da liegen die Straßen steinern und sicher, mit glatten, schimmernden Dächern, nirgendwo klaffen Löcher und Granatrisse, unversehrt ragen die Mauern in die blaue Nacht, dunkel schneiden die Silhouetten der Balkone und Giebel hinein, nichts ist angefressen von den Zähnen des Krieges, die Fensterscheiben sind alle heil, und hinter den hellen Wolken ihrer Gardinen lebt eine gedämpfte andere Welt als die heulende des Todes, in der ich bislang zu Hause war.

Vor einem Hause, in dem die untern Fenster erleuchtet sind, bleibe ich stehen. Musik klingt leise heraus. Die Vorhänge sind nur halb zugezogen. Man kann hineinsehen.

Eine Frau sitzt am Klavier und spielt. Sie ist allein. Nur das Licht einer Stehlampe fällt auf die weißen Notenblätter. Das übrige Zimmer verschwimmt in buntem Halbdämmer. Ein Sofa und einige Stühle mit Lehnen und Polstern führen in ihm ein friedliches Dasein. In einem Sessel liegt ein Hund und schläft. Ich starre wie verzaubert auf dieses Bild. Erst als die Frau aufsteht und mit weichen Schritten lautlos zum Tisch geht, trete ich rasch zurück. Mein Herz schlägt. Im wilden Licht der Leuchtraketen und unter den zerschossenen Ruinen der Frontdörfer habe ich fast vergessen, dass es dies alles noch gibt: diesen straßenweit in Räume gemauerten Frieden der Teppiche, der Wärme und der Frauen. Ich möchte die Haustür öffnen und in das Zimmer hineingehen, ich möchte mich in den Sessel kauern, die Hände in die Wärme halten und mich davon überströmen lassen, ich möchte sprechen und das Harte, Heftige, Vergangene unter den stillen Augen der Frau auftauen und hinter mir lassen, ich möchte es ausziehen wie einen schmutzigen Anzug. – Das Licht im Zimmer erlischt. Ich gehe weiter. Aber die Nacht ist auf einmal voll von dunklen Rufen und undeutlichen Stimmen, voll von Bildern und Vergangenem, voll von Fragen und Antworten.

Ich wandere weit hinaus. Auf der Anhöhe des Klosterberges bleibe ich stehen. Silbern liegt unten die Stadt. Der Mond spiegelt sich im Fluss. Die Türme schweben, und es ist unfassbar still. Ich stehe eine Weile und gehe dann zurück, wieder den Straßen und Wohnungen zu.

Leise tappe ich zu Hause die Treppe hinauf. Meine Eltern schlafen schon. Ich höre ihren Atem – den leiseren meiner Mutter und den rauheren meines Vaters – und schäme mich, dass ich so spät wiedergekommen bin.

In meinem Zimmer mache ich Licht. In der Ecke steht das Bett, weiß bezogen, mit aufgeschlagener Decke. Ich setze mich darauf und hocke noch eine Weile so da. Dann werde ich müde. Mechanisch strecke ich mich aus und will die Decke über mich ziehen. Aber plötzlich setze ich mich wieder auf, denn ich habe ganz vergessen, mich auszuziehen. Draußen schliefen wir ja immer nur in unserm Zeug. Langsam streife ich die Uniform ab und stelle die Stiefel in die Ecke. Dabei sehe ich, dass am Fußende des Bettes ein Nachthemd hängt. Das kenne ich kaum noch. Ich ziehe es an. Und mit einmal, während ich es nackt und fröstelnd überstreife, überwältigt mich ein Gefühl, ich betaste die Decken und wühle mich in die Kissen, ich drücke sie an mich und presse mich hinein, in die Kissen, in den Schlaf und wieder in das Leben, und empfinde nur das eine und nichts anderes: ich bin da – ja, ich bin da!

III

ALBERT UND ICH SITZEN IM CAFÉ MEYER am Fenster. Vor uns auf dem runden Marmortisch stehen zwei Tassen mit kalt gewordenem Kaffee. Wir sind schon drei Stunden hier, doch wir haben uns noch nicht entschließen können, die bittere Brühe zu trinken. Dabei sind wir von draußen allerhand gewohnt; aber dieses hier kann nichts anderes als aufgekochte Steinkohle sein.

Nur drei Tische sind besetzt. An einem verhandeln Schieber über einen Waggon Lebensmittel; am anderen sitzt ein Ehepaar, das Zeitungen liest; am dritten rekeln wir unsere hingeflegelten Hintern auf den roten Plüschsofas.

Die Gardinen sind schmutzig, die Kellnerin gähnt, die Luft ist stickig, und eigentlich ist hier wohl nicht viel los; aber für uns ist trotzdem eine ganze Menge los. Wir hocken gemütlich da, wir haben endlos Zeit, die Musik spielt, und wir können aus dem Fenster sehen. Das haben wir lange nicht mehr gehabt.

Wir bleiben deshalb auch so lange, bis die drei Musiker ihre Sachen zusammengepackt haben und die Kellnerin ärgerlich immer engere Kreise um den Tisch zieht. Dann zahlen wir und streichen durch den Abend. Es ist großartig, langsam von einem Schaufenster zum anderen zu gehen, sich um nichts kümmern zu müssen und ein freier Mann zu sein.

An der Stubenstraße machen wir halt. »Könnten mal zu Becker reingehen«, sage ich.

»Tatsächlich«, stimmt Albert zu, »das könnten wir. Der wird sich ja wundern.«

In Beckers Geschäft haben wir einen Teil unserer Schuljahre zugebracht. Dort gab es alles zu kaufen, was man sich denken konnte: Hefte, Zeichensachen, Schmetterlingsnetze, Aquarien, Briefmarkensammlungen, antiquarische Bücher und Broschüren mit den Auflösungen der algebraischen Aufgaben. Bei Becker saßen wir stundenlang, dort haben wir heimlich Zigaretten geraucht und unsere ersten verstohlenen Zusammenkünfte mit den Mädchen der Bürgerschule gehabt. Er war unser großer Vertrauter. Wir treten ein. Rasch lassen ein paar Schüler, die in den Ecken stehen, ihre Zigaretten in der hohlen Hand verschwinden. Wir lächeln und recken uns ein bisschen. Ein Mädchen kommt und fragt nach unsern Wünschen.

»Wir möchten Herrn Becker sprechen«, sage ich.

Das Mädchen zögert. »Kann ich es denn nicht auch machen?«

»Nein, Fräulein«, erwidere ich, »das können Sie nicht. Sagen Sie mal Herrn Becker Bescheid.«

Sie geht. Wir sehen uns an und stecken unternehmungslustig die Hände in die Taschen. Das wird ja ein Hallo geben!

Das wohl bekannte Klingeln der Kontortür ertönt. Becker kommt, klein, grau und verhutzelt, wie immer. Er blinzelt einen Moment. Dann erkennt er uns. »Sieh da, Birkholz und Troßke«, sagt er, »auch wieder da?«

»Ja«, sagen wir rasch und denken, dass es jetzt losgeht.

»Ist ja schön! Was soll's denn sein?«, fragt er. »Zigaretten?«

Wir sind verdutzt. Kaufen wollten wir eigentlich gar nichts, daran hatten wir nicht gedacht. »Ja, zehn Zigaretten«, sage ich schließlich.

Er gibt sie uns. »Na, denn auf ein Baldiges!« Damit schlurft er zurück. Wir stehen noch einen Augenblick. »Noch was vergessen?«, ruft er von der kleinen Treppe. »Nein, nein«, antworten wir und gehen.

»Na, Albert«, sage ich draußen, »der scheint zu meinen, wir wären bloß mal spazieren gewesen, was?«

Er macht eine verdrossene Bewegung. »Zivilistenkamel …«

Wir bummeln weiter. Spät am Abend stößt Willy zu uns, und wir gehen zusammen zur Kaserne.

Unterwegs springt Willy plötzlich zur Seite. Ich erschrecke ebenfalls. Das unverkennbare Jaulen einer Granate kreischt heran, aber dann sehen wir uns verblüfft um und lachen. Es war nur das Quietschen der elektrischen Straßenbahn.

Jupp und Valentin hocken etwas verlassen in einer leeren, großen Korporalschaftsbude. Tjaden ist überhaupt noch nicht zurückgekommen. Er ist immer noch im Puff. Die beiden anderen begrüßen uns erfreut, denn nun können sie einen Skat ansetzen. Jupp hat es in der kurzen Zeit geschafft, Soldatenrat zu werden. Er hat sich einfach selbst dazu gemacht und bleibt es jetzt, weil ein solcher Wirrwarr in der Kaserne herrscht, dass keiner Bescheid weiß. Damit ist er fürs Erste versorgt, denn seine Zivilstellung ist futsch. Sein Rechtsanwalt aus Köln hat ihm geschrieben, die weibliche Hilfskraft sei vorzüglich eingearbeitet und billiger, Jupp aber wäre sicher den Büroanforderungen im Feld etwas entwachsen. Er bedauere herzlich, die Zeiten seien hart. Beste Wünsche für die Zukunft.

»Schöner Mist«, sagt Jupp melancholisch, »all die Jahre hat man nur den einen Wunsch gehabt: weg von den Preußen, und jetzt ist man froh, dass man bleiben kann. Na, so kaputt oder so kaputt – ich reize achtzehn.«

Willy hat ein Bombenblatt in der Faust. »Zwanzig«, antworte ich für ihn, »und du, Valentin?«

Er zuckt die Achseln. »Vierundzwanzig.«

Als Jupp bei vierzig passt, erscheint Karl Bröger. »Wollte mal nachsehen, was ihr macht«, sagt er.

»Da hast du uns hier gesucht, was?«, schmunzelt Willy und setzt sich behaglich und breit hin. »Ja, die Kaserne ist doch nun mal die wahre Heimat der Soldaten. Einundvierzig!«

»Sechsundvierzig«, schnaubt Valentin herausfordernd.

»Achtundvierzig«, donnert Willy zurück.

Verflucht, das wird ein hohes Spiel. Wir rücken näher. Willy lehnt sich genussreich an die Spindwand und zeigt uns einen haushohen Grand. Aber Valentin grinst gefährlich; er hat ein noch mächtigeres Null aus der Hand in der Flosse.

Wunderbar gemütlich ist es in der Bude hier. Auf dem Tisch steht ein Kerzenstummel und flackert. Matt schimmern die Bettstellen aus den Schatten. Wir fressen große Stücke Käse, die Jupp besorgt hat. Er teilt jedem seine Portion mit dem Seitengewehr zu.

»Fünfzig!«, tobt Valentin.

Da fliegt die Tür auf und Tjaden stürmt herein. »Se…

Se…«, stottert er und kriegt vor Aufregung einen mörderischen Schluckauf. Wir führen ihn mit hochgehobenen Armen in der Stube herum. »Haben dir die Huren dein Geld geklaut?«, fragt Willy teilnehmend.

Er schüttelt den Kopf. »Se… Se…«

»Stillgestanden!«, kommandiert Willy.

Tjaden fährt zusammen. Der Schluckauf ist weg.

»Seelig – ich habe Seelig gefunden«, jubelt er.

»Mensch –«, Willy heult auf, »wenn du jetzt lügst, werfe ich dich aus dem Fenster!«

Seelig war unser Kompaniefeldwebel, ein Biest ersten Ranges. Zwei Monate vor der Revolution wurde er leider versetzt, sodass wir ihn bislang nicht fassen konnten. Tjaden erzählt, dass er in der Kneipe »König Wilhelm« Gastwirt sei und hervorragendes Bier habe.

»Hin!«, rufe ich, und wir drängen hinaus.

»Aber nicht ohne Ferdinand«, sagt Willy. »Der hat mit Seelig noch wegen Schröder abzurechnen.«

Wir pfeifen und lärmen vor Kosoles Haus, bis er missmutig im Hemd ans Fenster kommt. »Was fällt euch ein – am späten Abend«, knurrt er. »Wisst ihr nicht, dass ich verheiratet bin?«

»Das hat Zeit«, schreit Willy, »komm rasch runter, wir haben Seelig entdeckt!«

Ferdinand wird lebendig. »Tatsache?«, fragt er.

»Tatsache!«, kräht Tjaden.

»Gut, ich komme!«, antwortet er, »aber wehe, wenn ihr mich angeschmiert habt. –«

Fünf Minuten später ist er unten und lässt sich berichten. Wir sausen los.

Als wir in die Hakenstraße einbiegen, rennt Willy in der Aufregung einen Mann über den Haufen. »Rhinozeros!«, brüllt der vom Boden aus hinter ihm her.

Willy kehrt rasch um und pflanzt sich drohend vor ihm auf. »Pardon, haben Sie was gesagt?«, fragt er und tippt an seine Mütze. Der andere rappelt sich auf und sieht an ihm empor. »Nicht dass ich wüsste«, antwortet er mürrisch.

»Ihr Glück«, sagt Willy, »zum Schimpfen haben Sie nämlich nicht den nötigen Körperbau.«

Wir durchqueren einen Vorgarten und halten vor der Kneipe »König Wilhelm«. Der Name ist bereits überpinselt. Sie heißt jetzt »Edelweiß«. Willy greift nach der Türklinke.

»Moment!« Kosole zieht ihm die Pfote zurück. »Willy«, sagt er dann beschwörend, »wenn gehauen wird, haue ich! Hand drauf!«

»Geht in Ordnung!«, bestätigt Willy und reißt die Tür auf.

Lärm, Qualm und Licht stürzen uns entgegen. Gläser klirren. Ein Musikapparat donnert den Marsch aus der Lustigen Witwe. Die Hähne der Theke blitzen. Ein Schwall von Gelächter wirbelt um die Wanne des Schanktisches, an dem zwei Mädchen die schaumigen Gläser spülen. Ein Haufen Kerle ist um sie herum. Witze knallen. Das Wasser schwappt über. Die Gesichter spiegeln sich zerfetzt darin. Ein Artillerist bestellt eine Runde Schnaps und greift einem Mädchen an den Hintern. »Das ist noch Friedensware, Lina«, brüllt er begeistert.

Wir drängen uns durch. »Tatsächlich, da steht er«, sagt Willy. Mit hochgekrempelten Ärmeln und offenem Hemd, schwitzend, mit nassem, rotem Hals zapft der Wirt hinter der Theke das Bier ab. Braun und golden fließen die Strahlen unter seinen dicken Fäusten in die Gläser. Jetzt sieht er auf. Ein breites Lächeln kriecht über sein Gesicht. »Mahlzeit! Auch da? Was soll's sein, hell oder dunkel?«

»Hell, Herr Feldwebel!«, erwidert Tjaden frech. Der Wirt zählt uns mit den Augen.

»Sieben«, sagt Willy.

»Sieben«, wiederholt der Wirt mit einem Blick auf Ferdinand, »sechs und Kosole, wahrhaftig.«

Ferdinand schiebt sich an die Theke. Er stemmt die Fäuste auf den Rand. »Sag mal, Seelig, hast du auch Rum?«

Der Wirt hantiert hinter seinem Nickelgestänge. »Natürlich habe ich auch Rum.«

Kosole sieht ihn von unten an. »Den säufst du wohl gerne, was?«

Der Wirt schenkt eine Reihe Cognacgläser voll. »Natürlich saufe ich den gerne.«

»Weißt du noch, wann du zuletzt welchen gesoffen hast?«

»Nee –«

»Aber ich!«, brüllt Kosole und steht vor der Theke wie ein Bulle vor der Hecke. »Kennst du den Namen Schröder?«

»Schröder gibt's viele«, sagt der Wirt oberflächlich.

Das ist zu viel für Kosole. Er setzt zum Sprung an. Willy greift ihn und drückt ihn auf einen Stuhl. »Erst trinken! – Sieben hell«, erklärt er zur Theke hinüber.

Kosole schweigt. Wir setzen uns an einen Tisch. Der Wirt stellt uns die halben Liter selbst hin. »Prost!«, sagt er.

»Prost!«, antwortet Tjaden, und wir trinken. Dann lehnt er sich zurück. »Na, was habe ich euch gesagt?«

Ferdinand sieht hinter dem Wirt her, der wieder zur Theke geht.

»Mensch, wenn ich bloß daran denke«, knirscht er, »wie dieser Bock nach Rum stank, als wir Schröder beerdigten. –«

Er bricht ab.

»Nur nicht weich werden«, sagt Tjaden.

Doch als hätten Kosoles Worte einen Vorhang weggerissen, der die ganze Zeit über schon leise wehte und schwankte, so scheint plötzlich eine graue, gespenstische Öde in die

Wirtsstube hereinzuwachsen. Die Fenster verschwimmen, Schatten steigen aus den Ritzen des Fußbodens herauf, und die Erinnerung qualmt durch den rauchigen Raum.

Kosole und Seelig konnten sich nie leiden. Aber Todfeinde wurden sie erst im August 18. Wir lagen damals in einem zerschossenen Grabenstück hinter der Front und mussten die ganze Nacht an einem Massengrab arbeiten. Wir konnten es nicht sehr tief machen, denn das Grundwasser kam bald durch. Zum Schluss arbeiteten wir schon im dicken Schlamm.

Bethke, Weßling und Kosole steiften die Wände ab. Wir andern sammelten die Leichen im Vorgelände und legten sie zu einer langen Reihe nebeneinander, bis das Grab fertig war. Albert Troßke, der Unteroffizier unserer Gruppe, nahm ihnen die Erkennungsmarken und Soldbücher ab, soweit sie noch welche hatten.

Einige der Toten hatten schon schwarze, angefaulte Gesichter, denn die Verwesung ging schnell in den feuchten Monaten. Dafür aber rochen alle nicht so stark wie im Sommer. Manche waren nass und aufgedunsen vom Wasser wie Schwämme. Einen fanden wir mit ausgebreiteten Armen auf die Erde hingestreckt. Als wir ihn aufhoben, sahen wir, dass es fast nur die Fetzen der Uniform waren, die da lagen, so war er zerrissen. Auch die Erkennungsmarke war fort. Schließlich erkannten wir an einem Hosenflicken den Gefreiten Glaser. Er war sehr leicht; denn von ihm fehlte fast die Hälfte.

Arme, Beine oder Köpfe, die einzeln gefunden wurden, sammelten wir in einer Zeltbahn für sich. Als wir Glaser brachten, sagte Bethke: »Genug. Wir kriegen keine mehr hinein.«

Wir holten ein paar Sandsäcke voll Kalk. Jupp streute sie mit einer flachen Schaufel über die Grube aus. Bald darauf erschien Max Weil, der Kreuze von hinten geholt hatte. Zu unserm Erstaunen tauchte auch Seelig aus dem Dunkel auf.

Wir hörten, dass er den Auftrag hätte, ein Gebet zu sprechen; denn ein Pfarrer war gerade nicht in der Nähe, und unsere beiden Offiziere waren krank. Er hatte deswegen schlechte Laune, denn er konnte kein Blut sehen, so dick er auch war. Dazu kam, dass er nachtblind war und wenig sah. Das machte ihn so nervös, dass er den Rand der Grube verfehlte und hineinfiel. Tjaden brach in ein Gelächter aus und rief mit unterdrückter Stimme: »Zuschütten – zuschütten.«

Ausgerechnet Kosole arbeitete an dieser Stelle in der Grube. Seelig fiel ihm direkt auf den Kopf. Das waren ungefähr zwei Zentner Lebendgewicht. Ferdinand fluchte mörderisch. Dann erkannte er den Feldwebel, aber deshalb hielt er als altes Frontschwein den Mund nicht, denn es war immerhin 1918. Der Spieß rappelte sich auf, sah seinen alten Gegner Kosole vor sich, explodierte und schrie ihn an. Ferdinand schrie zurück. Bethke, der auch unten war, versuchte sie auseinanderzureißen. Aber der Feldwebel spuckte vor Wut, und Kosole, im Gefühl, dass ihm schweres Unrecht geschah, ließ nichts auf sich sitzen. Jetzt sprang auch Willy noch hinunter, um Kosole beizustehen. Ein mächtiges Gebrüll stieg aus dem Grabe empor.

»Ruhe«, sagte plötzlich jemand. Obschon die Stimme leise war, hörte der Lärm sofort auf. Seelig kletterte schnaufend aus dem Grabe. Seine Uniform war weiß von Kalkstaub, er sah aus wie ein Posaunenengel mit Zuckerguss. Kosole und Bethke kamen ebenfalls herauf.

Oben stand, auf seinen Spazierstock gestützt, Ludwig Breyer. Bisher hatte er, mit zwei Mänteln zugedeckt, vor dem Unterstand gelegen, denn er hatte damals seinen ersten schweren Ruhranfall.

»Was ist los?«, fragte er. Drei Mann zugleich versuchten eine Erklärung. Ludwig wehrte müde ab. »Ist ja auch egal. –«

Der Spieß behauptete, Kosole hätte ihn vor die Brust gestoßen. Kosole schäumte erneut dagegen an.

»Ruhe«, sagte Ludwig noch einmal. Es wurde still. »Hast du alle Erkennungsmarken, Albert?«, fragte er dann.

»Ja«, antwortete Troßke und fügte leise, damit Kosole es nicht hörte, hinzu: »Schröder ist auch dabei.«

Beide sahen sich einen Augenblick an. Dann sagte Ludwig: »Also haben sie ihn doch nicht gefangen genommen. Wo liegt er?« Albert führte ihn die Reihe entlang. Bröger und ich folgten; denn Schröder war unser Mitschüler. Troßke blieb vor einer Leiche stehen, deren Kopf mit einem Sandsack zugedeckt war. Breyer bückte sich. Albert zog ihn zurück. »Nicht aufmachen, Ludwig«, bat er. Breyer drehte sich um. »Doch, Albert«, sagte er ruhig, »doch.«

Man konnte von Schröders Oberkörper nichts mehr erkennen. Er war platt wie eine Flunder. Das Gesicht war zu einem Brett gehauen, in dem ein schwarzes, schiefes Loch mit einem Kranz von Zähnen den Mund andeutete. Schweigend deckte Breyer es wieder zu. »Weiß er es?«, fragte er und sah in die Richtung, wo Kosole arbeitete. Albert schüttelte den Kopf. »Wir müssen sehen, dass der Spieß verschwindet«, sagte er, »sonst gibt's ein Unglück.« Schröder war Kosoles Freund gewesen. Wir hatten es zwar nie verstanden, denn er war zart und anfällig, ein richtiges Kind, und ganz das Gegenteil von Ferdinand – aber der hatte ihn beschützt wie eine Mutter.

Hinter uns schnaufte jemand. Seelig war nachgekommen und stand mit aufgerissenen Augen da. »So was habe ich noch nie gesehen«, stammelte er, »wie ist denn das passiert?«

Keiner antwortete – denn Schröder hätte eigentlich vor acht Tagen auf Urlaub gehen müssen, Seelig aber hatte ihm das versaut, weil er ihn und Kosole nicht leiden konnte. Jetzt war Schröder tot.

Wir gingen weg; denn wir konnten den Spieß in diesem Augenblick nicht sehen. Ludwig kroch wieder unter seine Mäntel. Nur Albert blieb. Seelig starrte die Leiche an. Der

Mond kam hinter einer Wolke hervor und beleuchtete sie. Den dicken Oberkörper vorgebeugt, stand der Feldwebel da und sah auf die fahlen Gesichter herunter, in denen der unfassbare Ausdruck des Grauens gefroren war zu einer Stille, die beinahe schrie.

Albert sagte kalt: »Am besten ist es, Sie sprechen jetzt ein Gebet und gehen dann zurück.«

Der Feldwebel wischte sich die Stirn. »Ich kann nicht«, murmelte er. Das Entsetzen hatte ihn gepackt. Wir kannten das; wochenlang empfand man nichts, und plötzlich, bei einer unvermuteten Gelegenheit, schlug es einen nieder. Mit grünem Gesicht schaukelte er fort.

»Der hat gemeint, hier würde mit Bonbons geschmissen«, sagte Tjaden trocken.

Es regnete stärker, und wir wurden ungeduldig. Der Spieß kam nicht wieder. Endlich holten wir Ludwig Breyer unter seinen Mänteln hervor. Er sprach mit leiser Stimme ein Vaterunser.

Wir reichten die Toten herunter. Weil half mit anfassen. Ich merkte, wie er bebte. Fast unhörbar flüsterte er: »Ihr werdet gerächt werden.« Immer wieder. Verwundert sah ich ihn an.

»Was hast du bloß?«, fragte ich. »Das sind doch nicht deine ersten. Da wirst du viel zu rächen haben.« Er sagte dann nichts mehr.

Als wir die ersten Reihen gelegt hatten, kamen Valentin und Jupp noch mit einer Zeltbahn angeschleppt.

»Dieser lebt noch«, sagte Jupp und schlug die Zeltbahn auseinander.

Kosole warf einen Blick darauf. »Aber nicht mehr lange«, sagte er. »Auf den können wir warten.«

Der Mann in der Zeltbahn röchelte stoßweise. Bei jedem Atemzug lief ihm das Blut übers Kinn.

»Sollen wir ihn wegbringen?«, fragte Jupp.

»Dann stirbt er gleich«, sagte Albert und zeigte auf das

Blut. Wir betteten ihn seitwärts hin. Max Weil beschäftigte sich mit ihm. Dann arbeiteten wir weiter. Valentin half mir jetzt. Wir reichten Glaser herunter. »Mensch, die Frau, die Frau …«, murmelte Valentin.

»Vorsicht, jetzt kommt Schröder«, rief Jupp nach unten und ließ die Zeltbahn rutschen.

»Halts Maul«, zischte Bröger.

Kosole hielt die Leiche noch auf den Armen. »Wer?«, fragte er verständnislos.

»Schröder«, erwiderte Jupp, der glaubte, Ferdinand wisse es schon.

»Quatsch nicht, du Kuhkopp, der ist doch gefangen«, schrie Kosole wütend.

»Es stimmt, Ferdinand«, sagte Albert Troßke, der daneben stand. Wir hielten den Atem an. Kosole hob ohne ein Wort die Leiche wieder heraus und kletterte hinterher. Dann leuchtete er sie mit einer Taschenlampe ab. Ganz dicht beugte er sich über die Reste des Gesichts und suchte.

»Gott sei Dank, dass der Spieß weg ist«, flüsterte Karl.

Wir warteten regungslos auf die nächste Sekunde. Kosole richtete sich auf. »Schaufel her«, sagte er kurz. Ich gab sie ihm. Wir erwarteten Mord und Totschlag. Aber Kosole begann nur zu graben. Er machte für Schröder ein einzelnes Grab und ließ keinen anderen heran. Er trug ihn auch selbst hinein. An Seelig dachte er gar nicht, so nahm es ihn mit.

Beim Morgengrauen hatten wir beide Gräber fertig. Inzwischen war der Verwundete gestorben, und wir konnten ihn gleich zu den andern legen. Als die Erde festgestampft war, setzten wir die Kreuze ein. Kosole schrieb mit Tintenstift Schröders Namen auf eines davon, das noch leer war, und hängte einen Stahlhelm darüber.

Ludwig kam noch einmal. Wir nahmen die Helme ab. Er sprach ein zweites Vaterunser. Albert stand bleich neben ihm. Schröder war sein Nebenmann in der Schule gewesen. Am schlimmsten aber sah Kosole aus; er war ganz grau und verfallen und sagte überhaupt nichts mehr.

Wir standen noch eine Weile. Es regnete immer weiter. Dann kamen die Kaffeeholer. Wir setzten uns hin, um zu essen.

Morgens kletterte plötzlich der Spieß aus einem Unterstand in der Nähe. Wir hatten geglaubt, dass er längst weg wäre. Er stank kilometerweit nach Rum und wollte jetzt erst zurück nach hinten. Kosole brüllte auf, als er ihn sah. Zum Glück war Willy in der Nähe. Er stürzte sich sofort auf Ferdinand und hielt ihn fest. Aber wir mussten mit vier Mann alle Kräfte aufbieten, damit er sich nicht losriss und den Feldwebel erwürgte. Erst nach einer Stunde wurde er vernünftig und sah ein, dass er sich nur unglücklich machen würde, wenn er hinterherliefe. Aber er versprach an Schröders Grab, dass er noch mit Seelig abrechnen würde.

Jetzt steht Seelig an der Theke, Kosole sitzt fünf Meter von ihm weg, und beide sind keine Soldaten mehr. Das Orchestrion donnert zum dritten Mal den Marsch aus der Lustigen Witwe.

»Wirt, noch eine Lage Schnaps«, schreit Tjaden mit funkelnden Schweinsaugen. »Sofort«, antwortet Seelig und bringt die Gläser. »Prost, Kameraden!«

Kosole sieht unter gesenkten Brauen hervor. »Du bist nicht unser Kamerad«, grunzt er. Seelig nimmt die Flasche unter den Arm. »Na schön, dann nicht«, erwidert er und geht zur Theke zurück.

Valentin schüttet den Schnaps hinunter. »Sauf, Ferdinand, das ist das einzig Wahre«, sagt er.

Willy bestellt die nächste Runde. Tjaden ist schon halb besoffen. »Na, Seelig, alte Kompaniespinne«, grölt er, »jetzt kriegen wir keinen Knast mehr, was? Trink einen mit!« Er haut seinem ehemaligen Vorgesetzten auf die Schulter, dass der sich verschluckt. Dafür wäre er ein Jahr früher vors Kriegsgericht oder in die Irrenanstalt gekommen.

Kosole sieht vom Schanktisch in sein Glas und vom Glas wieder zum Schanktisch und zu dem dicken dienstfertigen Mann an den Bierhähnen. Er schüttelt den Kopf. »Das ist ja ein ganz anderer Mensch, Ernst«, sagt er zu mir.

Mir geht es ebenso wie ihm. Ich kenne Seelig nicht wieder. Er war mit seiner Uniform und seinem Notizbuch so verwachsen, dass ich ihn mir kaum im Hemd vorstellen konnte, geschweige denn als Schankwirt. Und jetzt holt er sich ein Glas und lässt sich von Tjaden, der früher wie eine Laus vor ihm war, duzen und auf die Schulter kloppen. Verdammt, wie sich die Welt gedreht hat!

Willy stößt Kosole aufmunternd in die Rippen. »Na?«

»Ich weiß nicht, Willy«, sagt Ferdinand verstört, »soll ich dem da nun in die Fresse schlagen oder nicht? So hatte ich mir das doch nicht gedacht. Sieh dir an, wie er herumdienert, dieser Schleimscheißer. Da hat man doch gar keine Lust mehr.«

Tjaden bestellt und bestellt. Es macht ihm einen Heidenspaß, seinen Vorgesetzten für sich springen zu sehen.

Seelig hat nun auch schon allerhand hinter sich. Sein Bulldoggenschädel glüht, teils von Alkohol, teils von Geschäftsfreude.

»Wollen uns wieder vertragen«, schlägt er vor, »ich spendiere auch eine Runde Friedensrum.«

»Was?«, sagt Kosole und richtet sich auf.

»Rum. Ich habe da noch eine Pulle im Schrank stehen«, sagt Seelig harmlos und geht sie holen. Kosole ist wie vor den Kopf geschlagen und starrt ihm nach.

»Der weiß nichts mehr davon, Ferdinand«, vermutet Willy, »sonst hätte er das nicht riskiert.«

Seelig kommt zurück und schenkt ein. Kosole faucht ihn

an. »Weißt du denn nicht mehr, wie du Rum gesoffen hast vor Angst? Kannst ja Nachtwächter im Leichenschauhaus werden, du!«

Seelig macht eine versöhnliche Handbewegung. »Ist doch schon lange her«, sagt er, »ist ja schon nicht mehr wahr.«

Ferdinand schweigt wieder. Wenn Seelig einmal scharf antworten würde, wäre der Krach sofort da. Aber dieses ungewohnte Nachgeben verblüfft Kosole und macht ihn unentschlossen.

Tjaden schnuppert, und auch wir heben die Nasen. Der Rum ist gut.

Kosole schmeißt sein Glas um. »Ich lasse mir nichts spendieren.«

»Mensch«, ruft Tjaden, »dann hättest du's mir doch geben können!« Er versucht mit den Fingern zu retten, was zu retten ist. Nicht viel.

Das Lokal leert sich allmählich. »Feierabend«, ruft Seelig und lässt die Rollläden herunter. Wir stehen auf.

»Na, Ferdinand?«, frage ich. Er schüttelt den Kopf. Er ist mit sich nicht zu Rande. Das ist nicht mehr der richtige Seelig, dieser Kellner da.

Der Wirt macht uns die Tür los. »Wiedersehen, die Herren, angenehme Ruhe.«

»Herren«, kichert Tjaden, »Herren – früher sagte er Schweine. –«

Kosole ist schon fast draußen, da wirft er zufällig einen Blick auf den Fußboden und sieht Seeligs Beine, die noch in den altbekannten Gamaschen stecken. Auch die Hosen haben noch Biese und Militärschnitt. Oben ist er Wirt, unten jedoch noch Feldwebel. Das entscheidet.

Mit einem Ruck dreht Ferdinand sich um. Seelig weicht zurück. Kosole geht ihm nach. »Pass mal auf«, knurrt er, »Schröder! Schröder! Schröder! Kennst du den noch, Hund, verfluchter? Da hast du was für Schröder! Schönen

Gruß vom Massengrab.« Er schlägt zu. Der Wirt kippt, springt hinter die Theke und greift nach einem Holzhammer. Er trifft Kosole auf die Schulter und ins Gesicht. Aber Ferdinand weicht überhaupt nicht aus, so wild ist er plötzlich. Er schnappt Seelig, drückt ihm den Kopf auf die Theke, dass es klirrt, und lässt alle Hähne los. »Da, sauf, du Rumbock! Ersticken sollst du, ersaufen in deinem Sauzeug!«, knirscht er.

Das Bier strömt Seelig in den Nacken und schießt ihm durch das Hemd in die Hose, die gleich absteht wie ein Luftballon. Er brüllt vor Wut, denn es ist schwer, heutzutage so gutes Bier wiederzukriegen. Dann gelingt es ihm, sich hochzuwerfen und ein Glas zu fassen. Er stößt es Kosole von unten gegen das Kinn.

»Falsch«, sagt Willy, der interessiert in der Tür steht, »er hätte mit dem Kopf stoßen und ihm dann die Knie wegreißen müssen.« Keiner von uns greift ein. Dies ist Kosoles Sache. Auch wenn er zuschanden geschlagen würde, dürften wir ihm nicht helfen. Wir sind nur dazu da, die andern zurückzuhalten, wenn sie Seelig beistehen wollen. Aber niemand will es mehr, denn Tjaden hat mit drei Worten die Sache erklärt.

Ferdinands Gesicht blutet heftig; er wird jetzt richtig wütend und macht Seelig rasch fertig. Mit einem Schlag gegen die Kehle bringt er ihn herunter, kollert über ihn hinweg und haut seinen Schädel ein paarmal auf den Boden, bis er genug hat.

Dann gehen wir. Lina steht käsebleich vor ihrem gurgelnden Chef. »Am besten, ihr bringt ihn ins Krankenhaus«, ruft Willy zurück, »wird ungefähr zwei bis drei Wochen dauern. Keine schlimme Kiste!«

Draußen lächelt Kosole befreit wie ein Kind, denn Schröder ist jetzt gerächt. »Das war schön«, sagt er und wischt sich das Blut ab. Dann gibt er uns die Hand. »So, jetzt muss ich aber schleunigst wieder zu meiner Frau, sonst meint die nachher noch, ich wäre in eine richtige Schlägerei gekommen.«

Wir trennen uns auf dem Marktplatz. Jupp und Valentin gehen zur Kaserne. Ihre Stiefel klappern über das mondbeschienene Pflaster.

»Am liebsten möchte ich mit«, sagt Albert auf einmal.

»Kann ich verstehen«, bestätigt Willy, der wohl noch an seinen Hahn denkt. »Etwas kleinlich sind die Menschen hier, was?«

Ich nicke. »Nun müssen wir ja auch wohl bald wieder in die Schule. –«

Wir bleiben stehen und grinsen. Tjaden kann sich gar nicht fassen vor Vergnügen darüber. Dann läuft er lachend hinter Valentin und Jupp her.

Willy kratzt sich den Schädel. »Glaubt ihr, dass die sich da auf uns freuen? Ganz so bequem sind wir doch wohl nicht mehr. –«

»Als Helden, möglichst weit weg, waren wir ihnen sicher lieber«, sagt Karl.

»Ich bin ja gespannt auf das Theater«, erklärt Willy, »so wie wir jetzt gebaut sind – im Stahlbad gehärtet …«

Er hebt ein Bein etwas an und lässt einen gewaltigen Furz losheulen. »Dreißigkommafünf«, konstatiert er befriedigt.

IV

ALS UNSERE KOMPANIE AUFGELÖST WURDE, mussten wir unsere Waffen mitnehmen. Wir hatten Anweisung, sie erst in unserm Heimatort abzuliefern. Jetzt sind wir in der Kaserne und geben die Gewehre ab. Gleichzeitig erhalten wir unsere Abmusterungslöhnung: Fünfzig Mark Entlassungsgeld und fünfzehn Marschgeld für jeden. Außerdem haben wir das Anrecht auf einen Mantel, ein Paar Schuhe, Wäsche und eine Uniform. Wir klettern zum Dachstock hinauf, um die Brocken in Empfang zu nehmen. Der Kammerspieß macht eine lässige Handbewegung: »Sucht euch was aus.«

Willy beschnuppert auf einem flüchtigen Rundgang die aufgehängten Sachen. »Hör mal«, sagt er dann väterlich, »das kannst du mit Rekruten machen. Die Brocken stammen ja aus der Arche Noah. Zeig mal neue vor!«

»Hab' keine«, erwidert der Kammerfritze mürrisch.

»So«, sagt Willy und betrachtet ihn eine Weile. Darauf holt er ein Aluminiumetui hervor. »Rauchst du?«

Der andere schüttelt seinen Glatzkopf.

»Na, dann priemst du, was?« Willy greift in die Rocktasche.

»Nee.«

»Schön, dann säufst du doch?« Willy hat an alles gedacht; er fasst nach einer Erhöhung auf der Brust.

»Auch nicht«, meint der Kammerbulle pomadig.

»Dann bleibt mir nichts übrig, als dir ein paar in die Schnauze zu schlagen«, erklärt Willy freundlich. »Wir gehen hier ohne tadellose, neue Kluft nicht weg.«

Zum Glück kommt in diesem Moment Jupp dazu, der als Soldatenrat jetzt eine große Nummer hat. Er kneift dem Kammerfritzen ein Auge. »Landsleute, Heinrich! Alte Fußlatscher. Zeig ihnen mal den Salong!«

Der Kammerspieß heitert sich auf. »Konntet ihr doch gleich sagen!«

Wir gehen mit ihm nach hinten. Da hängen die neuen Sachen. Rasch werfen wir unsern alten Kram beiseite und ziehen uns um. Willy erklärt, zwei Mäntel zu brauchen, er sei bei den Preußen blutarm geworden. Der Kammerbulle zögert. Jupp nimmt ihn unter den Arm und spricht in einer Ecke mit ihm über Verpflegungsgelder. Als beide zurückkommen, ist der Spieß beruhigt. Er streift Tjaden und Willy, die bedeutend dicker geworden sind, mit halbem

Auge. »Na, ja«, brummt er, »soll mir egal sein. Manche holen ihren Kram ja auch nicht ab. Haben Marie genug. Hauptsache, dass mein Bestand stimmt.«

Wir unterschreiben, dass wir alles bekommen haben. »Sagtest du vorhin nicht was von Rauchen?«, fragt der Spieß Willy.

Verblüfft grinsend holt der sein Etui heraus.

»Und von Priemen?«, fährt der andere fort.

Willy greift in die Rocktasche. »Aber saufen tust du nicht, was?«, erkundigt er sich.

»Doch«, sagt der Spieß ruhig, »das ist mir sogar direkt vom Arzt verschrieben. Ich bin nämlich auch blutarm. Lass den Buddel mal hier.«

»Sekunde!« Willy macht einen gewaltigen Zug, um wenigstens etwas zu retten. Dann überreicht er dem staunenden Kammerfloh die Flasche, die eben noch voll war. Jetzt ist nur noch die Hälfte drin.

Jupp begleitet uns bis zum Kasernentor. »Wisst ihr, wer jetzt auch hier ist?«, fragt er. »Max Weil! Im Soldatenrat!«

»Da gehört er auch hin«, erklärt Kosole. »Ganz schöner Druckposten, was?«

»Teils, teils«, meint Jupp. »Vorläufig halten wir die Stellung, Valentin und ich. Wenn ihr mal was braucht, Freifahrtscheine oder so was, ich sitze an der Quelle.«

»Gib mal einen«, sage ich, »dann kann ich nächstens Adolf besuchen.«

Er zieht einen Block heraus und reißt den Schein ab.

»Füll ihn selbst aus. Du fährst natürlich zweiter Klasse.«

»Gemacht.«

Draußen knöpft Willy seinen Mantel auf. Er hat einen zweiten darunter an. »Besser, ich habe ihn, als dass er nachher verschoben wird«, meint er gemütlich. »Den können mir die Preußen für mein halbes Dutzend Splitter schon zugeben.«

Wir gehen die Große Straße entlang. Kosole erzählt, dass er heute Nachmittag seinen Taubenschlag reparieren will. Er hat vor dem Kriege eine Zucht von Brieftauben und schwarzweißen Tümmlern gehabt. Damit will er jetzt wieder anfangen. Das hat er sich immer draußen gewünscht.

»Und sonst, Ferdinand?«, frage ich.

»Arbeit suchen«, sagt er kurz, »bin doch verheiratet, Mensch. Immer ran an Speck, jetzt.«

Aus der Gegend der Marienkirche knattern plötzlich ein paar Schüsse. Wir horchen auf. »Armeerevolver und Gewehr 98«, erklärt Willy sachkundig. »Zwei Revolver, glaub ich.«

»Na, wenn schon«, lacht Tjaden und schwenkt seine Schnürschuhe, »immer noch verdammt friedlich gegen Flandern.«

Vor einem Herrenmodegeschäft bleibt Willy stehen. Im Fenster ist ein Ersatzanzug aus Papier und Brennnesselfaser ausgestellt. Doch der interessiert ihn wenig. Dagegen betrachtet er gebannt eine Reihe von verblassten Modeplakaten, die hinter dem Anzug ausgehängt sind. Aufgeregt zeigt er auf das Bild eines eleganten Herrn mit Spitzbart, der in ewiger Unterhaltung mit einem Jäger begriffen ist. »Wisst ihr, was das ist?«

»Eine Flinte«, sagt Kosole, der den Jäger meint.

»Quatsch«, unterbricht Willy ihn ungeduldig, »das ist ein Kötteweh! Ein Schwalbenschwanz, verstehst du? Das Modernste jetzt! Und wisst ihr, was mir eingefallen ist? Ich lasse mir einen aus diesem Mantel hier machen. Auftrennen, schwarz färben, umarbeiten, hier die Schlippen weg – bong, sage ich euch!«

Er verliebt sich zusehends in seine Idee. Aber Karl dämpft ihn. »Hast du denn eine gestreifte Hose dazu?«, fragt er überlegen. Willy stutzt einen Moment. »Die klaue ich meinem Alten aus dem Schrank«, entscheidet er dann.

»Dazu noch seine weiße Hochzeitsweste, was meint ihr, wie Willy dann aussieht!« Strahlend vor Glück blickt er uns der Reihe nach an. »Verflucht noch mal, Kinder, jetzt wird aber gelebt, was?«

Ich komme nach Hause und gebe die Hälfte des Entlassungsgeldes meiner Mutter. »Ludwig Breyer ist da«, sagt sie, »er sitzt in deinem Zimmer.«

»Er ist ja Leutnant«, fügt mein Vater hinzu.

»Ja«, erwidere ich, »hast du das nicht gewusst?«

Ludwig sieht etwas frischer aus. Seine Ruhr bessert sich. Er lächelt mich an. »Ich wollte mir ein paar Bücher von dir borgen, Ernst.«

»Such dir aus, was du willst, Ludwig«, sage ich.

»Brauchst du sie denn nicht selber?«, fragt er.

Ich schüttle den Kopf. »Vorläufig nicht. Gestern habe ich mal versucht, etwas zu lesen. Aber es ist komisch, ich kann meine Gedanken nicht mehr richtig zusammenhalten. Nach ein paar Seiten denke ich an ganz was anderes. Als wenn man ein Brett vor dem Kopf hätte. Willst du Romane haben?«

»Nein«, sagt er und sucht sich ein paar Bücher heraus. Ich sehe auf die Titel. »So schweres Zeug, Ludwig?«, frage ich, »was willst du denn damit?«

Er lächelt verlegen. Dann sagt er zögernd: »Draußen ist mir so manches durch den Kopf gegangen, Ernst, und ich konnte es nie recht zusammenkriegen. Jetzt aber, wo es nun vorbei ist, möchte ich eine Menge wissen; wie das mit den Menschen ist, weißt du, dass so etwas passieren konnte, und wie das alles kommt. Da gibt es viele Fragen. Auch bei uns selber. Früher haben wir über das Leben doch ganz anders gedacht. Ich möchte vieles wissen, Ernst …«

Ich zeige auf die Bücher. »Glaubst du, dass du es darin findest?«

»Ich will es jedenfalls versuchen. Ich lese jetzt von morgens bis abends.«

Er verabschiedet sich bald. Nachdenklich bleibe ich sitzen. Was habe ich getan inzwischen? Beschämt greife ich nach einem Buche. Doch bald lasse ich es sinken und starre aus dem Fenster. Das kann ich stundenlang, so ins Leere hinein. Früher war das anders, da wusste ich immer, was ich tun sollte.

Meine Mutter kommt ins Zimmer. »Ernst, du gehst doch heute Abend zu Onkel Karl?«

»Ja, meinetwegen«, erwidere ich etwas missmutig.

»Er hat uns oft Lebensmittel geschickt«, sagt sie behutsam. Ich nicke. Draußen vor dem Fenster beginnt die Dämmerung. In den Ästen der Kastanie hängen blaue Schatten. Ich wende mich um. »Wart ihr im Sommer oft am Pappelgraben, Mutter?«, frage ich rasch. »Das muss doch schön gewesen sein …«

»Nein, Ernst, das ganze Jahr nicht.«

»Aber warum denn nicht, Mutter?«, frage ich erstaunt. »Früher seid ihr doch jeden Sonntag da gewesen.«

»Wir sind nicht mehr spazieren gegangen«, erwidert sie leise, »man wurde immer so hungrig davon. Und wir hatten doch nichts zu essen.«

»Ach so …«, sage ich langsam, »aber Onkel Karl, der hatte genug, was?«

»Er hat uns auch oft was geschickt, Ernst.«

Ich bin plötzlich etwas traurig. »Wozu war das eigentlich alles, Mutter?«, sage ich.

Sie streichelt mir über die Hand. »Es wird schon zu etwas gewesen sein, Ernst. Unser Herrgott wird es wohl wissen.« Onkel Karl ist der Renommierverwandte unserer Familie. Er hat eine Villa und war im Kriege Oberzahlmeister.

Wolf begleitet mich hin, aber er muss draußen bleiben, denn meine Tante liebt keine Hunde. Ich klingele.

Ein Mann im Frack öffnet. Verdutzt grüße ich. Dann

fällt mir ein, dass es der Diener sein muss. Das habe ich beim Kommiss ganz vergessen.

Der Mann mustert mich, als wäre er ein Oberstleutnant in Zivil. Ich lächele, aber er lächelt nicht wieder. Als ich meinen Mantel ausziehe, hebt er die Hand, als wolle er mir helfen. »Na«, sage ich, um mir seine Gunst zu gewinnen, »als alter Muskote werde ich das doch wohl selber noch fertigbringen.« Damit stülpe ich die Brocken über einen Haken.

Er aber nimmt die Sachen schweigend wieder herunter und hängt sie mit hochmütigem Gesicht auf einen Haken daneben. Kaffer, denke ich und gehe weiter.

Onkel Karl kommt mir sporenklirrend entgegen. Er begrüßt mich herablassend, weil ich nur dem Mannschaftsstande angehöre. Erstaunt betrachte ich seine funkelnde Gala-Uniform. »Gibt es denn heute bei euch Pferdebraten?«, erkundige ich mich, um einen Witz zu machen.

»Wieso?«, fragt er verwundert.

»Weil du Sporen zum Essen trägst«, erwidere ich lachend.

Er wirft mir einen ärgerlichen Blick zu. Ohne es zu wollen, scheine ich eine wunde Stelle bei ihm getroffen zu haben. Diese Bürohocker sind beim Militär ja oft besonders scharf auf Degen und Sporen.

Bevor ich ihm erklären kann, dass ich ihn nicht beleidigen wollte, kommt meine Tante angerauscht. Sie ist noch immer flach wie ein Plättbrett, und ihre kleinen, schwarzen Augen glänzen ebenso wie früher, als wären sie auf der Knopfgabel geputzt. Während sie mich mit einem Schwall von Worten übersprudelt, wirft sie unausgesetzt scharfe Blicke nach allen Seiten.

Ich bin etwas benommen. Zu viel Leute, finde ich, zu viel Damen und vor allem: zu viel Licht. Im Felde hatten wir höchstens mal eine Petroleumlampe. Diese Kronleuchter hier aber sind unerbittlich wie Gerichtsvollzieher. Man kann nichts vor ihnen verstecken.

Unbehaglich kratze ich mir den Rücken.

»Was machst du denn da?«, fragt meine Tante und hält im Reden inne.

»Wird wohl noch so eine Laus sein, die entwischt ist«, sage ich, »wir hatten ja so viele, das dauert mindestens eine Woche, bis man sie alle los ist …«

Erschreckt tritt sie zurück. »Keine Angst«, beruhige ich sie, »die kann nicht springen. Läuse sind keine Flöhe.«

»Um Gottes willen!« Sie legt den Finger an den Mund und zieht ein Gesicht, als hätte ich wer weiß was für eine Schweinerei gesagt. Aber so sind sie: Helden sollen wir sein, doch von Läusen wollen sie nichts wissen.

Ich muss einer Anzahl Leuten die Hand geben und fange an zu schwitzen. Die Menschen hier sind so ganz anders als wir draußen. Ich komme mir schwerfällig wie ein Tank dagegen vor. Sie benehmen sich, als säßen sie in einem Schaufenster, und sie reden, als wären sie auf dem Theater. Vorsichtig versuche ich, meine Hände zu verstecken, denn der Grabendreck sitzt noch wie Gift darin eingefressen. Verstohlen wische ich sie an der Hose ab; trotzdem sind sie immer gerade dann feucht, wenn ich sie einer Dame reichen muss.

Ich drücke mich herum und gerate in eine Gruppe, in der ein Rechnungsrat das große Wort führt. »Stellen Sie sich vor«, ereifert er sich, »ein Sattler! Ein Sattler als Reichspräsident! Malen Sie sich das mal aus: ein Gala-Empfang bei Hofe und ein Sattler, der Audienzen erteilt. Zum Piepen!«

Er muss husten vor Aufregung. »Was sagen Sie dazu, junger Krieger!«, ruft er und patscht mir auf die Schulter.

Ich habe mir darüber noch keine Gedanken gemacht. Verlegen zucke ich die Achseln. »Vielleicht versteht er was …«

Der Rechnungsrat starrt mich einen Moment an. Dann schüttelt er sich vor Vergnügen. »Sehr gut«, kräht er, »vielleicht versteht er was! Nein, mein Lieber, so was ist angeboren! Ein Sattler! Warum denn nicht gleich ein Schneider oder ein Schuster?«

Er wendet sich wieder zu den andern. Ich ärgere mich über sein Gerede; denn es geht mir gegen den Strich, dass er über die Schuster so wegwerfend spricht. Die sind ebenso gut Soldaten gewesen wie die besseren Leute. Adolf Bethke war auch ein Schuster, und er verstand vom Kriegen mehr als mancher Major. Bei uns kam es nur auf den Mann an und nicht auf den Beruf. Misstrauisch mustere ich den Rechnungsrat. Er wirft jetzt mit Zitaten um sich, und es mag sein, dass er die Bildung mit Löffeln gefressen hat; aber wenn es darauf ankäme, dass mich jemand aus dem Feuer holen müsste, würde ich mich lieber auf Adolf Bethke verlassen.

Ich bin froh, als wir endlich am Tisch sitzen. Neben mir habe ich ein junges Mädchen mit einer Schwanenboa um den Hals. Sie gefällt mir gut, aber ich weiß nicht, was ich mit ihr anfangen soll. Als Soldat hat man wenig gesprochen, und schon gar nicht zu Damen. Die andern unterhalten sich lebhaft. Ich versuche, zuzuhören, um etwas zu profitieren.

Oben am Tisch sitzt der Rechnungsrat, der gerade erklärt, wenn wir zwei Monate länger ausgehalten hätten, wäre der Krieg gewonnen gewesen. Mir wird fast schlecht bei dem Quatsch, denn jeder Soldat weiß, dass wir einfach keine Munition und keine Leute mehr hatten. Ihm gegenüber erzählt eine Dame von ihrem gefallenen Mann, und sie macht sich so wichtig dabei, als wäre sie gefallen und nicht er. Weiter unten wird von Aktien und Friedensbedingungen geredet, und alle wissen es natürlich besser als die Leute, die damit wirklich zu tun haben. Ein Mann mit einer Hakennase erzählt mit so scheinheiligem Mitleid über die Frau seines Freundes eine Geschichte, dass man ihm für seine schlecht verborgene Schadenfreude ein Glas in den Schnabel werfen sollte.

Mir wird ganz dumm im Kopf über dem Gerede, und ich kann bald überhaupt nicht mehr richtig folgen. Das Mädchen mit der Schwanenboa fragt mich spöttisch, ob ich im Felde stumm geworden sei.

»Nee«, antworte ich und denke: Kosole und Tjaden müssten hier dazwischensitzen, die würden schön lachen über den Salm, den ihr verzapft und auf den ihr noch stolz seid. Aber es wurmt mich doch etwas, dass ich nicht mit einer guten Bemerkung mal zeigen kann, was ich denke.

Gottlob erscheinen in diesem Moment knusperige Koteletts auf dem Tisch. Ich schnuppere. Es sind echte Schweinskoteletts, in richtigem Fett gebraten. Ihr Anblick lässt mich alles verschmerzen. Ich lange mir ein gutes Stück herüber und fange voll Genuss an zu kauen. Es schmeckt großartig. Endlos lange ist es her, dass ich frische Koteletts gegessen habe. In Flandern war das zum letzten Mal – da hatten wir zwei Ferkel gefangen –, wir fraßen sie an einem wunderbar milden Sommerabend bis zum Gerippe auf – damals lebte Katczinsky noch, ach Kat, und Haie Westhus, das waren andere Kerle als die hier in der Heimat – ich stütze die Arme auf und vergesse alles um mich herum, so nahe sehe ich sie vor mir. Die Tiere waren sehr zart – Kartoffelpuffer hatten wir dazu gebacken – und Leer war dabei und Paul Bäumer – ja, Paul – ich höre und sehe nichts mehr, ich verliere mich ganz in Erinnerungen …

Ein Kichern weckt mich. Am Tisch ist es still geworden. Tante Lina sieht aus wie eine Flasche Schwefelsäure. Das Mädchen neben mir unterdrückt ein Lachen. Alle sehen zu mir hin.

Der Schweiß bricht mir auf einmal aus. Da sitze ich, wie damals in Flandern, selbstvergessen, die Ellenbogen aufgestemmt, den Knochen in der Pfote, die Finger voll Fett, und knabbere den Kotelettrest ab – die andern aber essen sauber mit Messer und Gabel.

Blutrot starre ich vor mich hin und lege den Knochen fort. Wie konnte ich mich nur so vergessen? Doch ich bin es ja gar nicht anders gewöhnt: im Felde haben wir immer so gegessen, da hatten wir höchstens einen Löffel oder eine Gabel, aber nie einen Teller.

In meine Beschämung mischt sich plötzlich Wut. Wut auf diesen Onkel Karl, der betont laut anfängt, über Kriegsanleihe zu reden; Wut auf alle diese Leute, die sich so wichtig gebärden mit ihren klugen Worten; Wut auf diese ganze Welt hier, die so selbstverständlich mit ihrem Kleinkram dahinlebt, als wären die ungeheuren Jahre niemals gewesen, in denen es doch nur eins gab: Tod oder Leben und nichts sonst.

Schweigend und bockig stopfe ich in mich hinein, was ich fassen kann, wenigstens gründlich satt werden will ich. Sobald es geht, drücke ich mich dann hinaus.

In der Garderobe steht der Diener im Frack. Ich greife nach meinen Sachen und fauche: »Dich hätten wir auch im Felde haben müssen, du lackierter Affe! Dich und die ganze Bande hier!« Dann knalle ich die Tür zu.

Wolf hat vor dem Hause auf mich gewartet. Er springt an mir hoch. »Komm Wolf«, sage ich, und plötzlich wird mir bewusst, dass es nicht das Pech mit dem Kotelett war, das mich so erbittert gemacht hat, sondern dass es dieser abgestandene, selbstgefällige Geist von früher ist, der sich hier immer noch bläht und wichtigtut. »Komm, Wolf«, wiederhole ich, »das sind keine Leute für uns! Mit jedem Tommy, mit jedem französischen Grabenschwein würden wir uns besser verstehen. Komm, wir gehen zu unseren Kameraden! Da ist es besser, wenn sie auch mit den Händen fressen und rülpsen! Komm!«

Wir laufen los, der Hund und ich, wir rennen, was wir können, schneller und schneller, keuchend, bellend, wir rennen wie die Verrückten mit funkelnden Augen – mag alles zum Satan gehen, wir leben, was Wolf, wir leben!

V

LUDWIG BREYER, ALBERT TROSSKE UND ICH sind auf dem Wege zur Schule. Der Unterricht soll wieder beginnen. Wir waren Schüler des Lehrerseminars, und für uns hat es kein Notexamen gegeben. Die Kriegsteilnehmer des Gymnasiums haben es besser gehabt. Viele von ihnen konnten eine Notprüfung machen, entweder bevor sie Soldaten wurden oder während ihres Urlaubs. Der Rest, der das nicht getan hat, muss allerdings auch wieder in die Klassen zurück. Karl Bröger gehört dazu.

Wir kommen am Dom vorbei. Die grünen Kupferplatten der Türme sind abgedeckt und durch graue Dachpappe ersetzt worden. Sie sehen schimmelig und zerfressen aus, und die Kirche wirkt dadurch fast wie eine Fabrik. Die Kupferplatten sind zu Granaten eingeschmolzen worden.

»Das hätte sich der liebe Gott auch nicht träumen lassen«, sagt Albert.

An der Westseite des Domes, in einer winkligen Gasse, liegt das zweistöckige Seminar. Schräg gegenüber das Gymnasium. Dahinter der Fluss und der Wall mit den Linden. Ehe wir Soldaten wurden, umfassten diese Gebäude unsere Welt. Dann wurden es die Schützengräben. Jetzt sind wir wieder hier. Aber dies ist nicht mehr unsere Welt. Die Gräben waren stärker.

Vor dem Gymnasium treffen wir unseren Spielkameraden Georg Rahe. Er war Leutnant und Kompanieführer, aber im Urlaub hat er gesoffen und herumgesessen und nicht an sein Abitur gedacht. Deshalb muss er jetzt wieder in die Obersekunda, in der er schon zweimal sitzen geblieben ist.

»Ist das wahr, Georg?«, frage ich, »dass du draußen so erstklassig geworden bist in Latein?«

Er lacht und storcht mit seinen langen Beinen zum Gymnasium hinüber.

»Pass auf, dass du in Betragen keine Vier kriegst«, ruft er mir nach.

Im letzten halben Jahr war er Flieger. Er hat vier Engländer abgeschossen, aber ich glaube nicht, dass er den pythagoreischen Lehrsatz noch beweisen kann.

Wir gehen weiter zum Seminar. Die Gasse wimmelt von Uniformen. Gesichter tauchen auf, die man fast vergessen, Namen, die man Jahre nicht mehr gehört hat. Hans Walldorf humpelt heran, den wir November 17 mit zerschmettertem Knie zurückschleppten. Der Oberschenkel ist ihm abgenommen worden; er trägt jetzt ein schweres Kunstbein mit Scharnieren und stampft beim Gehen mächtig auf. Kurt Leipold erscheint und stellt sich lachend selbst vor: Götz von Berlichingen mit der eisernen Faust. Er hat einen künstlichen rechten Arm. Dann kommt jemand aus der Torecke und sagt gurgelnd: »Mich kennt ihr wohl nicht wieder, was?«

Ich sehe das Gesicht an, soweit es noch eins ist. Über die Stirn läuft eine breite, rote Narbe. Sie reicht bis ins linke Auge. Das Fleisch ist dort übergewachsen, sodass das Auge klein und tief liegt. Aber es ist noch da. Rechts ist das Auge starr, aus Glas. Die Nase ist fort, ein schwarzer Lappen bedeckt die Stelle. Die Narbe, die darunter hervorläuft, spaltet den Mund zweimal. Er ist wulstig und schief zusammengewachsen, daher die undeutliche Sprache. Die Zähne sind künstlich. Eine Klammer ist daran sichtbar. Unschlüssig schaue ich hin. Die gurgelnde Stimme sagt: »Paul Rademacher.«

Jetzt erkenne ich ihn. Das ist ja sein grauer Anzug, mit den Streifen. »Tag, Paul, was machst du?«

»Siehst ja«, er versucht, die Lippen zu verziehen, »zwei

Spatenschläge. Das ist auch noch mitgegangen.« Er hebt die Hand, an der drei Finger fehlen. Traurig blinzelt sein eines Auge. Das andere sieht starr und unbeteiligt geradeaus. »Wenn ich nur wüsste, ob ich noch Schulmeister werden kann. Das Sprechen ist zu schlecht. Kannst du mich denn verstehen?«

»Gut«, antworte ich. »Das gibt sich auch noch. Man kann das sicher weiter operieren.«

Er hebt die Schultern und schweigt. Er scheint nicht viel Hoffnung zu haben. Wenn es ginge, hätten sie es auch schon gemacht. Willy stößt zu uns, um uns die letzten Ereignisse zu erzählen. Wir hören, dass Borkmann doch noch an seinem Lungenschuss gestorben ist. Er hat galoppierende Schwindsucht dazugekriegt. Henze hat sich erschossen, als er erfuhr, dass seine Rückenmarksverletzung nur zu dauerndem Rollstuhl führen könnte. Das ist zu verstehen: Er war unser bester Fußballspieler. Meyer ist im September gefallen, Lichtenfeld im Juni. Lichtenfeld war nur zwei Tage draußen.

Plötzlich stutzen wir. Eine kleine mickrige Gestalt steht vor uns.

»Was, Westerholt?«, fragt Willy ungläubig.

»Immer noch, du Fliegenpilz«, antwortet der.

Willy ist verblüfft. »Ich denke, du bist tot.«

»Noch nicht«, gibt Westerholt gemütlich zurück.

»Aber ich habe es doch in der Zeitung gelesen.«

»War eben eine Fehlanzeige«, schmunzelt der Kleine.

»Man kann sich auch auf nichts mehr verlassen«, sagt Willy kopfschüttelnd. »Ich dachte, die Würmer hätten dich längst gefressen.«

»Nach dir, Willy«, antwortet Westerholt selbstgefällig, »du bist früher dran. Rothaarige leben nie lange.«

Wir gehen hinein. Der Hof, auf dem wir um zehn Uhr unsere Butterbrote aßen, die Klassenzimmer mit den Tafeln und Bänken, die Gänge mit den Reihen der Mützenhaken – sie sind noch genau wie früher, aber uns erscheinen sie wie aus einer anderen Welt. Nur den Geruch der halbdunklen Räume kennen wir wieder; er ist nicht so derb, aber ähnlich dem der Kasernen.

Groß, mit hundert Pfeifen, schimmert in der Aula die Orgel. Rechts davon steht die Gruppe der Lehrer. Auf dem Pult des Direktors sind zwei Topfgewächse mit lederartigen Blättern aufgestellt. Davor hängt ein Lorbeerkranz mit Schleife. Der Direktor ist im Gehrock. Es gibt also eine Begrüßungsfeier. Wir drängen uns zu einem Haufen zusammen. Keiner hat Lust, in der ersten Reihe zu stehen. Nur Willy nimmt unbefangen dort Aufstellung. Sein Schädel leuchtet im Halbdunkel des Raumes wie die rote Lampe eines Puffs.

Ich betrachte die Gruppe der Lehrer. Früher bedeuteten sie für uns mehr als andere Menschen; nicht allein weil sie unsere Vorgesetzten waren, sondern weil wir im Grunde doch an sie glaubten, auch wenn wir uns über sie lustig machten. Heute sind sie für uns nur noch eine Anzahl älterer Männer, die wir freundlich verachten.

Da stehen sie nun und wollen uns wieder belehren. Man sieht ihnen an, dass sie bereit sind, etwas von ihrer Würde zu opfern. Aber was können sie uns schon lehren. Wir kennen das Leben jetzt besser als sie, wir haben ein anderes Wissen erworben, hart, blutig, grausam und unerbittlich. Heute könnten wir sie lehren, aber wer will das! – Wenn jetzt ein überraschender Sturmangriff auf die Aula erfolgte, würden sie ängstlich und ratlos wie Karnickel umherhopsen, während von uns keiner den Kopf verlöre. Ruhig und entschlossen würden wir sofort das Zweckmäßigste tun, nämlich sie einsperren, damit sie uns nicht stören könnten, und die Verteidigung beginnen.

Der Direktor räuspert sich zu einer Ansprache. Die Worte springen rund und glatt aus seinem Munde, er ist ein vorzüglicher Redner, das muss man zugeben. Er spricht vom heldenhaften Ringen der Truppen, von Kampf, Sieg und Tapferkeit. Aber trotz aller schönen Worte empfinde ich einen Stachel dabei, vielleicht gerade wegen der schönen Worte. So glatt und rund war das nicht. Ich sehe Ludwig an, der sieht mich an; Albert, Walldorf, Westerholt, Reinersmann, allen passt es nicht.

Der Direktor gerät an sich selbst in Schwung. Er feiert jetzt nicht nur das Heldentum draußen, sondern auch das stillere daheim.

»Auch wir in der Heimat haben unsere volle Schuldigkeit getan, wir haben uns eingeschränkt und gehungert für unsere Soldaten, wir haben gebangt und gezittert, schwer war es, und oft mag das Durchhalten fast schwerer gewesen sein für uns als für unsere braven Feldgrauen draußen. –«

»Hoppla«, sagt Westerholt. Gemurmel entsteht. Der Alte wirft einen schiefen Blick herüber und fährt fort: »Doch das können wir wohl nicht gegeneinanderstellen. Sie haben dem Tode furchtlos ins eherne Antlitz gesehen und Ihre große Pflicht getan, und wenn auch der Endsieg unseren Waffen nicht beschieden war, so wollen wir jetzt umso mehr in heißer Liebe zu unserm schwergeprüften Vaterlande zusammenstehen, wir wollen wieder aufbauen trotz aller feindlichen Mächte, im Sinne unseres Altmeisters Goethe, der so knorrig aus den Jahrhunderten in unsere verworrene Zeit herübermahnt: Allen Gewalten zum Trutz sich erhalten!«

Die Stimme des Alten sinkt um eine Terz. Sie trägt jetzt einen Flor und ist in Salböl gebadet. Ein Ruck geht durch die schwarze Schar der Lehrer. Ihre Gesichter zeigen Sammlung und Ernst. »Besonders gedenken aber wollen wir der gefallenen Zöglinge unserer Anstalt, die freudig hinausgeeilt sind, um die Heimat zu schützen, und geblieben sind auf dem Felde der Ehre. Einundzwanzig Kameraden sind nicht mehr unter uns – einundzwanzig Kämpfer haben den ruhmreichen Tod der Waffen gefunden – einundzwanzig Helden ruhen in fremder Erde aus vom Klirren der Schlacht und schlummern den ewigen Schlaf unterm grünen Rasen …«

In diesem Augenblick ertönt ein kurzes, brüllendes Gelächter. Der Direktor hält peinlich betroffen inne. Das Gelächter geht von Willy aus, der klotzig wie ein Kleiderschrank dasteht. Sein Gesicht ist puterrot, so wütend ist er.

»Grüner Rasen – grüner Rasen –«, stottert er, »ewiger Schlaf? Im Trichterdreck liegen sie, kaputtgeschossen, zerrissen, im Sumpf versackt –. Grüner Rasen! Wir sind hier doch nicht in der Gesangstunde!« Er fuchtelt mit den Armen wie eine Windmühle im Sturm. »Heldentod! Wie ihr euch das vorstellt! Wollen Sie wissen, wie der kleine Hoyer gestorben ist? Den ganzen Tag hat er im Drahtverhau gelegen und geschrien, und die Därme hingen ihm wie Makkaroni aus dem Bauch. Dann hat ihm ein Sprengstück die Finger weggerissen und zwei Stunden später einen Fetzen vom Bein, und er hat immer noch gelebt und versucht, sich mit der anderen Hand die Därme reinzustopfen, und schließlich abends war er fertig. Als wir dann heran konnten, nachts, war er durchlöchert wie ein Reibeisen. Erzählen Sie doch seiner Mutter, wie er gestorben ist, wenn Sie Courage haben!«

Der Direktor ist bleich geworden. Er schwankt, ob er Disziplin wahren oder begütigen soll. Aber er kommt weder zum einen noch zum andern.

»Herr Direktor«, fängt Albert Troßke an, »wir sind nicht hier, um von Ihnen zu hören, dass wir unsere Sache gut gemacht haben, trotzdem wir leider nicht siegen konnten. Darauf scheißen wir. –«

Der Direktor zuckt zusammen, mit ihm das ganze Kollegium, die Aula wankt, die Orgel bebt. »Ich muss doch bitten, wenigstens im Ausdruck …«, versucht er entrüstet.

»Scheiße, Scheiße und nochmals Scheiße!«, wiederholt

Albert, »das war jahrelang unser drittes Wort, damit Sie es endlich einmal wissen! Wenn es uns draußen so dreckig ging, dass wir Ihren ganzen Quatsch schon längst vergessen hatten, haben wir die Zähne zusammengebissen und Scheiße gesagt, und dann ging es wieder. Sie scheinen ja gar nicht zu ahnen, was los ist! Hier kommen keine braven Zöglinge, hier kommen keine lieben Schüler, hier kommen Soldaten!«

»Aber meine Herren«, ruft der Alte fast flehentlich, »ein Missverständnis – ein peinliches Missverständnis …«

Er kann nicht zu Ende reden. Er wird unterbrochen von Helmut Reinersmann, der an der Yser seinen verwundeten Bruder im schwersten Feuer zurückholte und ihn tot am Verbandplatz abladen musste.

»Gefallen«, sagt er wild, »gefallen sind die nicht, damit Reden darüber gehalten werden. Das sind unsere Kameraden, fertig, und wir wollen nicht, dass darüber gequatscht wird!«

Ein mächtiges Durcheinander entsteht. Der Direktor steht entsetzt und völlig hilflos da. Das Lehrerkollegium gleicht einer Schar aufgescheuchter Hühner. Nur zwei Lehrer sind ruhig. Sie waren Soldaten.

Der Alte versucht, uns auf jeden Fall zu besänftigen. Wir sind zu viele, und Willy steht zu mächtig trompetend vor ihm. Wer weiß auch, was von diesen verwilderten Kerlen noch zu erwarten ist, vielleicht ziehen sie in der nächsten Minute sogar noch Handgranaten aus den Taschen. Er wedelt mit seinen Armen, wie ein Erzengel mit den Flügeln. Aber niemand hört auf ihn.

Doch auf einmal ebbt der Tumult ab. Ludwig Breyer ist vorgetreten. Es wird ruhig. »Herr Direktor«, sagt Ludwig mit seiner klaren Stimme, »Sie haben den Krieg auf Ihre Weise gesehen. Mit fliegenden Fahnen, mit Begeisterung und Marschmusik. Aber Sie haben ihn nur bis zum Bahnhof gesehen, von dem wir abfuhren. Wir wollen Sie deshalb nicht tadeln. Wir alle haben ja ebenso gedacht wie Sie.

Aber inzwischen haben wir die andere Seite kennengelernt. Das Pathos von 1914 zerstob davor bald zu nichts. Wir haben trotzdem durchgehalten, denn etwas Tieferes hielt uns zusammen, etwas, das erst draußen entstanden ist, eine Verantwortung, von der Sie nichts wissen, und über die man nicht reden kann.«

Ludwig sieht einen Augenblick vor sich hin. Dann streicht er sich über die Stirn und spricht weiter. »Wir verlangen keine Rechenschaft von Ihnen – das wäre töricht, denn niemand hat gewusst, was kam. Aber wir verlangen von Ihnen, dass Sie uns nicht wieder vorschreiben, wie wir über diese Dinge denken sollen. Wir sind begeistert ausgezogen, das Wort Vaterland auf den Lippen – und wir sind still heimgekehrt, den Begriff Vaterland im Herzen. Darum bitten wir Sie jetzt, zu schweigen. Lassen Sie die großen Worte. Sie passen nicht mehr für uns. Sie passen auch nicht für unsere toten Kameraden. Wir haben sie sterben sehen. Die Erinnerung daran ist noch so nahe, dass wir es nicht ertragen können, wenn über sie so gesprochen wird, wie Sie es tun. Sie sind für mehr gestorben als dafür.«

Es ist ganz still geworden. Der Direktor presst die Hände zusammen. »Aber Breyer«, sagt er leise, »so war es doch nicht gemeint. –«

Ludwig schweigt.

Nach einer Weile fährt der Direktor fort. »Dann sagen Sie mir doch selbst, was Sie wollen.«

Wir sehen uns an. Was wir wollen? Ja, wenn das so einfach in einem Satz zu sagen wäre. Ein starkes Gefühl brodelt unklar in uns – aber gleich Worte? Worte haben wir dafür noch nicht. Vielleicht werden wir sie später einmal haben!

Nach einem Augenblick des Schweigens jedoch drängt Westerholt sich durch und pflanzt sich vor dem Direktor auf. »Sprechen wir über das Praktische«, sagt er, »das ist jetzt am nötigsten. Wie haben Sie sich das mit uns gedacht? Hier stehen siebzig Soldaten, die wieder auf die Schulbänke zurück sollen. Ich sage Ihnen gleich: Wir wissen fast nichts mehr von Ihrem Lehrstoff, aber wir haben auch keine Lust, noch lange hier zu sitzen.«

Der Direktor fasst sich. Er erklärt, dass über diese Dinge noch keine Anweisung von der Behörde vorliege. Einstweilen müssten wir uns deshalb wohl auf die Klassen verteilen, aus denen wir fortgegangen seien. Später würde man dann ja sehen, was zu machen wäre.

Gemurmel und Gelächter antworten ihm.

»Das glauben Sie doch wohl selber nicht«, sagt Willy ärgerlich, »dass wir uns zu Kindern, die nicht Soldaten waren, auf die Bank setzen und brav die Finger hochhalten, wenn wir was wissen. Wir bleiben zusammen.«

Jetzt erst sehen wir richtig, wie komisch das alles hier ist. Jahrelang durften wir schießen, stechen und töten – aber nun soll es wichtig sein, ob wir aus der zweiten oder dritten Klasse dazu aufgebrochen sind. Der eine konnte schon mit zwei, der andere erst mit einer Unbekannten rechnen. Das sind Unterschiede, die hier gelten.

Der Direktor verspricht, einen Antrag zu stellen, um Sonderkurse für die Soldaten zu erwirken.

»Darauf können wir nicht warten«, sagt Albert Troßke kurz. »Es ist besser, wir machen die Sache selbst.«

Der Direktor erwidert nichts; schweigend geht er zur Tür.

Die Lehrer folgen. Wir trampeln ebenfalls hinaus. Vorher jedoch nimmt Willy, dem die Sache zu still abgegangen ist, die beiden Topfgewächse vom Rednerpult und schmettert sie auf den Boden. »Das Gemüse habe ich sowieso nie leiden können«, sagt er grimmig. Den Lorbeerkranz stülpt er Westerholt auf den Schädel. »Koch dir Suppe daraus!«

Die Zigarren und Pfeifen qualmen. Wir sitzen mit den Kriegsteilnehmern des Gymnasiums zusammen und beraten. Über hundert Soldaten, achtzehn Leutnants, dreißig Feldwebel und Unteroffiziere.

Westerholt hat ein Heft der alten Schulordnung mitgebracht und liest laut daraus vor. Er kommt nur langsam weiter, weil hinter jedem Absatz ein Gelächter ausbricht. Wir können nicht verstehen, dass das einmal für uns gegolten hat.

Westerholt macht sich besonders darüber lustig, dass wir vor dem Krieg ohne Erlaubnis der Klassenlehrer nach sieben Uhr abends nicht mehr auf der Straße sein durften. Aber Willy dämpft ihn. »Sei du ruhig, Alwin«, ruft er ihm zu, »du hast deinen Klassenlehrer mehr blamiert als jeder andere. Wirst gefallen gemeldet, kriegst eine Gedenkrede des gerührten Direktors, wirst darin als Held und Musterschüler gefeiert und hast die Unverschämtheit, nach all dem noch lebendig zurückzukommen! Der Alte ist jetzt in schöner Verlegenheit. Er muss nun alles zurücknehmen, was er dir als Leiche zugestanden hat – denn in Algebra und Aufsatz bist du bestimmt noch ebenso schlecht wie früher.«

Wir wählen Schülerräte; denn unsere Lehrer mögen wohl gut sein, um uns ein paar Sachen für das Examen einzutrichtern, aber regieren lassen wir uns von ihnen nicht mehr. Für uns wählen wir Ludwig Breyer, Helmuth Reinersmann und Albert Troßke – für das Gymnasium Georg Rahe und Karl Bröger.

Dann bestimmen wir drei Vertreter, die morgen zur Provinzialbehörde und zum Ministerium reisen sollen, um unsere Forderungen für die Schulzeit und das Examen durchzusetzen. Willy, Westerholt und Albert werden dazu ausgesucht. Ludwig kann nicht mitfahren, denn er ist noch nicht gesund genug.

Die drei erhalten Militärausweise und Freifahrtscheine,

von denen wir ganze Blocks vorrätig haben. Leutnants und Soldatenräte zum Unterschreiben haben wir ebenfalls genug.

Helmuth Reinersmann gibt der Sache auch äußerlich das richtige Gesicht. Er fordert Willy auf, seinen neuen Rock, den er auf der Kammer erwischt hat, zu Hause zu lassen und dafür einen geflickten, von Splittern durchlöcherten, für die Reise anzuziehen.

»Wieso?«, fragt Willy betroffen.

»Auf Bürofritzen wirkt so was besser als hundert Gründe«, erklärt Helmuth.

Willy weigert sich, denn er ist stolz auf seinen Rock und möchte in der Großstadt damit in den Cafés paradieren. »Wenn ich bei dem Schulrat ordentlich auf den Tisch haue, wirkt das genauso gut«, meint er.

Aber Helmuth lässt nicht mit sich reden. »Wir können nicht alles in Klump schlagen, Willy«, sagt er, »wir brauchen diese Leute nun mal. Wenn du bei denen im geflickten Rock auf den Tisch haust, holst du für uns alle mehr heraus als in deinem neuen. Die Brüder sind so, glaub's mir.«

Willy gibt nach. Helmuth wendet sich nun Alwin Westerholt zu und mustert ihn. Er sieht ihm zu kahl aus, deshalb bekommt er Ludwig Breyers Orden angesteckt. »Für einen Geheimrat redest du dann überzeugender«, fügt Helmuth hinzu.

Bei Albert ist das nicht nötig, er hat selbst genug auf der Brust klimpern. Die drei sind jetzt richtig ausgerüstet. Helmuth übersieht seine Arbeit. »Glänzend«, sagt er, »und nun los! Zeigt den Rübenschweinen mal, was eine echte Frontharke ist.«

»Worauf du dich verlassen kannst«, erklärt Willy, der sich inzwischen wieder gefunden hat.

Die Zigarren und Pfeifen qualmen. Wünsche, Gedanken und Begierden brodeln durcheinander. Weiß Gott, was aus ihnen wird. Hundert junge Soldaten, achtzehn Leutnants, dreißig Feldwebel und Unteroffiziere sitzen hier und wollen zu leben anfangen. Jeder von ihnen kann eine Kompanie in schwierigem Angriffsgelände mit geringsten Verlusten durchs Feuer bringen, jeder von ihnen würde keinen Moment zögern, das Richtige zu tun, wenn nachts in seinen Stollen das Gebrüll »Sie kommen« schallen würde, jeder von ihnen ist ein vollkommener Soldat, nicht mehr und nicht weniger.

Aber für den Frieden? Taugen wir dazu? Passen wir überhaupt noch zu etwas anderm, als Soldaten zu sein?

Dritter Teil

I

ICH KOMME VOM BAHNHOF, um Adolf Bethke zu besuchen. Sein Haus erkenne ich gleich; er hat es mir draußen oft genug beschrieben.

Ein Garten mit Obstbäumen. Die Äpfel sind nicht alle gepflückt. Viele liegen noch im Rasen unter den Bäumen. Auf einem freien Platz vor der Tür steht eine riesige Kastanie. Der Boden unter ihr ist über und über voll von rotbraunen Blättern, auch der Steintisch und die Bank darunter. Dazwischen schimmert das rötliche Weiß der aufgeplatzten, stacheligen Fruchtschalen und das glänzende Braun der herausgefallenen Kastanien. Ich nehme ein paar auf und betrachte die lackierte, geäderte Mahagonischale mit dem helleren Keimfleck darunter. Dass es so etwas gibt, denke ich und sehe mich um – dass es überhaupt das alles noch gibt: diese bunten Bäume, die blau umdunsteten Wälder – Wälder, keine granatenzerfressenen Baumstümpfe mehr; diesen Wind über den Feldern, ohne Pulverrauch und Gasgestank, diese umbrochene, fettig schimmernde Erde mit ihrem starken Geruch, die Pferde vor den Pflügen, nicht mehr vor Munitionskolonnen, und hinter ihnen, ohne Gewehre, heimgekehrt, Pflüger, Pflüger in Soldatenuniformen.

Die Sonne ist über einem Wäldchen hinter den Wolken versteckt, aber Strahlenbündel schießen silbern dahinter hervor, die bunten Drachen der Kinder stehen hoch am

Himmel, die Lungen atmen, kühl schwingt die Luft hinein und heraus, es gibt keine Geschütze, keine Minen mehr, kein Tornister klemmt die Brust, kein Koppel hängt schwer am Magen – vorbei ist das ziehende Gefühl der Vorsicht und des Lauerns im Nacken, das halbe Schleichen, das immer in der nächsten Sekunde in Fallen, Liegen, Grauen und Tod übergehen konnte – frei und aufrecht, mit sorglosen Schultern, gehe ich und empfinde die Stärke dieses Augenblicks: da zu sein und meinen Kameraden Adolf zu besuchen.

Die Haustür steht halb offen. Rechts ist die Küche. Ich klopfe. Niemand antwortet. Ich sage laut guten Tag. Nichts rührt sich. Ich gehe weiter und öffne noch eine Tür. Jemand sitzt allein am Tisch; jetzt sieht er auf, verwildert, eine alte Uniform, ein Blick: Bethke.

»Adolf«, rufe ich erfreut, »hast du nichts gehört? Wohl gerade geschlafen, was?«

Er bleibt in seiner Haltung und reicht mir die Hand.

»Wollt' dich mal besuchen, Adolf.«

»Ist gut von dir, Ernst«, sagt er trübe.

»Ist was los, Adolf?«, frage ich verwundert.

»Ach lass man, Ernst ...«

Ich setze mich neben ihn. »Mensch, Adolf, was hast du denn?« Er wehrt ab. »Schon recht, Ernst, lass man. Nur gut, weißt, gut, dass mal einer von euch kommt.« Er steht auf. »Man wird ja verrückt, so allein ...«

Ich schaue mich um. Seine Frau ist nirgendwo zu sehen. Er schweigt eine Zeit lang, dann sagt er noch einmal: »Gut, dass du gekommen bist.« Er kramt nach Schnaps und Zigaretten. Wir nehmen einen Korn aus dicken Gläsern, die unten rosa Einlagen haben. Vor dem Fenster liegt der Garten und der Weg mit den Obstbäumen. Es weht. Die Gartentür klappert. Aus der Ecke schlägt eine dunkel gebeizte Standuhr mit Gewichten.

»Prost Adolf.« – »Prost Ernst.«

Eine Katze schleicht durchs Zimmer. Sie springt auf die Nähmaschine und schnurrt. Nach einiger Zeit beginnt Adolf zu sprechen. »Da kommen sie und reden, Eltern, Schwiegereltern, und dabei verstehen sie mich nicht und ich sie nicht. Als wenn wir alle nicht mehr dieselben Menschen wären.« Er stützt den Kopf auf. »Du verstehst mich, Ernst, und ich dich, aber da, bei denen, ist es, als wäre eine Wand dazwischen.«

Schließlich höre ich dann alles.

Bethke kommt nach Hause, den Affen auf dem Nacken, einen Sack guter Lebensmittel bei sich, Kaffee, Schokolade, sogar Seide für ein ganzes Kleid.

Er will ganz leise kommen, um die Frau zu überraschen, aber der Hund kläfft wie verrückt und reißt die Hütte fast um – da hält es ihn nicht mehr, er rennt den Weg zwischen den Apfelbäumen entlang – seinen Weg, seine Bäume, sein Haus, seine Frau, das Herz schlägt ihm wie ein Schmiedehammer oben im Hals, Tür auf, tiefes Atmen, hinein – »Marie …«

Er sieht sie, sofort hat sein Blick sie umfasst, es überströmt ihn, Halbdunkel, Heimat, die tickende Uhr, der Tisch, der große Ohrenstuhl, die Frau – er will auf sie zu. Aber sie weicht zurück und starrt ihn an wie einen Schatten.

Er begreift noch nichts. »Hast du dich so erschreckt?«, fragt er lachend.

»Ja«, sagt sie angstvoll.

»Wird sich schon geben, Marie«, antwortet er, zitternd vor Aufregung. Jetzt, wo er im Zimmer ist, bebt alles an ihm. Zu lange ist es auch her.

»Ich wusste nicht, dass du schon kommst, Adolf«, sagt die Frau. Sie ist zurückgewichen zum Schrank und sieht ihn mit großen Augen an. Etwas Kaltes fasst ihn einen Moment und quetscht ihm die Lungen zusammen. »Freust du dich denn gar nicht?«, fragt er unbeholfen.

»Ja doch, Adolf …«

»Ist denn was passiert?«, fragt er weiter und hat immer noch alle Sachen in der Hand.

Da geht die Heulerei auch schon los, sie liegt mit dem Kopf auf der Tischplatte, warum soll er es nicht gleich erfahren, die andern werden es ihm doch schon sagen, sie hat mit jemand etwas gehabt, es ist über sie gekommen, sie wollte gar nicht und hat immer bloß an ihn gedacht, und nun soll er sie eben totschlagen.

Adolf steht und steht und merkt schließlich, dass er den Affen immer noch auf dem Rücken hat. Er schnallt ihn ab, er packt aus, er zittert, er denkt immerfort: kann doch nicht wahr sein, kann doch nicht wahr sein – und packt weiter aus, nur nicht ruhig sein jetzt; die Seide knistert in seiner Hand, er hält sie hin, »das wollt ich dir mitbringen«, und denkt immerfort: kann doch nicht wahr sein, das kann doch nicht … Er hält hilflos die rote Seide hin, und noch ist nichts in seinem Schädel drin von alledem.

Sie aber weint und will nichts wissen. Er setzt sich nieder und denkt nach und hat plötzlich furchtbaren Hunger. Da stehen Äpfel von den Bäumen draußen, schöne Haferäpfel, er nimmt sie und isst, denn er muss was tun. Dann aber werden die Hände schlaff und er begreift es. Eine rasende Wut kocht in ihm hoch, er will was kaputtschlagen und läuft hinaus, um den Kerl zu suchen.

Er findet ihn nicht. Da geht er in die Kneipe. Man begrüßt ihn dort; aber alles ist wie auf Eiern, sie sehen an ihm vorbei und sind vorsichtig im Sprechen, sie wissen es also schon. Er tut zwar so, als ob nichts sei, aber wer hält das aus; er gießt das Zeug hinunter und geht, als einer fragt: »Warst du schon zu Hause?« – und Stille ist hinter ihm, als er die Schankstube verlässt. Er rennt herum, und es wird spät darüber. Dann steht er wieder vor seinem Hause. Was soll er tun, er geht hinein. Die Lampe brennt, Kaffee steht auf dem Tisch, Bratkartoffeln sind in der Pfanne auf dem

Herd. Es schlägt ihn schmerzlich nieder, wie schön wäre das, wenn es richtig wäre, sogar ein weißes Tuch liegt auf dem Tisch. Aber so ist es nur schlimmer.

Die Frau ist da und weint nicht mehr. Als er sitzt, gießt sie Kaffee ein und stellt die Kartoffeln und die Wurst auf den Tisch. Doch für sich selbst stellt sie keinen Teller hin.

Er sieht sie an. Sie ist blass und schmal. Alles kommt wieder hoch in einer sinnlosen Traurigkeit. Er will nichts mehr davon wissen, er will sich einschließen und sich aufs Bett legen und zu Stein werden. Der Kaffee dampft, er schiebt ihn zurück, die Pfanne auch. Die Frau erschrickt. Sie weiß, was kommt.

Adolf steht nicht auf, das kann er nicht, er schüttelt nur den Kopf und sagt: »Geh weg, Marie.«

Sie erwidert kein Wort, sie nimmt ihr Umschlagetuch um die Schulter, schiebt noch einmal die Pfanne vor, zu ihm hin, sagt mit zaghafter Stimme: »Iss doch wenigstens, Adolf –« und geht dann. Sie geht, sie geht, mit ihrem leisen Schritt, lautlos, die Tür schließt sich, draußen blafft der Hund, der Wind saust um die Fenster. Bethke ist allein.

Und dann die Nacht.

Ein paar Tage so allein zu Hause zehren an einem Mann, der aus dem Graben kommt.

Adolf versucht den Kerl zu schnappen, um ihn zum Krüppel zu schlagen; aber der hat rechtzeitig was gemerkt und sich dünne gemacht. Adolf lauert auf ihn und sucht ihn überall – doch kann er ihn nicht kriegen, und das wirft ihn ganz um.

Dann erscheinen die Schwiegereltern und reden, er solle es sich doch überlegen, die Frau wäre schon längst wieder vernünftig, vier Jahre allein seien auch keine Kleinigkeit, der Kerl habe schuld, und es wären im Kriege noch ganz andere Dinge passiert. –

»Was soll man bloß machen, Ernst?« Adolf sieht auf.

»Verdammt noch mal«, sage ich, »so eine Scheiße.«

»Dazu kommst du nun nach Hause, Ernst!«

Ich schenke ein, und wir trinken. Da wir keine Zigarren für Adolf mehr im Hause haben und er nicht in die Wirtschaft will, gehe ich, um welche zu holen. Adolf ist ein starker Raucher, und es wird leichter für ihn sein, wenn er Zigarren hat. Ich nehme darum gleich eine ganze Kiste »Waldfrieden« mit, dicke braune Stumpen, die den richtigen Namen haben. Sie sind aus reinem Buchenlaub, aber immer noch besser als nichts.

Als ich zurückkehre, ist jemand da, und ich sehe sofort, dass es die Frau ist. Sie hält sich gerade, doch ihre Schultern sind weich. Es ist etwas Ergreifendes, der Nacken einer Frau, immer haben sie etwas von Kindern, und man kann ihnen wohl nie ganz böse sein. Abgesehen natürlich von den Dicken, die ein Speckgenick haben.

Ich sage guten Tag und setze die Mütze ab. Die Frau antwortet nicht. Die Zigarren stelle ich vor Adolf hin, er nimmt aber keine. Die Uhr tickt. Vor dem Fenster wirbeln die Blätter der Kastanien, manchmal raschelt eins gegen die Scheibe, und der Wind presst es dagegen, Die fünf braunen, erdigen Blätter, an einem Stiel vereinigt, drohen dann wie ausgestreckte, greifende Hände von draußen in das Zimmer herein, braune Totenhände des Herbstes. Endlich rührt Adolf sich und sagt mit einer Stimme, die ich nicht an ihm kenne: »Nun geh doch, Marie.«

Sie erhebt sich gehorsam wie ein Schulkind, sieht vor sich hin und geht. Der weiche Nacken, die schmalen Schultern, wie ist das alles nur möglich?

»So kommt sie jeden Tag und sitzt da und sagt nichts und wartet und sieht mich an«, sagt Adolf gramvoll. Ich habe Mitleid mit ihm, aber jetzt habe ich auch Mitleid mit der Frau. »Fahr mit in die Stadt, Adolf, hat keinen Zweck, dass du hier hockst«, schlage ich vor. Er will nicht. Draußen schlägt der Hund an. Die Frau geht jetzt durch die Gartentür, zurück zu ihren Eltern.

»Will sie denn wieder hierher?«, frage ich. Er nickt. Ich frage nicht weiter. Das muss er selbst abmachen. »Solltest doch mitkommen«, versuche ich noch mal.

»Später, Ernst.«

»Steck dir wenigstens eine Zigarre an.« Ich schiebe ihm die Kiste hin und warte ab, bis er eine nimmt. Dann gebe ich ihm die Hand. »Ich besuche dich wieder, Adolf.«

Er bringt mich an die Hoftür. Ich winke nach einiger Zeit zurück. Er steht immer noch am Gitter, und hinter ihm ist wieder das Dunkel des Abends, wie damals, als er ausstieg und von uns ging. Er hätte bei uns bleiben sollen. Jetzt ist er allein und unglücklich, und wir können ihm nicht helfen, so gern wir es auch täten. Ach, im Felde war das einfacher – wenn man da nur lebte, war alles schon gut.

II

ICH LIEGE AUF DEM SOFA, die Beine lang ausgestreckt, den Kopf auf der Lehne und die Augen geschlossen. Im Halbschlaf gehen mir die Gedanken wunderlich durcheinander. Das Bewusstsein verschwimmt zwischen Wachen und Traum, und wie ein Schatten läuft die Müdigkeit durch meinen Schädel. Hinter ihr weht undeutlich ferner Geschützlärm heran, leise pfeifen Granaten, und blechern kommt das Läuten von Gongs näher, die einen Gasangriff melden – aber ehe ich nach meiner Maske tasten kann, weicht die Dunkelheit lautlos zurück, die Erde, an die ich mich gepresst habe, zerfließt vor einem warmen, helleren Gefühl, sie wird wieder zum Plüschbezug des Sofas, der sich gegen meine Wange drückt, unklar und tief spüre ich: zu Hause – und das Gasläuten der Gräben zerschmilzt im gedämpften Klappern des Geschirrs, das meine Mutter vorsichtig auf den Tisch stellt.

Dann huscht die Dunkelheit erneut näher und mit ihr

das Murren der Artillerie. Nur weit her, als kämen sie über Wälder und Meere, höre ich Worte hineintropfen, die sich erst allmählich zu einem Sinn fügen und zu mir vordringen. »Die Wurst ist von Onkel Karl«, sagt meine Mutter in das leise Grollen der Geschütze hinein.

Die Worte erreichen mich gerade noch am Rande des Trichters, in den ich niedergleite. Mit ihnen huscht ein sattes, selbstbewusstes Gesicht vorbei. »Ach, der«, sage ich ärgerlich, und meine Stimme klingt, als hätte ich Watte im Munde, so wogt die Müdigkeit weiter um mich herum, »dies – dämliche – Arschloch.« Dann falle ich, falle, falle, und die Schatten springen zu mir herein und überfluten mich in langen Wellen, dunkler und dunkler. – Aber ich schlafe nicht ein. Es fehlt etwas, das vorher da war – das gleichmäßige, leise, metallische Klirren. Langsam fühle ich mich zum Denken zurück und öffne die Augen. Da steht meine Mutter mit blassem, entsetztem Gesicht und starrt mich an. »Was hast du denn?«, rufe ich erschreckt und springe auf. »Bist du krank?«

Sie wehrt ab. »Nein, nein – aber dass du so etwas sagen kannst. –«

Ich denke nach. Was habe ich denn nur gesagt? Ach so, das mit Onkel Karl. – »Na, Mutter, sei doch nicht so empfindlich«, lache ich erleichtert, »Onkel Karl ist wirklich ein Schieber, das weißt du doch auch.«

»Das meine ich gar nicht«, antwortet sie leise, »aber dass du solche Ausdrücke gebrauchst. –«

Mit einmal fällt mir ein, was ich da im Halbschlaf gesagt habe. Ich schäme mich, weil mir das gerade bei meiner Mutter passieren musste. »Es ist mir so herausgerutscht«, erkläre ich entschuldigend, »man muss sich wirklich erst gewöhnen, dass man nicht mehr draußen ist. Da herrscht ein rauer Ton, Mutter. Rau, aber herzlich.«

Ich glätte mir die Haare und knöpfe den Waffenrock zu. Dann suche ich nach Zigaretten. Dabei sehe ich, dass meine Mutter mich immer noch anblickt und dass ihre Hände zittern.

Überrascht halte ich inne. »Aber Mutter«, sage ich erstaunt und lege den Arm um ihre Schulter, »so schlimm ist das doch wahrhaftig nicht. Soldaten sind nun mal so.«

»Ja, ja, das weiß ich«, erwidert sie, »aber du – du auch. –«

Ich lache. Natürlich, ich auch, will ich rufen, aber ich schweige plötzlich und lasse sie los, so trifft mich etwas. Ich setze mich auf das Sofa, um mich zurechtzufinden.

Vor mir steht die alte Frau mit ihrem bangen, versorgten Gesicht. Sie hat die Hände gefaltet, müde zerarbeitete Hände mit weicher runzeliger Haut, auf der bläulich die Adern hervorstehen; Hände, die für mich so geworden sind. Früher habe ich das nie gesehen, früher habe ich überhaupt vieles nicht gesehen, denn ich war noch zu jung. Aber jetzt begreife ich, weshalb ich für diese schmale verhärmte Frau anders bin als alle Soldaten der Welt: ich bin ihr Kind.

Ich bin es immer für sie geblieben, auch als Soldat. Sie hat im Kriege nur einen Knäuel gefährlicher Bestien gesehen, die ihrem bedrohten Kinde nach dem Leben trachteten. Aber ihr ist nie der Gedanke gekommen, dass dieses bedrohte Kind eine ebenso gefährliche Bestie für die Kinder anderer Mütter war.

Ich senke den Blick von ihren Händen auf meine eigenen. Damit habe ich im Mai 1917 einen Franzosen erstochen. Das Blut lief mir widerlich heiß über die Finger, während ich in besinnungsloser Angst und Wut immer wieder zustach. Nachher musste ich mich erbrechen, und die ganze Nacht durch habe ich geweint. Erst morgens konnte Adolf Bethke mich trösten; ich war damals gerade achtzehn Jahre alt, und es war der erste Angriff, den ich mitmachte.

Langsam drehe ich die Hände nach außen. Bei dem großen Durchbruchversuch Anfang Juli habe ich damit drei

Leute erschossen. Sie blieben den Tag über im Drahtverhau hängen. Ihre schlaffen Arme baumelten im Luftdruck der Granateinschläge, und oft sah es aus, als drohten sie, aber manchmal auch, als flehten sie um Hilfe. Später habe ich einmal auf zwanzig Meter eine Handgranate geworfen, die einem englischen Hauptmann die Beine wegfetzte. Er schrie furchtbar, den Kopf hatte er mit aufgerissenem Munde hochgereckt, die Arme aufgestemmt, den Oberkörper gebäumt wie ein Seehund; aber dann verblutete er rasch. Und jetzt sitze ich hier vor meiner Mutter, und sie weint beinahe, weil sie nicht fassen kann, dass ich so roh geworden bin, einen unanständigen Ausdruck zu gebrauchen.

»Ernst«, sagt sie leise, »ich wollte es dir schon immer einmal sagen: Du hast dich sehr verändert. Du bist so unruhig geworden.«

Ja, denke ich bitter, ich habe mich verändert. Was weißt du denn noch von mir, Mutter? Es ist nur eine Erinnerung, nicht mehr als eine Erinnerung an einen schwärmerischen, stillen Jungen von früher. Nie, nie darfst du etwas erfahren von den letzten Jahren, nie darfst du ahnen, wie es wirklich gewesen ist und was aus mir geworden ist. Der hundertste Teil davon würde dir das Herz brechen, dir, die du schon zitterst und beschämt wirst durch ein einziges Wort, weil es dir bereits deine Vorstellung von mir erschüttert. »Es wird alles schon mal besser werden«, sage ich ziemlich hilflos, und ich versuche, mich selbst damit zu beruhigen.

Sie setzt sich zu mir und streicht mir über die Hände. Ich ziehe sie weg. Sie sieht mich bekümmert an. »Manchmal bist du mir ganz fremd, Ernst, dann hast du ein Gesicht, das ich gar nicht an dir kenne.«

»Ich muss mich erst gewöhnen«, sage ich, »ich fühle mich noch immer so, als wäre ich hier nur auf Besuch. –«

Die Dämmerung fällt ins Zimmer. Vom Korridor kommt mein Hund herein und legt sich vor mir auf den

Boden. Seine Augen schimmern, während er zu mir aufblickt. Er ist auch noch unruhig und hat sich noch nicht gewöhnt.

Meine Mutter lehnt sich zurück. »Dass du nur wiedergekommen bist, Ernst …«

»Ja, das ist die Hauptsache«, sage ich und stehe auf.

Sie bleibt in ihrer Ecke sitzen, eine kleine Gestalt in der Dämmerung, und ich empfinde in einer sonderbaren Weichheit, wie plötzlich die Rollen vertauscht sind. Jetzt ist sie das Kind geworden.

Ich liebe sie, ach, wann hätte ich sie mehr geliebt als jetzt, wo ich weiß: nie kann ich zu ihr kommen und bei ihr sein und ihr alles sagen und vielleicht ruhig werden. Habe ich sie nicht verloren? Mit einmal fühle ich, wie fremd und allein ich eigentlich bin.

Sie hat die Augen geschlossen. »Ich ziehe mich jetzt an und gehe noch etwas aus«, flüstere ich, um sie nicht zu stören. Sie nickt.

»Ja, mein Junge«, sagt sie – und nach einer Weile leise – »mein guter Junge.«

Es trifft mich wie ein Stich. Behutsam ziehe ich die Tür zu.

III

DIE WIESEN SIND NASS, und von den Wegen rinnt glucksend das Wasser. Ich trage ein kleines Einmachglas in der Manteltasche und gehe den Pappelgraben entlang. Hier habe ich als Junge Fische und Schmetterlinge gefangen und unter den Bäumen gelegen und geträumt.

Im Frühjahr hing der Graben voll Froschlaich und Algen. Helle, grüne Stauden von Wasserpest schwankten in den kleinen, klaren Wellen, langbeinige Schlittschuhläufer zickzackten zwischen den Stängeln der Schilfrohre, und

Schwärme von Stichlingen warfen in der Sonne ihre eiligen, schmalen Schatten auf den goldgefleckten Sand.

Es ist kalt und feucht. In langer Reihe stehen die Pappeln neben dem Graben. Ihre Äste sind kahl, aber ein leichter, blauer Hauch hängt in ihnen. Eines Tages werden sie wieder grünen und rauschen, und die Sonne wird wieder warm und selig über diesem Stück Erde liegen, das so viele Erinnerungen meiner Jugend umfasst.

Ich stampfe auf die Uferböschung. Ein paar Fische huschen darunter hervor. Da kann ich mich nicht mehr bezähmen. Dort, wo der Graben schmäler wird, sodass ich mit gespreizten Beinen darüber stehen kann, lauere ich, bis ich mit der hohlen Hand zwei Stichlinge erwische. Ich schöpfe sie in mein Glas und betrachte sie.

Sie schießen hin und her, zierlich und vollkommen, mit ihren drei Stacheln auf dem Rücken, dem schlanken, braunen Körper und den schwirrenden Brustflossen. Das Wasser ist klar wie Kristall. Die Reflexe des Glases spiegeln sich darin. Und auf einmal setzt mir der Atem aus, so stark empfinde ich, wie schön das ist, dieses Wasser im Glase mit den Lichtern und Reflexen. Behutsam nehme ich es in die Hand und wandere weiter, ich halte es vorsichtig und sehe manchmal hinein, klopfenden Herzens, als hätte ich meine Jugend darin gefangen und trüge sie nun mit mir nach Hause. Ich hocke mich an den Rand der Tümpel, auf denen dicke Schichten Wasserlinsen schwimmen, und sehe die blau marmorierten Molche wie kleine Flatterminen hochpendeln, um Luft zu holen. Köcherfliegenlarven kriechen langsam durch den Schlamm, ein Gelbrandkäfer rudert träge über den Grund, unter einer modernden Wurzel hervor blicken mich die erstaunten Augen eines unbeweglichen Teichfrosches an. Ich sehe alles, und es ist mehr darin, als man sehen kann – es ist noch Erinnerung, Sehnsucht und das Glück der Vergangenheit darin.

Vorsichtig fasse ich mein Glas und gehe weiter, suchend, hoffend –. Der Wind weht, und blau liegen die Berge am Horizont. Aber plötzlich durchfährt mich ein rasender Schreck – runter, runter, Deckung, du stehst ja ganz frei im Blickfeld! – ich zucke zusammen in wahnsinniger Angst, ich spreize die Hände, um nach vorn hinter einen Baum zu stürzen, ich zittere und keuche, dann atme ich auf, vorbei – und sehe mich scheu um – niemand hat mich gesehen. Es dauert eine Weile, bis ich mich beruhige. Dann bücke ich mich nach dem Glas, das mir aus der Hand gefallen ist. Das Wasser ist verschüttet, doch die Fische zappeln noch darin. Ich beuge mich zum Graben hinunter und lasse frisches Wasser hineinlaufen.

Langsam gehe ich weiter und hänge meinen Gedanken nach. Der Wald kommt näher. Eine Katze strolcht über den Weg. Der Bahndamm schneidet durch die Felder bis zum Gehölz. Da könnte man Unterstände bauen, denke ich, ordentlich tief und mit Betondecken – dann die Grabenlinie links entlangziehen mit Sappen und Horchposten und drüben ein paar Maschinengewehre – nein, zwei nur, die andern an das Gehölz, dadurch liegt das ganze Gelände dann fast unter Kreuzfeuer – die Pappeln müsste man abhauen, damit sie der feindlichen Artillerie das Ziel nicht markieren – und hinten am Hügel eine Anzahl Minenwerfer – dann lass sie nur kommen. –

Ein Zug pfeift. Ich blicke auf. Was mache ich da nur? – Ich bin hierhergegangen, um die Landschaft meiner Jugend wiederzufinden – und jetzt ziehe ich Schützengräben hindurch –. Es ist die Gewohnheit, denke ich, wir können keine Landschaft mehr sehen, nur Gelände – Gelände zum Angreifen und Verteidigen – die alte Mühle auf der Höhe ist keine Mühle – sie ist ein Stützpunkt – der Wald ist kein Wald – er ist Artilleriedeckung – immer spukt das wieder hinein. –

Ich schüttle es ab und versuche, an früher zu denken.

Doch es gelingt mir nicht recht. Ich bin auch nicht mehr so froh wie vorhin und habe keine Lust, weiterzugehen. Ich kehre um.

Von Weitem sehe ich eine einsame Gestalt. Sie kommt mir entgegen. Es ist Georg Rahe.

»Was machst du denn hier?«, fragt er verwundert.

»Und du?«

»Nichts«, sagt er.

»Ich auch nichts«, antworte ich.

»Und das Einmachglas da?«, fragt er und sieht mich ein wenig spöttisch an. – Ich werde rot.

»Brauchst dich nicht zu schämen«, sagt er, »wolltest wohl mal wieder Fische fangen, was?«

Ich nicke. »Und?«, fragt er.

Ich schüttle den Kopf.

»Ja, so was geht eben nicht mit einer Uniform«, sagt er nachdenklich.

Wir setzen uns auf einen Stapel Holz und rauchen. Rahe nimmt seine Mütze ab. »Weißt du noch, wie wir hier Briefmarken getauscht haben?«

»Ja, ich weiß es noch. Die Holzplätze rochen in der Sonne stark nach Harz und Teer, die Pappeln flimmerten, und kühl kam der Wind vom Wasser her – ich weiß alles noch – wie wir Laubfrösche suchten, wie wir Bücher lasen, wie wir von der Zukunft sprachen und vom Leben, das hinter dem blauen Horizont wartete, lockend wie eine gedämpfte Musik.«

»Es ist dann etwas anders geworden, Ernst, was?«, sagt Rahe und lächelt, dieses Lächeln, das wir alle haben, etwas bitter und etwas müde. »Im Felde fingen wir die Fische dann auch anders. Eine Handgranate ins Wasser, und schon schwammen sie mit geplatzten Schwimmblasen und weißen Bäuchen an der Oberfläche. Das war praktischer.«

»Wie mag das nur kommen, Georg«, sage ich, »dass man

hier so herumsitzt und eigentlich nicht recht weiß, was beginnen?«

»Es fehlt was, Ernst, nicht?«

Ich nicke. Er tippt mir auf die Brust. »Ich will es dir mal sagen – ich habe auch schon darüber nachgedacht – dies da«, er zeigt auf die Wiesen vor uns, »das war Leben, es blühte und wuchs, und wir wuchsen mit. Und das hinter uns –«, er deutet mit dem Kopf zurück in die Ferne, »das war Tod, es starb und zerstörte uns ein bisschen mit.« Er lächelt wieder. »Wir sind ein wenig reparaturbedürftig, mein Junge.«

»Vielleicht wäre es besser, wenn Sommer wäre«, sage ich, »im Sommer ist alles leichter.«

»Daran liegt es nicht«, antwortet er und bläst den Rauch von sich, »ich glaube, es ist ganz was anderes.«

»Was denn?«, frage ich.

Er zuckt die Achseln und steht auf. »Gehen wir nach Hause, Ernst. Soll ich dir mal erzählen, was ich mir überlegt habe?« Er beugt sich herunter zu mir. »Wahrscheinlich werde ich wieder Soldat.«

»Du bist verrückt«, sage ich betroffen.

»Gar nicht«, erwidert er und ist einen Augenblick sehr ernst, »vielleicht nur konsequent.«

Ich bleibe stehen. »Aber Mensch, Georg …«

Er geht weiter. »Ich bin ja schließlich schon ein paar Wochen länger hier als du«, sagt er und beginnt dann über andere Dinge zu reden.

Als die ersten Häuser auftauchen, nehme ich mein Glas mit den Stichlingen und gieße es wieder in den Graben. Die Fische schwänzeln rasch davon. Das Glas lasse ich am Ufer stehen.

Ich verabschiede mich von Georg. Er geht langsam die Straße entlang. Ich bleibe vor unserm Hause stehen und sehe ihm nach. Seine Worte haben mich seltsam beunruhigt. Etwas Unbestimmtes schleicht um mich herum, es weicht zurück, wenn ich es greifen will, es löst sich auf, wenn ich darauf zugehe, doch dann kriecht es wieder hinter mir zusammen und lauert.

Der Himmel hängt wie Blei über dem niedrigen Gesträuch des Luisenplatzes, die Bäume sind kahl, ein loses Fenster klappert im Winde, und in den zerzausten Holunderbüschen der Vorgärten hockt feucht und trostlos die Dämmerung.

Ich blicke darüber hin, und mit einmal ist es, als sähe ich das alles heute zum ersten Mal. Es ist mir plötzlich so wenig vertraut, dass ich es beinahe nicht wiedererkenne. Hat dieses nasse, schmutzige Stück Rasen vor mir denn wirklich die Jahre meiner Kindheit umfasst, die so beschwingt und strahlend in meiner Erinnerung sind? Ist dieser leere, nüchterne Platz mit der Fabrik davor tatsächlich der stille Fleck Welt, den wir Heimat nannten und der allein in der Flut des Entsetzens draußen Hoffnung bedeutete und Rettung vor dem Ertrinken? War es nicht eine andere als diese graue Straße mit den hässlichen Häusern, deren Bild in den kargen Pausen zwischen Tod und Tod über den Trichtern aufstieg wie ein milder und schwermütiger Traum? War sie nicht viel leuchtender und schöner, viel weiter und erfüllter in meinen Gedanken? Ist denn alles nicht mehr wahr, hat mein Blut mich belogen, hat meine Erinnerung mich betrogen? Ich fröstle. Es ist anders geworden, ohne dass es sich verändert hat. Immer noch geht die Uhr im Fabrikturm von Neubauer und schlägt die Stunden genau wie damals, als wir auf das Zifferblatt starrten, um zu beobachten, wie die Zeiger sich bewegten – immer noch sitzt der Mohr mit der Gipspfeife im Tabakgeschäft nebenan, in dem Georg Rahe die ersten Zigaretten für uns kaufte – und immer noch stehen im Kolonialwarenladen gegenüber die Reklamebilder für Seifenpulver, denen Karl Vogt und ich bei sonnigem Wetter mit Uhrgläsern die Augen ausbrannten. Ich spähe durch das Schaufenster – die Brandflecke sind sogar noch zu sehen. Aber dazwischen liegt der Krieg, und Karl Vogt ist längst am Kemmel gefallen.

Ich begreife nicht, weshalb ich hier stehe und nicht mehr dasselbe empfinde wie damals in den Trichtern und Baracken. Wo ist die Fülle geblieben, das Bebende, Helle, der Glanz, das Unnennbare? War meine Erinnerung denn lebendiger als die Wirklichkeit? Ist sie zur Wirklichkeit geworden, während diese sich zurückzog und zusammenschrumpfte, bis nichts mehr von ihr blieb als ein kahles Gerüst, an dem einmal bunte Fahnen geflattert haben? Hat sie sich von ihr abgelöst und schwebt nun nur noch wie eine schwermütige Wolke darüber? Haben die Jahre draußen die Brücke zum Früher verbrannt?

Fragen, Fragen – aber keine Antwort! –

IV

DIE VERFÜGUNGEN FÜR DEN SCHULBESUCH der Kriegsteilnehmer sind da. Unsere Vertreter haben erreicht, was wir wollten: Abgekürzte Schulzeit, Sonderkurse für die Soldaten und Erleichterung des Examens.

Es war nicht leicht, das durchzusetzen, obschon doch Revolution ist – denn dieser ganze Umsturz ist nur ein bisschen Windgekräusel an der Oberfläche. Er greift nicht durch. Was nützt es schon, wenn ein paar Spitzenposten anders besetzt werden – jeder Soldat weiß, dass ein Kompanieführer die besten Absichten haben kann –, wenn die Unteroffiziere nicht wollen, ist er trotzdem ohnmächtig. Ebenso muss der fortschrittlichste Minister immer scheitern, wenn er einen reaktionären Block von Geheimräten gegen sich hat. Und die Geheimräte sind in Deutschland auf ihren Posten geblieben. Diese Büronapoleons sind unverwüstlich.

Die erste Unterrichtsstunde. Wir hocken in den Bänken. Fast alle in Uniform. Drei mit Vollbärten. Einer verheiratet.

Ich entdecke an meinem Platz eine Schnitzerei mit meinem Namen, sauber mit dem Taschenmesser gearbeitet und mit Tinte ausgemalt. Ich erinnere mich noch, dass ich diese Leistung in der Geschichtsstunde vollbracht habe; dennoch meine ich, es sei vor hundert Jahren gewesen, so ein sonderbares Gefühl ist es, hier zu sitzen. Der Krieg wird dadurch zur Vergangenheit, und der Kreis schließt sich erneut. Aber wir sind nicht mehr darin.

Unser Deutschlehrer Hollermann kommt und erledigt zunächst das Notwendigste; er gibt uns die Dinge zurück, die von früher hier von uns noch lagern. Das lastete wohl schon lange auf seiner ordentlichen Schulmeisterseele. Er schließt den Klassenschrank auf und nimmt die Sachen heraus; Zeichenständer, Reißbretter, und vor allem die dicken blauen Packen der Hefte – Aufsätze, Diktate, Klassenarbeiten. Ein hoher Stapel sammelt sich links neben ihm auf dem Katheder. Die Namen werden aufgerufen, wir melden uns und nehmen die Hefte in Empfang. Willy wirft sie herüber, dass die Löschblätter fliegen.

»Breyer!« – »Hier!«

»Brücker!« – »Hier!«

»Detlefs!« –

Schweigen. »Tot!«, ruft Willy.

Detlefs, klein, blond, krumme Beine, einmal sitzen geblieben. Gefreiter, gefallen 1917 am Kemmelberg.

Das Heft wandert auf die rechte Seite des Katheders.

»Dirker!« – »Hier!«

»Dierksmann!« – »Tot!«

Dierksmann, Bauernsohn, großer Skatspieler, schlechter Sänger, gefallen bei Ypern. Das Heft geht nach rechts.

»Eggers!« –

»Noch nicht da«, ruft Willy. Ludwig ergänzt: »Lungenschuss, liegt im Reservelazarett Dortmund, kommt von da drei Monate nach Lippspringe.«

»Friederichs!« – »Hier!«

»Giesecke!« – »Vermisst!«

»Stimmt nicht«, erklärt Westerholt.

»Er ist doch vermisst gemeldet«, sagt Reinersmann.

»Richtig«, gibt Westerholt zurück, »aber er ist seit drei Wochen hier in der Irrenanstalt. Ich habe ihn selbst gesehen.«

»Gehring I!« – »Tot!«

Gehring I; Primus, schrieb Gedichte, gab Privatstunden, kaufte für das Geld Bücher. Gefallen bei Soissons, zusammen mit seinem Bruder.

»Gehring II«, murmelt der Deutschlehrer nur und legt das Heft von selbst zu den andern nach rechts.

»Schrieb wirklich gute Aufsätze«, sagt er nachdenklich und blättert noch einmal das Heft von Gehring I durch.

Noch manches Heft geht nach rechts, und als alle aufgerufen sind, liegt ein dicker Packen zurückgebliebener Arbeiten da. Unschlüssig sieht Oberlehrer Hollermann ihn an. Sein Ordnungsgefühl rebelliert wohl, denn er weiß nicht, was er damit anfangen soll. Schließlich findet er einen Ausweg. Man kann die Hefte an die Eltern der Toten schicken.

Aber Willy ist damit nicht einverstanden. »Meinen Sie, dass die Eltern sich darüber freuen werden, wenn sie so ein Heft voll ›Ungenügend‹ und ›Mangelhaft‹ sehen?«, fragt er. »Lassen Sie das lieber!«

Hollermann sieht ihn mit runden Augen an. »Ja, was soll ich denn sonst machen damit?«

»Liegen lassen«, sagt Albert.

Hollermann ist beinahe entrüstet. »Aber das geht doch auf keinen Fall, Troßke, diese Hefte gehören doch nicht der Schule, die kann man doch nicht einfach liegen lassen.«

»O Gott, was für Umstände«, stöhnt Willy und fährt

sich durch die Haare. »Geben Sie die Hefte uns, wir werden sie schon besorgen.« Zögernd rückt Hollermann sie raus. »Aber –«, meint er ängstlich, denn es ist ja fremdes Eigentum.

»Ja, ja«, sagt Willy, »alles, was Sie wollen, ganz ordentlich frankiert, mit Anschreiben, beruhigen Sie sich nur! Ordnung muss sein, wenn's auch wehtut!« Er blinzelt uns zu und zeigt auf seine Stirn.

Nach der Stunde blättern wir unsere Arbeiten durch. Das letzte Thema, das wir als Aufsatz bearbeitet haben, hieß: Warum muss Deutschland den Krieg gewinnen? Das war Anfang 1916. Einleitung, sechs Beweispunkte, zusammenfassender Schluss. Punkt vier: »Aus religiösen Gründen« habe ich nicht gut gelöst. Mit roter Tinte steht am Rande: sprunghaft und nicht überzeugend. Im Ganzen aber ist die siebenseitige Arbeit mit Zwei minus zensiert, ein gutes Resultat, wenn man die Tatsachen heute danebenhält. Willy liest seine Arbeit in Naturgeschichte: »Das Buschwindröschen und sein Wurzelstock« laut vor. Grinsend sieht er sich um. »Damit sind wir ja wohl fertig, was?«

»Erledigt«, ruft Westerholt.

Ja, erledigt, wahrhaftig! Wir haben alles vergessen, darin liegt bereits das Urteil. Das, was Bethke und Kosole uns beigebracht haben, vergessen wir nicht.

Nachmittags holen Albert und Ludwig mich ab. Wir wollen sehen, wie es unserm Kameraden Giesecke geht. Unterwegs treffen wir Georg Rahe. Er schließt sich uns an, denn er hat Giesecke auch gekannt.

Es ist ein klarer Tag. Vom Hügel, auf dem das Gebäude liegt, kann man weit über die Felder sehen. Gruppenweise arbeiten dort die Irren in ihren blauweiß gestreiften Jacken unter der Aufsicht uniformierter Wärter. Aus einem Fenster des rechten Flügels hören wir Gesang. »An der Saale hellem Strande …« Es muss ein Kranker sein. Sonderbar klingt es durch das Eisengitter: »Und die Wolken ziehen – drüber hin …«

Giesecke ist in einem großen Saal mit einigen anderen Kranken untergebracht. Als wir eintreten, schreit einer grell: »Deckung – Deckung!«, und kriecht unter den Tisch. Die andern kümmern sich nicht darum. Giesecke kommt uns sofort entgegen. Er hat ein schmales, gelbes Gesicht und sieht mit dem spitzen Kinn und den abstehenden Ohren viel jünger aus als früher. Nur seine Augen sind unruhig und alt.

Bevor wir ihn begrüßen können, zieht uns jemand beiseite. »Was Neues draußen?«, fragt er.

»Nein, nichts Neues«, erwidere ich.

»Und die Front? Haben wir Verdun nun endlich?«

Wir sehen uns an. »Es ist ja längst Frieden«, sagt Albert beruhigend.

Er lacht, ein unangenehmes, meckerndes Gelächter. »Lasst euch doch nicht anscheißen! Die wollen euch bloß dumm machen und lauern nur darauf, dass wir rauskommen sollen! Und dann heidi geschnappt und an die Front.« Geheimnisvoll setzt er hinzu: »Mich kriegen sie nicht wieder!«

Giesecke gibt uns die Hand. Wir sind befangen, denn wir hatten gedacht, er würde wie ein Affe rumturnen und toben und Grimassen schneiden oder wenigstens andauernd zittern, wie die Schüttler an den Straßenecken. Stattdessen lächelt er uns mit schiefem, armem Munde an und sagt: »Hättet ihr wohl nicht gedacht, was?«

»Du bist doch ganz gesund«, erwidere ich. »Was hast du denn?« Er streicht sich über die Stirn. »Kopfschmerzen. Wie ein Ring im Hinterkopf. Und dann Fleury …«

Er ist bei den Kämpfen um Fleury verschüttet worden und hat stundenlang mit einem andern zusammengelegen, das Gesicht durch einen Balken gegen dessen Hüfte gepresst, die bis zum Bauch aufgerissen war. Der andere hatte den Kopf frei und schrie. Dann strömte jedes Mal eine Welle Blut über Gieseckes Gesicht. Allmählich drückten sich die Därme aus dem Bauch und drohten ihn zu ersticken. Er musste sie zurückquetschen, um Luft zu kriegen und hörte dabei immer das dumpfe Aufbrüllen des andern, wenn er hineingriff.

Er erzählt das alles ganz richtig und nacheinander. »Jede Nacht kommt es wieder, ich ersticke dann, und das Zimmer ist voll von schmierigen, weißen Schlangen und Blut.«

»Aber, wenn du es doch weißt, kannst du denn nicht dagegen angehen?«, fragt Albert.

Giesecke schüttelt den Kopf. »Es nützt nichts, auch wenn ich wach bin. Sie sind da, sowie es dunkel wird.« Er fröstelt. »Zu Hause bin ich aus dem Fenster gesprungen und habe mir ein Bein gebrochen. Da haben sie mich hierhergebracht.«

»Was macht ihr denn?«, fragt er nach einer Weile, »habt ihr schon Examen gemacht?«

»Bald«, sagt Ludwig.

»Wird bei mir wohl nichts mehr werden«, meint Giesecke trübe, »so einen lassen sie nicht an Kinder ran.«

Der Mann, der vorhin »Deckung!« gerufen hat, schleicht sich hinter Albert und stupst ihn in den Nacken. Albert fährt auf, besinnt sich jedoch. »K. v.!«, kichert der Mann, »K. v.!« Er kreischt vor Lachen, aber plötzlich wird er ernst und geht still in eine Ecke.

»Könnt ihr nicht mal an den Major schreiben?«, fragt Giesecke.

»Welchen Major?«, sage ich verwundert. Ludwig stößt mich an. »Was sollen wir ihm denn schreiben?«, fahre ich rasch fort.

»Er soll mich einmal wieder nach Fleury lassen«, antwortet Giesecke erregt, »das würde mir helfen, ganz bestimmt. Da ist es jetzt sicher ganz still, und ich kenne es doch nur, wie alles hochflog. Ich würde dann durch die Totenschlucht bei Kalte Erde vorbei nach Fleury gehen, kein Schuss würde fallen, und alles wäre vorbei. Dann müsste ich doch auch Ruhe kriegen, meint ihr nicht auch?«

»Es wird auch so vorbeigehen«, sagt Ludwig und legt Giesecke die Hand auf den Arm, »du musst es dir nur ganz richtig klarmachen.«

Giesecke sieht traurig vor sich hin. »Schreibt doch dem Major. Gerhard Giesecke heiße ich, mit ck.« Seine Augen sind stur und blind. »Könnt ihr mir nicht etwas Apfelmus mitbringen? Ich möchte so gern mal wieder Apfelmus essen.«

Wir versprechen ihm alles, aber er hört uns schon gar nicht mehr, so teilnahmslos ist er mit einmal geworden. Als wir gehen, steht er auf und macht vor Ludwig eine Ehrenbezeigung. Dann hockt er sich mit abwesenden Augen an den Tisch.

An der Tür sehe ich noch einmal zu ihm hinüber. Er springt plötzlich auf, als erwache er, und läuft hinter uns her. »Nehmt mich mit«, sagt er mit einer hohen, seltsamen Stimme, »sie kommen schon wieder.« Er drückt sich furchtsam an uns. Wir wissen nicht, was wir tun sollen. Da tritt der Arzt herein, sieht uns und nimmt Giesecke vorsichtig um die Schulter. »Wir wollen in den Garten gehen«, sagt er ruhig zu ihm, und Giesecke lässt sich folgsam wegführen.

Draußen liegt die Abendsonne über den Feldern. Aus dem vergitterten Fenster klingt noch immer das Singen – »doch die Burgen – sind zerfallen – Wolken ziehen – drüber hin …«

Schweigend gehen wir nebeneinander her. Die Furchen der Äcker schimmern. Schmal und blass hängt die Mondsichel zwischen den Ästen der Bäume.

»Ich glaube«, sagt Ludwig nach einer Weile, »etwas haben wir alle davon. –«

Ich blicke ihn an. Sein Gesicht ist vom Abendrot beschienen. Er ist ernst und nachdenklich. Ich will ihm antworten, aber plötzlich zittert mir ein leichter Schauer über die Haut – ich weiß nicht woher und warum.

»Man sollte gar nicht mehr darüber reden«, sagt Albert.
Wir gehen weiter. Das Abendrot verblasst, und die Dämmerung beginnt. Die Mondsichel wird stärker. Der Nachtwind hebt sich von den Feldern, und in den Häusern werden die ersten Fenster hell. Wir kommen in die Stadt.

Georg Rahe hat den ganzen Weg über nicht gesprochen. Erst als wir stehen bleiben, um uns zu verabschieden, scheint er aus seinen Gedanken zu erwachen. »Habt ihr gehört, was er wollte?«, fragt er – »Nach Fleury – zurück nach Fleury. –«

Ich mag noch nicht nach Hause gehen. Albert auch nicht. Wir wandern langsam die Wälle entlang. Unten rauscht der Fluss. An der Mühle bleiben wir stehen und lehnen uns über das Geländer der Brücke.

»Komisch, dass man nie allein sein mag, Ernst, was?«, sagt Albert. »Ja«, sage ich, »man weiß gar nicht recht, wo man hingehört.«

Er nickt. »Das ist es. Aber man muss doch irgendwo hingehören.«

»Wenn wir erst einen Beruf haben«, sage ich.

Er wehrt ab. »Das ist auch nichts. Man müsste etwas Lebendiges haben, Ernst. Einen Menschen, weißt du. –«

»Ach, ein Mensch«, erwidere ich, »das ist die wackeligste Sache der Welt. Wie leicht der hopsgehen kann, haben wir doch oft genug gesehen. Da musst du schon zehn, zwölfe haben, damit immer noch welche bleiben, wenn die andern eins vor den Schädel kriegen.«

Albert betrachtet aufmerksam die Silhouette des Doms.

»So meine ich das nicht«, sagt er. »Ich meine: einen Menschen, der richtig zu einem gehört. Manchmal denke ich: eine Frau. –«

»Großer Gott«, rufe ich, denn ich muss an Bethke denken.

»Quatsch nicht«, fährt Albert mich plötzlich an, »man muss doch etwas haben, woran man sich halten kann, verstehst du denn das nicht? Ich will, dass mich jemand lieb hat, dann hält er mich, und ich halte ihn! Sonst kann man sich ja aufhängen!« Er zittert und dreht mir den Rücken zu.

»Aber Albert«, sage ich leise, »hast du denn nicht uns?«

»Ja, ja, aber das ist doch ganz was anderes –«, und nach einer Weile flüstert er: »Kinder müsste man haben – Kinder, die von nichts etwas wissen. –«

Ich verstehe nicht genau, was er meint. Aber ich mag ihn auch nicht mehr fragen.

Vierter Teil

WIR HABEN UNS ALLES ANDERS VORGESTELLT. Wir haben geglaubt, mit gewaltigem Akkord würde ein starkes intensives Dasein einsetzen, eine volle Heiterkeit des wiedergewonnenen Lebens: so wollten wir beginnen. Aber die Tage und Wochen zerflattern unter unseren Händen, wir verbringen sie mit belanglosen, oberflächlichen Dingen, und wenn wir uns umsehen, ist nichts getan. Wir waren gewohnt, kurzfristig zu denken und zu handeln – eine Minute später konnte immer alles aus sein. Deshalb geht uns jetzt das Dasein zu langsam, wir springen es an, aber ehe es zu sprechen und zu klingen beginnt, haben wir schon wieder davon abgelassen. Wir hatten zu lange den Tod als Genossen; der war ein schneller Spieler, und es ging jede Sekunde um den höchsten Einsatz. Das hat uns etwas Sprunghaftes, Hastiges, auf den Augenblick Bedachtes gegeben, das uns jetzt leer macht, weil es hierher nicht mehr passt. Und diese Leere macht uns unruhig, denn wir fühlen, dass man uns nicht versteht und dass selbst Liebe uns nicht helfen kann. Es klafft eine unüberbrückbare Kluft zwischen Soldaten und Nichtsoldaten. Wir müssen uns selber helfen.

Doch in unsere unruhigen Tage grollt und murrt oft sonderbar noch etwas anderes hinein – wie fernes Dröhnen von Geschützen – wie eine dumpfe Mahnung hinter dem Horizont, die wir nicht zu deuten wissen, die wir nicht hören wollen, von der wir uns abwenden, immer in der seltsamen Furcht, etwas zu versäumen – als liefe uns etwas davon. Zu oft schon lief uns etwas davon – und manchem nichts Geringeres als das Leben. –

I

IN KARL BRÖGERS BUDE sieht es bunt aus. Alle Bücherregale sind ausgeräumt. Ganze Stöße von Bänden liegen auf den Tischen und auf dem Fußboden umher.

Karl war früher ein Büchernarr. Er sammelte Bücher, wie wir Schmetterlinge und Briefmarken. Eine besondere Vorliebe hatte er für Eichendorff. Davon hat er drei verschiedene Ausgaben. Er konnte auch viele seiner Gedichte auswendig. Aber jetzt will er die Bibliothek verkaufen, um Anfangskapital für einen eigenen Schnapshandel zu bekommen. Er behauptet, dass mit solchen Sachen viel Geld zu verdienen sei. Bisher war er nur Agent Ledderhoses; doch jetzt will er sich auf eigene Füße stellen.

Ich blättere im ersten Band einer Eichendorffausgabe, die in ganz weiches, blaues Leder gebunden ist. Abendrot, Wälder und Träume – Sommernächte, Sehnsucht und Heimweh – welch eine Zeit war das!

Willy hat den zweiten Band in der Hand. Nachdenklich betrachtet er ihn. »Du müsstest sie einem Schuhmacher anbieten«, schlägt er vor.

»Wieso?«, fragt Ludwig lächelnd.

»Das Leder«, antwortet Willy, »die Schuhmacher haben doch überhaupt kein Leder mehr. Hier –«, er nimmt Goethes Werke auf, »zwanzig Bände –, das gibt mindestens sechs Paar tadellose Lederschuhe. Die Schuhmacher geben dir bestimmt mehr dafür als die Buchhändler. Die sind ja ganz wild auf echtes Leder!«

»Wollt ihr was davon haben?«, fragt Karl. »Ihr kriegt Vorzugspreise.« Aber keiner will etwas haben.

»Überleg's dir noch mal«, sagt Ludwig, »später ist es schwer, sie wiederzukaufen.«

»Nicht so wichtig«, lacht Karl, »erst mal leben, das ist besser als lesen. Auf mein Examen pfeife ich auch. Das ist alles Quatsch! Morgen geht's los mit den Schnapsproben.

Zehn Mark Verdienst an einer Flasche geschmuggeltem Cognac, das zieht hin, mein Lieber! Geld ist das Einzige, was du brauchst, dann kannst du alles haben.«

Er bündelt die Bücher zusammen. Mir fällt ein, dass er früher lieber nicht gegessen hätte, statt eines zu verkaufen. »Was macht ihr für verblüffte Gesichter«, spottet er, »praktisch muss man sein! Den alten Ballast über Bord und ein neues Leben anfangen!«

»Das stimmt«, gibt Willy zu, »ich würde meine auch verkloppen – wenn ich bloß welche hätte.«

Karl klopft ihm auf die Schulter. »Ein Zentimeter Handel ist besser als ein Kilometer Bildung, Willy. Ich habe lange genug draußen im Dreck gesessen – ich will jetzt was vom Leben haben!«

»Eigentlich hat er recht«, sage ich, »was machen wir denn schon? Das bisschen Schule, das ist doch gar nichts. –«

»Kinder, haut auch ab«, rät Karl, »was wollt ihr noch auf der Penne?«

»Gott«, erwidert Willy, »Quatsch ist es, das stimmt. Aber wir sind doch wenigstens zusammen. Und dann sind es ja nur noch die paar Monate bis zum Examen, da wäre es doch schade, das nicht eben noch mitzunehmen. Danach kann man ja immer noch sehen …«

Karl schneidet Packpapier von einer Rolle. »Pass auf, so wirst du immer irgend ein paar Monate haben, um die es eigentlich schade ist – und zum Schluss bist du ein alter Mann. –«

Willy grinst. »Abwarten und Tee trinken. –«

Ludwig steht auf. »Was sagt denn dein Vater dazu?«

Karl lacht. »Was so ältere, ängstliche Leute sagen. Das kann man ja nicht ernst nehmen. Eltern vergessen immer, dass man doch Soldat gewesen ist.«

»Was wärst du denn geworden, wenn du kein Soldat gewesen wärest?«, frage ich.

»Wahrscheinlich Buchhändler – ich Ochse –«, antwortet Karl.

Auf Willy hat Karls Entschluss großen Eindruck gemacht. Er schlägt vor, allen Krimskram zu lassen und die Dinge kräftig anzupacken, da, wo sie zu packen sind.

Den leichtesten Lebensgenuss aber hat man beim Fressen. Wir beschließen deshalb, einen Hamsterzug zu machen. Auf Lebensmittelkarten gibt es jede Woche für eine Person zweihundertfünfzig Gramm Fleisch, zwanzig Gramm Butter, fünfzig Gramm Margarine, hundert Gramm Graupen und etwas Brot. Davon kann kein Mensch satt werden.

Abends und nachts sammeln sich die Hamsterer schon auf dem Bahnhof, um in der Frühe in die Dörfer zu fahren. Wir müssen deshalb mit dem ersten Zuge fort, damit sie uns nicht zuvorkommen.

Graues Elend hockt verdrossen im Abteil, als wir abdampfen. Wir suchen uns einen abseits liegenden Ort und verteilen uns dort, immer zu zweien, um ihn systematisch abzugrasen. Patrouillegehen haben wir ja gelernt.

Ich bin mit Albert zusammen. Wir kommen an einen großen Hof. Der Misthaufen dampft. Kühe stehen in langer Reihe auf der Diele. Der warme Geruch von Stall und Milch empfängt uns. Hühner gackern. Wir sehen sie begehrlich an, beherrschen uns aber, denn es sind Leute auf der Tenne. Wir grüßen. Niemand beachtet uns. Wir bleiben stehen. Schließlich schreit eine Frau: »Schert euch vom Hof, verdammtes Bettelvolk.«

Nächster Hof. Der Bauer steht gerade draußen. Er trägt einen langen Militärmantel, schwippt mit der Peitsche und sagt: »Wisst ihr, wie viel vor euch schon hier waren? Ein Dutzend.« Wir staunen, denn wir sind doch mit dem ersten Zug abgefahren. Die müssen wohl schon abends gekommen sein und in Schuppen oder im Freien übernachtet haben. »Wisst ihr, wie viel manchmal am Tage kommen?«, fragt der Bauer weiter. »An hundert. Was soll man denn da machen?«

Das sehen wir ein. Sein Blick haftet an Alberts Uniform. »Flandern?«, fragt er. »Flandern«, antwortet Albert. »Ich auch«, sagt er, geht rein und holt jedem von uns zwei Eier. Wir fingern an unsern Brieftaschen. Er winkt ab. »Lasst stecken. Wird auch so gehen.«

»Na, danke auch, Kamerad.«

»Nichts zu danken. Aber erzählt's nicht weiter. Sonst ist morgen halb Deutschland hier.«

Das nächste Haus. Ein plackiges Schild am Zaun. »Hamstern verboten. Bissige Hunde.« Das ist praktisch.

Wir gehen weiter. Ein Eichenkamp und ein großer Hof. Wir dringen bis in die Küche vor. In der Mitte steht ein Kochherd neuester Konstruktion, der für ein Hotel ausreichen könnte. Rechts ein Klavier, links ein Klavier. Ein großartiger Bücherschrank mit gedrehten Säulen und Goldschnittbänden gegenüber dem Herd. Davor noch der alte Tisch und die hölzernen Schemel. Es sieht komisch aus. Und gleich zwei Klaviere.

Die Bäuerin erscheint. »Habt ihr Zwirn? Aber es muss echter sein.«

Wir sehen uns an. »Zwirn? Nein.«

»Oder Seide? Seidene Strümpfe?«

Ich schaue die kräftigen Waden der Frau an. Wir verstehen allmählich: sie will tauschen, nicht verkaufen.

»Nein, Seide haben wir nicht«, sage ich, »aber wir wollen gern gut bezahlen.«

Sie wehrt ab. »Ach, Geld, Drecklappen. Ist ja jeden Tag weniger wert.« Sie schlurft weg. An ihrer knallroten Seidenbluse fehlen hinten zwei Knöpfe.

»Können wir wenigstens etwas Wasser haben?«, ruft Albert hinterher. Missmutig kehrt sie um und stellt uns einen Becher voll hin.

»Na, los, ich hab keine Zeit zum Rumstehen«, knört sie. »Solltet auch lieber arbeiten als andern Leuten die Zeit stehlen.«

Albert nimmt den Becher und schmeißt ihn auf den Boden. Er kann vor Wut nicht reden. Dafür rede ich. »Krebs sollst du kriegen, alte Schlampe«, brülle ich. Aber jetzt dreht das Weib sich um und legt los wie eine Blechschmiede in vollem Betrieb. Wir flüchten. So was hält der stärkste Mann nicht aus.

Wir marschieren weiter. Unterwegs treffen wir ganze Schwärme von Hamsterern. Wie ausgehungerte Wespen um ein Stück Pflaumenkuchen, so kreisen sie um die Gehöfte. Wir begreifen jetzt, dass die Bauern dabei verrückt und grob werden können. Aber wir gehen trotzdem weiter, werden rausgeschmissen oder erwischen etwas, werden von anderen Hamsterern beschimpft und schimpfen wieder.

Nachmittags treffen wir uns alle in der Kneipe. Die Ausbeute ist nicht groß. Ein paar Pfund Kartoffeln, etwas Mehl, einige Eier, Äpfel, etwas Kohl und Fleisch. Nur Willy schwitzt. Er kommt als Letzter und schleppt einen halben Schweinskopf unterm Arm. Ein paar andere Pakete ragen ihm aus den Taschen. Dafür hat er allerdings keinen Mantel mehr an. Er hat ihn eingetauscht, denn er hat noch einen von Karl zu Hause und meint, es müsse zudem ja irgendwann mal Frühling werden.

Wir haben noch zwei Stunden Zeit, bis der Zug fährt. Sie bringen mir Glück. In der Wirtsstube steht nämlich ein Klavier, auf dem ich das »Gebet einer Jungfrau« mit vollen Pedalen hinlege. Darüber erscheint die Wirtin. Sie hört eine Zeit lang zu, dann zwinkert sie mir zu, ich solle herauskommen. Ich drücke mich in den Flur und sie erklärt mir, sie sei Musikfreundin, leider werde bei ihr aber nur selten gespielt. Ob ich nicht wiederkommen wolle. Dabei überreicht sie mir ein halbes Pfund Butter und erklärt, das sei öfter zu haben. Ich bin natürlich einverstanden und verpflichte mich, dafür jedes Mal zwei Stunden zu spielen. Als nächste Leistung gebe ich das »Heidegrab« und »Stolzenfels am Rhein« zum Besten.

Dann brechen wir auf zum Bahnhof. Unterwegs begegnen wir vielen anderen Hamsterern, die mit demselben Zuge fahren wollen. Alle haben Angst vor den Gendarmen. Ein ganzer Trupp ist schließlich zusammen und wartet ein Stück vom Bahnhof entfernt, in einer Ecke im windigen Dunkel versteckt, um sich nicht sehen zu lassen, bevor der Zug kommt. Dann ist weniger Gefahr. Aber wir haben Pech. Plötzlich stehen zwei Gendarmen mit Fahrrädern da. Sie sind lautlos von hinten herumgefahren.

»Halt, alles stehen bleiben!«

Fürchterliche Aufregung. Bitten und Flehen. »Lassen Sie uns doch laufen, wir müssen zum Zuge.«

»Der Zug kommt erst in einer Viertelstunde«, erklärt der Dickere der beiden ungerührt. »Alles hier heran!« Er zeigt auf eine Laterne, da können sie besser sehen. Einer passt auf, dass niemand auskneift, der andere kontrolliert. Es sind fast nur Frauen, Kinder und alte Leute; die meisten stehen schweigend und ergeben da – sie sind gewohnt, so behandelt zu werden, und an das Glück, ein halbes Pfund Butter tatsächlich mit nach Hause durchzuschmuggeln, haben sie doch nie ganz zu glauben gewagt. Ich sehe mir die Gendarmen an; sie stehen genauso dicknäsig und überlegen da mit ihren grünen Uniformen, ihren roten Gesichtern, ihren Säbeln und ihren Revolvertaschen wie früher die im Felde. Macht, denke ich, immer wieder Macht, und seien es drei Zentimeter, die verhärtet.

Einer Frau werden ein paar Eier weggenommen. Als sie schon wegschleicht, ruft der Dickere sie zurück. »Halt, was haben Sie da?« Er zeigt auf den Rock. »Raus damit!« Sie versteinert und sinkt zusammen. »Wird's bald!« Sie gibt unter dem Rock ein Stück Speck her. Er legt es beiseite. »Hätte Ihnen wohl so gepasst, was?« Sie begreift es immer noch nicht und will wieder danach greifen. »Ich hab's doch bezahlt – mein ganzes Geld hat es gekostet!«

Er schiebt ihre Hand weg und holt einer anderen Frau schon ein Stück Wurst aus der Bluse. »Hamstern ist verboten, das wissen Sie doch selbst.«

Die Frau will auf die Eier verzichten, aber sie bettelt um ihren Speck. »Wenigstens den Speck. Was soll ich denn bloß sagen, wenn ich nach Hause komme? Es ist doch für meine Kinder.«

»Wenden Sie sich ans Lebensmittelamt um Zusatzkarten«, knurrt der Gendarm, »so was ist nicht unsere Sache. Der Nächste.« Die Frau stolpert beiseite, erbricht sich und schreit: »Dafür ist nun mein Mann gefallen, dass meine Kinder verhungern.«

Ein junges Mädchen, das als Nächstes dran ist, stopft, frisst, würgt seine Butter herunter, der Mund ist fettverschmiert, die Augen glupschen, sie würgt und schlingt, so hat sie wenigstens etwas davon, ehe sie es ihr wegnehmen. Wenig genug – ihr wird nachher schlecht werden, und Durchfall wird sie kriegen.

»Der Nächste.« Niemand rührt sich. Der Gendarm, der gebückt steht, ruft noch mal: »Der Nächste.« Ärgerlich richtet er sich auf und blickt in Willys Augen. Bedeutend ruhiger fragt er: »Sind Sie der Nächste?«

»Ich bin gar nichts«, antwortet Willy unfreundlich.

»Was haben Sie in dem Paket?«

»Einen halben Schweinskopf«, erklärt Willy offen.

»Den müssen Sie abgeben.«

Willy rührt sich nicht. Der Gendarm zögert und wirft einen Blick auf seinen Kollegen. Der stellt sich neben ihn. Das ist ein schwerer Fehler. Beide scheinen in solchen Sachen wenig Erfahrung zu haben und keinen Widerstand gewöhnt zu sein; denn der Zweite hätte längst sehen müssen, dass wir zusammengehören, obschon wir nicht miteinander gesprochen haben. Deshalb hätte er sich abseits halten müssen, um uns mit seiner Waffe zu beherrschen. Allerdings hätten wir uns nicht viel darum gekümmert – was ist schon ein Revolver! Stattdessen stellt er sich dicht neben seinen Kollegen, für den Fall, dass Willy rabiat wird. Die Folgen zeigen sich sofort. Willy gibt nämlich den Schweinskopf ab. Der erstaunte Gendarm nimmt ihn entgegen und ist dadurch so gut wie wehrlos, denn er hat beide Hände voll. Im gleichen Augenblick schlägt Willy ihm in aller Ruhe gegen das Maul, dass er umfällt. Ehe der Zweite sich regen kann, stößt Kosole ihm mit Wucht seinen harten Schädel gegen die Kinnladen, und Valentin ist ihm im Rücken und presst ihm von hinten den Schlund so zu, dass er den Schnabel weit aufreißt, Kosole stopft rasch eine Zeitung hinein. Beide Gendarmen gurgeln, schlucken, spucken, aber es hilft nichts, sie haben Papier im Hals, die Arme werden ihnen rückwärts gedreht und mit ihren eigenen Riemen festgeknotet. Das ist rasch gegangen – aber jetzt wohin mit ihnen?

Albert weiß es, er hat fünfzig Schritt weiter ein einsames Häuschen entdeckt, in dessen Tür ein Herz geschnitten ist: den Lokus. Im Galopp geht es dahin. Beide werden hineingesteckt. Die Tür ist aus Eiche, die Riegel sind breit und fest, es wird eine gute Stunde dauern, bis sie wieder raus sind. Kosole ist anständig. Er stellt ihnen sogar ihre Fahrräder vor die Tür.

Die anderen Hamsterer haben gänzlich verschüchtert zugesehen. »Schnappt euch eure Sachen«, grinst Ferdinand. In der Ferne pfeift bereits der Zug. Sie blicken uns scheu an und lassen es sich nicht zweimal sagen. Aber eine alte Frau ist völlig verbiestert. »O Gott«, jammert sie, »die Gendarmen haben sie verprügelt – das Unglück – das Unglück!«

Sie hält das scheinbar für ein todeswürdiges Verbrechen. Die andern sind ebenfalls etwas verstört darüber. Die Angst vor Uniform und Polizei sitzt ihnen zu fest in den Knochen.

Willy grinst. »Heul nicht, Muttchen – und wenn die ganze Regierung dastände, wir ließen uns nichts wegnehmen! Altes Militär und Fressalien abgeben, das wäre was!«

Ein Glück, dass so viele Dorfbahnhöfe weit abseits der Häuser liegen. Niemand hat was gemerkt. Der Stationsbeamte kommt jetzt erst aus seinem Zimmer, gähnt und kratzt sich den Schädel. Wir marschieren zur Sperre. Willy hat den Schweinskopf unter dem Arm. »Ich dich abgeben!«, murmelt er und streichelt ihn liebevoll.

Der Zug fährt ab. Wir winken aus dem Fenster. Der Stationsbeamte glaubt, das gälte ihm, und grüßt. Aber wir meinen den Lokus. Willy lehnt sich weit hinaus und beobachtet die rote Mütze des Vorstehers.

»Er geht wieder in seine Bude«, verkündet er triumphierend. »Dann können die Gendarmen noch lange arbeiten.«

Die Spannung fällt von den Gesichtern der Hamsterer. Sie wagen wieder zu reden. Die Frau mit dem Speck lacht mit Tränen in den Augen, so dankbar ist sie. Nur das Mädchen, das die Butter gefressen hat, heult erbärmlich. Es war zu voreilig. Außerdem wird ihm schon schlecht. Da zeigt sich Kosole. Er gibt ihr von seiner Wurst die Hälfte ab. Sie steckt sie in die Strümpfe. Zur Vorsicht steigen wir eine Station vor der Stadt aus und laufen über die Felder, um die Straße zu erreichen. Wir wollen das letzte Stück zu Fuß machen. Aber wir treffen ein Lastauto mit Kannen. Der Chauffeur hat einen Militärmantel an. Er lässt uns mitfahren. So sausen wir durch den Abend. Die Sterne funkeln. Wir hocken beieinander, und aus unseren Paketen riecht es angenehm nach Schwein.

II

DIE GROSSE STRASSE LIEGT IN NASSEM, silbrigem Abendnebel. Die Laternen haben große, gelbe Höfe. Die Menschen gehen auf Watte. Geheimnisvolle Feuer sind rechts und links die Schaufenster. Wolf schwimmt heran und taucht wieder unter. Die Bäume glänzen schwarz und feucht neben den Laternen.

Valentin Laher ist bei mir. Er klagt nicht gerade, aber er kann seinen Reckakt nicht vergessen, mit dem er in Paris und Budapest aufgetreten ist. »Damit ist Schluss, Ernst«, sagt er, »die Knochen knacken, und Rheumatismus habe ich auch. Ich habe probiert und probiert bis zum Umfallen. Es hat keinen Zweck mehr, dass ich anfange.«

»Was willst du denn machen, Valentin?«, frage ich, »eigentlich müsste der Staat dir doch ebenso eine Pension geben wie den verabschiedeten Offizieren.«

»Ach der Staat, der Staat«, antwortet Valentin wegwerfend, »der gibt nur denen was, die das Maul ordentlich aufreißen. Ich bin jetzt dabei, mit einer Tänzerin ein paar Sachen einzustudieren, eine Schaunummer, weißt du. Das sieht fürs Publikum gut aus, ist aber nicht viel, und ein ordentlicher Artist müsste sich eigentlich schämen, so was zu machen. Doch was willst du tun, du musst leben.«

Valentin will zur Probe, und ich entschließe mich, mitzugehen. An der Ecke der Hamkenstraße trudelt eine schwarze Melone durch den Nebel an uns vorbei, darunter ein kanariengelber Gummimantel und eine Aktenmappe. »Arthur –«, rufe ich.

Ledderhose stoppt. »Donnerschlag«, sagt Valentin, »du hast dich aber rausgemacht.« Kennerhaft befühlt er den Schlips Arthurs, ein prächtiges, kunstseidenes Stück mit lila Ornamenten.

»Macht sich, macht sich«, meint Ledderhose geschmeichelt und eilig.

»Und der schöne Schabbesdeckel«, staunt Valentin erneut und betrachtet die Melone.

Ledderhose will weiter. Er klopft auf seine Aktentasche. »Zu tun, zu tun. –«

»Hast du denn deinen Zigarrenladen nicht mehr?«, frage ich.

»Doch«, erwidert er, »aber ich mache jetzt nur noch en gros. Wisst ihr keine Büroräume? Ich zahle jeden Preis.«

»Büroräume wissen wir nicht«, sagt Valentin, »so weit haben wir es noch nicht gebracht. Aber was macht deine Frau?«

»Wieso?«, fragt Ledderhose reserviert.

»Na, du hast doch damals im Graben genug darüber gejammert. Sie war dir zu mager geworden, und du bist ja nun mal für das Stramme.«

Arthur schüttelt den Kopf. »Kann mich nicht mehr daran erinnern.« Er verschwindet.

Valentin lacht. »Wie sich die Leute verändern können, Ernst, was? Im Schützengraben war er ein Jammerwurm, und jetzt ist er ein flotter Geschäftsmann. Was hat der Kerl draußen geschweinigelt! Und jetzt will er nichts mehr davon wissen.«

»Aber es scheint ihm verdammt gut zu gehen«, sage ich nachdenklich.

Wir bummeln weiter. Der Nebel schwimmt. Wolf spielt mit ihm. Gesichter kommen heran und gehen. Im weißhellen Licht sehe ich plötzlich einen glänzenden, roten Hut aus Lackleder, darunter ein Gesicht, das zart beschlagen ist von Feuchtigkeit und dessen Augen dadurch umso mehr glänzen.

Ich bleibe stehen. Mein Herz schlägt heftig. Das war Adele. Jäh steigt die Erinnerung auf an vergangene Abende, wo wir Sechzehnjährigen uns im Halbdunkel vor den Türen der Turnhalle versteckten und warteten, bis die

Mädchen in ihren weißen Sweatern herauskamen, um dann hinter ihnen her zu rennen durch die Straßen, sie einzuholen und heftig atmend unter einer Laterne vor ihnen zu stehen, schweigend, sie anstarrend – bis sie sich losrissen und die Jagd weiterging – an Nachmittage, wo man sie einmal irgendwo sah, immer ein paar Schritte hinter ihnen, viel zu verlegen, um sie anzusprechen, und nur, wenn sie in ein Haus gingen, rasch allen Mut zusammennehmend, um auf Wiedersehen zu rufen und wegzulaufen. –

Valentin sieht sich um. »Ich muss mal eben zurück«, sage ich hastig, »ich muss mit jemand sprechen. Bin gleich wieder da.« Und ich laufe zurück, um den roten Hut zu suchen, das rote Leuchten im Nebel, die Jugendtage vor der Uniform und vor den Gräben.

»Adele! –«

Sie sieht sich um. »Ernst! – bist du wieder da?«

Wir gehen nebeneinander. Der Nebel fließt zwischen uns hindurch, Wolf umspringt uns und bellt, die Straßenbahnen klingeln, und die Welt ist warm und weich. Das Gefühl ist wieder da, voll, zitternd, schwebend, die Jahre sind weggewischt, ein Bogen schwingt ins Früher hinüber, ein Regenbogen, eine helle Brücke durch den Nebel.

Ich weiß nicht, wovon wir reden, es ist ja auch gleichgültig, die Hauptsache ist, dass wir nebeneinander hergehen und dass diese sanfte, unhörbare Musik von früher wieder da ist, diese Kaskaden aus Ahnung und Sehnsucht, hinter denen seidig das Grün von Wiesen schimmert, hinter denen das silberne Rauschen der Pappeln singt und der weiche Horizont der Jugend dämmert.

Sind wir lange gegangen? Ich weiß es nicht. Ich laufe allein zurück, Adele hat sich verabschiedet, aber wie eine große, bunte Fahne weht die Freude in mir, Hoffnung und Fülle, mein kleines Knabenzimmer, die grünen Türme und die große Weite.

Während ich zurücklaufe, stoße ich auf Willy, und wir gehen zusammen weiter, um Valentin zu suchen. Wir erreichen ihn, wie er gerade mit allen Anzeichen der Freude auf einen Mann losstürzt und ihn kräftig auf die Schulter haut. »Mensch. Kuckhoff, altes Haus, wo kommst du denn her?« Er hält dem andern die Hand hin: »Das ist ja ein Zufall, was? So trifft man sich wieder.« Der andere sieht ihn abschätzend eine Weile an.

»Ah, Laher, nicht wahr?«

»Klar, Mann, du warst doch mit mir an der Somme. Weißt du noch, wie wir da mitten im Mist die Pfannkuchen fraßen, die Lilly mir geschickt hatte? Georg hat sie uns noch mit der Post nach vorn gebracht. War ein verdammt riskiertes Stück von ihm damals, was?«

»Ja, gewiss«, sagt der andere.

Valentin ist ganz aufgeregt vor Erinnerungen. »Später hat er dann ja auch richtig eins abgekriegt«, erzählt der weiter, »da warst du aber schon weg. Dabei ist ihm der rechte Arm flöten gegangen. Auch nicht leicht für einen Kutscher wie für ihn. Wird nun wohl was anderes machen müssen. Wo bist du eigentlich geblieben nachher?«

Der andere gibt eine unbestimmte Antwort. Dann sagt er: »Nett, sich getroffen zu haben. Wie geht es Ihnen denn, Laher?«

»Was?«, gibt Valentin verblüfft zurück.

»Wie es Ihnen geht? Was machen Sie?«

»Sie?« Valentin hat sich noch nicht erholt. Einen Moment starrt er den andern an, der in elegantem Covercoat vor ihm steht. Dann sieht er an sich herunter, wird glührot und schiebt weiter. »Affe!«

Mir ist peinlich zumute für Valentin. Zum ersten Male wahrscheinlich hat ihn der Gedanke des Unterschieds getroffen. Bislang waren wir alle Soldaten. Jetzt haut ihm so ein eingebildeter Bursche mit einem einzigen »Sie« seine Unbefangenheit in Fetzen.

»Lass man, Valentin«, sage ich, »so was ist stolz darauf, was sein Vater verdient hat. Auch ein Beruf.«

Willy fügt ebenfalls ein paar kräftige Brocken hinzu.

»Schöne Kameraden, das«, sagt Valentin schließlich verbissen – aber damit ist er den Geschmack nicht los. Es würgt weiter in ihm.

Zum Glück treffen wir Tjaden. Er sieht grau aus wie ein Wischlappen. »Du, hör mal«, sagt Willy, »der Krieg ist vorbei, jetzt könntest du dich wahrhaftig mal waschen.«

»Heute noch nicht«, erklärt Tjaden wichtig, »aber Sonnabend. Dann will ich sogar baden.«

Wir fahren zurück. Tjaden baden? Sollte er doch von der Verschüttung im August etwas behalten haben? Willy hebt zweifelnd die Hand ans Ohr. »Ich glaube, ich habe dich eben nicht richtig verstanden. Was willst du am Sonnabend tun?«

»Baden«, sagt Tjaden stolz. »Sonnabend Abend verlobe ich mich nämlich.«

Willy sieht ihn an wie einen seltenen Papagei. Dann legt er ihm sanft die Pfote auf die Schulter und fragt väterlich: »Sag mal, Tjaden, hast du nicht manchmal Stiche im Hinterkopf? Oder so ein komisches Sausen in den Ohren?«

»Nur wenn ich Kohldampf habe«, gesteht Tjaden, »dann hab ich außerdem noch Trommelfeuer im Magen. Ein gemeines Gefühl. Doch, um wieder auf meine Braut zu kommen: Schön ist sie nicht, sie hat zwei linke Füße und schielt etwas; aber dafür hat sie Gemüt, und ihr Vater ist Schlächter.«

Schlächter. Uns geht ein Licht auf. Tjaden gibt bereitwillig weitere Auskunft. »Sie ist ganz wild auf mich. Na, und heute heißt es rasch zufassen. Die Zeiten sind schlecht, da muss man Opfer bringen. Ein Schlächter ist der Letzte, der verhungert. Und verlobt ist ja noch lange nicht verheiratet.«

Willy hört mit steigendem Interesse zu. »Tjaden«, beginnt er dann, »du weißt, wir waren immer Freunde.«

»Gemacht, Willy«, unterbricht ihn Tjaden, »du kannst ein paar Würste haben. Und meinetwegen auch noch etwas Karbonaden dazu. Komm Montag hin. Wir haben dann weiße Woche.«

»Wieso?«, frage ich erstaunt, »habt ihr denn auch ein Wäschegeschäft?«

»Das nicht, aber wir schlachten dann einen Schimmel.« Wir versprechen fest, zu erscheinen, und trudeln weiter.

Valentin biegt zum Altstädter Hof ein. Dort steigen die Artisten ab. Eine Liliputanergruppe ist gerade beim Abendessen, als wir eintreten. Auf dem Tisch steht Steckrübensuppe: jeder hat dazu ein Stück Brot neben sich.

»Hoffentlich werden wenigstens die satt von ihrem Markenfraß«, knurrt Willy, »sie haben ja kleinere Bäuche.«

An den Wänden hängen Plakate und Fotografien. Bunte Lappen, halb zerrissen, mit Bildern von Kraftmenschen, Löwenbräuten und Clowns. Sie sind alt und vergilbt, denn in den letzten Jahren war der Schützengraben die Manege für die Gewichtheber, Schulreiter und Akrobaten. Da brauchten sie keine Plakate.

Valentin zeigt auf eins davon. »Das war ich mal.« Ein Mann mit gewölbter Brust schlägt auf dem Bilde einen Salto vom Reck einer Zirkuskuppel. Aber man kann Valentin mit dem besten Willen darin nicht mehr erkennen.

Die Tänzerin, mit der er arbeiten will, wartet schon. Wir gehen in den kleinen Saal des Restaurants. Ein paar Theaterdekorationen lehnen in der Ecke. Sie gehören zu dem Schwank: »Flieg, du kleine Rumplertaube«, einem humorvollen Stück aus dem Leben unserer Feldgrauen mit Refraingesang, das zwei Jahre lang großen Erfolg hatte.

Valentin stellt ein Phonograph auf einen Stuhl und sucht Platten hervor. Eine heisere Melodie krächzt aus dem

Trichter, abgespielt, aber noch mit einem Rest von Wildheit, wie die verbrauchte Stimme einer verwüsteten Frau, die ehemals schön war. »Tango«, flüstert Willy mir zu mit der Miene des Kenners, die nicht verrät, dass er eben erst die Aufschrift der Platte gelesen hat.

Valentin trägt eine blaue Hose und ein Hemd, die Frau ein Trikot. Sie üben einen Apachentanz und eine Fantasienummer, bei der das Mädchen zum Schluss mit den Beinen um Valentins Nacken hängt, während er sich dreht, so schnell er kann.

Die beiden üben schweigend, mit ernsten Gesichtern. Nur gelegentlich fällt ein halblautes Wort. Das bleiche Licht der Lampe flackert. Leise zischt das Gas. Die Schatten der Tanzenden schwanken groß über die Dekorationen zur »Rumplertaube«. Willy tappt wie ein Bär hin und her, um den Phonograph aufzuziehen. Valentin hört auf. Willy klatscht Beifall. Missmutig winkt Valentin ab. Das Mädchen zieht sich um, ohne uns zu beachten. Langsam bindet sie sich die Tanzschuhe auf unter der Gaslampe. Geschmeidig biegt sich der Rücken in dem verwaschenen Trikot herunter. Dann richtet sie sich auf und hebt die Arme, um etwas überzustreifen. Licht und Schatten wechseln auf ihren Schultern. Sie hat schöne, lange Beine.

Willy schnüffelt im Saal umher. Er findet ein Textbuch zur »Rumplertaube«. Hinten sind Annoncen angehängt. Ein Konditor empfiehlt darin Bomben und Granaten aus Schokolade, fertig verpackt zum Verschicken in die Schützengräben. Eine sächsische Firma offeriert Brieföffner aus Granatsplittern, Klosettpapier mit Aussprüchen großer Männer über den Krieg – und zwei Ansichtskartenserien: »Soldatenabschied« und »Steh ich in finstrer Mitternacht«.

Die Tänzerin hat sich angezogen. In Mantel und Hut sieht sie ganz fremd aus. Vorhin war sie ein geschmeidiges Tier, aber jetzt ist sie wieder wie alle andern. Man kann fast nicht glauben, dass sie nur die paar Stücke Stoff anzuziehen brauchte, um so zu wechseln. Sonderbar, wie schon Kleider verändern. Wie sehr erst Uniformen.

III

WILLY IST JEDEN ABEND BEI WALDMANN. Das ist ein Ausflugslokal in der Nähe der Stadt, in dem nachmittags und abends getanzt wird. Ich gehe auch hin, denn Karl Bröger hat mir erzählt, Adele wäre manchmal da. Und Adele möchte ich wiedertreffen.

Alle Fenster von Waldmanns Gartensaal sind hell. Die Schatten der Tanzenden gleiten über die heruntergezogenen Vorhänge. Ich stehe an der Theke und schaue nach Willy aus. Sämtliche Tische sind besetzt, nicht ein Stuhl ist mehr frei. In diesen Monaten nach dem Krieg ist eine wahre Raserei ausgebrochen, sich zu amüsieren.

Plötzlich sehe ich einen blitzenden, weißen Bauch und die majestätischen Schniepel eines Schwalbenschwanzes. Willy im Cut. Geblendet starre ich ihn an. Der Cut ist schwarz, die Weste weiß, die Haare sind rot – er ist eine lebendige Fahnenstange.

Willy nimmt meine Bewunderung herablassend zur Kenntnis. »Ja, da staunst du, was?«, sagt er und dreht sich wie ein Pfau, »mein Kaiser-Wilhelm-Gedächtniscut! Was aus einem Kommissmantel alles werden kann, wie?«

Er klopft mir auf die Schulter. »Übrigens gut, dass du da bist, heute ist Tanzturnier, wir machen alle mit, es gibt erstklassige Preise! In einer halben Stunde geht's los.«

Bis dahin kann man also noch trainieren. Willy hat eine Art Ringkämpferin als Dame, ein mächtig gebautes Geschöpf, kräftig wie ein Sechstalergaul. Damit übt er einen Onestep ein, bei dem die Geschwindigkeit das Wichtigste ist. Karl dagegen tanzt mit einem Mädchen vom

Lebensmittelamt, das wie ein Schlittenpferd mit Ketten und Ringen aufgezäumt ist. Er verbindet dadurch Geschäft und Vergnügen auf bequeme Weise. Aber Albert – Albert ist nicht bei uns am Tisch. Etwas verlegen grüßt er aus einer Ecke herüber. Er sitzt dort mit einem blonden Mädchen.

»Den sind wir los«, sagt Willy prophetisch.

Ich selbst passe auf, um eine gute Tänzerin zu schnappen. Das ist gar nicht so einfach, denn manche sieht am Tisch zierlich aus wie ein Reh und tanzt nachher wie ein schwangerer Elefant. Außerdem sind die leichten Tänzerinnen sehr begehrt. Aber es gelingt mir doch, mich mit einer kleinen Näherin zu verabreden.

Ein Tusch ertönt. Jemand mit einer Chrysantheme im Knopfloch tritt vor und erklärt, ein Tanzpaar aus Berlin würde das Neueste vorführen: einen Foxtrott. Den kennen wir hier noch nicht; wir haben nur mal was davon gehört.

Neugierig versammeln wir uns. Die Kapelle intoniert eine abgehackte Musik. Die beiden Tanzenden hüpfen dazu wie Lämmer umeinander herum. Manchmal entfernen sie sich voneinander, dann haken sie sich mit den Armen wieder ein und wirbeln hinkend im Kreise.

Willy reckt sich und macht große Augen. Das ist ein Tanz nach seinem Herzen.

Der Tisch mit den Preisen wird hereingetragen. Wir stürzen hin. Es gibt je drei Preise für Onestep, Boston und Foxtrott. Foxtrott scheidet für uns aus, den können wir nicht; aber in den beiden andern werden wir rangehen wie Blücher.

Der erste Preis besteht jedes Mal aus zehn Möweneiern oder einer Flasche Schnaps. Willy erkundigt sich misstrauisch, ob Möweneier auch essbar wären. Beruhigt kehrt er zurück. Der zweite Preis sind sechs Möweneier oder ein reinwollener Kopfschützer, der dritte vier Eier oder zwei Schachteln Zigaretten, Marke »Deutschlands Heldenruhm«. »Die nehmen wir auf keinen Fall«, sagt Karl, der damit Bescheid weiß.

Das Turnier beginnt. Für den Boston haben wir Karl und Albert vorgesehen; für den Onestep Willy und mich. Auf Willy setzen wir allerdings nur geringe Hoffnung. Er kann nur siegen, wenn die Preisrichter Humor haben.

Im Boston kommen Karl und Albert mit drei anderen Paaren in die Ausscheidungsrunde. Karl ist im Vorsprung; der hohe Kragen seiner Extrauniform, seine Lackstiefel und die Ketten und Ringe seines Schlittenpferdes geben ein Bild verwirrender Eleganz, dem keiner widerstehen kann. In Haltung und Stil ist er einzigartig, aber in Harmonie ist Albert mindestens ebenso gut. Die Richter notieren, als wäre bei Waldmann der Ausscheidungskampf fürs jüngste Gericht. Karl siegt und nimmt die zehn Möweneier, denn die Schnapsmarke kennt er zu genau; er hat sie selbst hierher verkauft. Großmütig schenkt er uns seine Beute; er hat Besseres zu Hause. Albert holt den zweiten Preis. Seine sechs Möweneier bringt er mit einem verlegenen Blick nach uns dem blonden Mädchen. Willy stößt einen Pfiff aus. Im Onestep sause ich mit der kleinen Näherin los und komme auch in die Schlussrunde. Zu meinem Erstaunen ist Willy einfach sitzen geblieben und hat sich überhaupt nicht gemeldet. Ich brilliere mit einer besonderen Variante des Einknickens und Rückwärtsschassierens, die ich vorher nicht gezeigt habe. Die Kleine tanzt wie eine Flaumfeder, und wir schnappen den zweiten Preis, den wir teilen.

Stolz kehre ich mit der silbernen Ehrennadel des Reichsverbandes für Tanzsport an der Brust zu unserem Tisch zurück.

»Willy, du Schafsnase«, sage ich, »warum hast du denn nicht wenigstens einen Versuch gemacht, vielleicht hättest du die bronzene Medaille gekriegt!«

»Ja, tatsächlich«, pflichtet Karl mir bei, »warum hast du das nicht getan?«

Willy steht auf, reckt sich, zieht den Cut zurecht, blickt uns hoheitsvoll an und antwortet nur das eine Wort: »Darum!«

Gerade ruft der Mann mit der Chrysantheme zur Foxtrottkonkurrenz aus. Es melden sich nur wenige Paare. Willy geht nicht, er schreitet zum Parkett.

»Er hat doch keine Ahnung davon«, prustet Karl.

Gespannt hängen wir über unseren Stühlen, um zu sehen, was das gibt. Die Löwenbändigerin kommt Willy entgegen. Er reicht ihr mit großer Gebärde den Arm. Die Musik beginnt.

In diesem Moment verwandelt Willy sich in ein wild gewordenes Kamel. Er springt in die Luft und hinkt, hüpft, kreiselt, er schmeißt die Beine und wirft die Dame hin und her, dann rast er im kurzen Schweinsgalopp durch den Saal, die Zirkusreiterin nicht vor sich, sondern neben sich, sodass sie an seinem ausgestreckten rechten Arm Klimmzüge macht, während er volle Freiheit nach der andern Seite hat, ohne Sorge, ihr die Füße zu zertrampeln. Gleich darauf imitiert er ein Karussell auf der Stelle, sodass seine Cutschöße waagrecht abstehen, startet im nächsten Moment mit zierlichen Hupfschritten quer übers Parkett wie ein Ziegenbock, der Pfeffer unter dem Schwanz hat, donnert und wirbelt und tost und schließt endlich mit einer unheimlichen Pirouette, bei der er seine Dame hoch durch die Luft schwenkt.

Kein Mensch im Saal zweifelt daran, einen bisher unbekannten Meister des Überfoxtrotts vor sich zu sehen. Willy hat seine Chance erkannt und ausgenützt. Er siegt so überlegen, dass nach ihm eine Zeit lang erst gar nichts kommt und dann der zweite Preis. Triumphierend hält er uns die Buddel Schnaps entgegen. Allerdings hat er so geschwitzt, dass sein Cut abgefärbt hat; das Hemd und die Weste sind schwarz geworden, der Cut dagegen erscheint beinahe heller.

Das Turnier ist beendet, aber der Tanz geht weiter. Wir sitzen am Tisch und trinken Willys Gewinn aus. Nur Albert fehlt – er ist von dem blonden Mädchen nicht wegzuschlagen.

Willy stößt mich an: »Du, da ist Adele.«

»Wo?«, frage ich rasch.

Er zeigt mit dem Daumen in das Gewühl auf dem Parkett. Wahrhaftig, da tanzt sie mit einem langen, schwarzen Kerl Walzer. »Ist sie schon lange hier?«, erkundige ich mich, denn ich möchte gern, dass sie unsere Triumphe gesehen hätte.

»Vor fünf Minuten gekommen«, antwortet Willy.

»Mit dem langen Lulatsch?«

»Mit dem langen Lulatsch.«

Adele hält den Kopf beim Tanzen ein wenig zurückgebeugt. Eine Hand hat sie auf die Schulter des schwarzen Kerls gelegt. Wenn ich ihr Gesicht von der Seite sehe, dann stockt mir manchmal der Atem, so ähnlich ist es im verhangenen Lampenlicht des Saales meiner Erinnerung an die Abende vor dem Kriege. Aber von vorn ist es voller, und wenn sie lacht, ist es ganz fremd.

Ich nehme einen großen Schluck aus Willys Flasche. Gerade tanzt die kleine Näherin vorbei. Sie ist schmaler und zierlicher als Adele. Neulich, im Nebel auf der Großen Straße, habe ich es nicht so gesehen: aber Adele ist eine richtige Frau geworden mit vollen Brüsten und kräftigen Beinen. Ich kann mich nicht entsinnen, ob sie früher auch so war; da habe ich wohl nicht darauf geachtet. »Strammer Feger geworden«, sagt Willy.

»Ach, halt die Schnauze«, erwidere ich ärgerlich.

Der Walzer ist aus. Adele lehnt an der Tür. Ich gehe hin. Sie begrüßt mich. Dabei plaudert und lacht sie mit ihrem schwarzen Kerl weiter. Ich bleibe stehen und blicke sie an. Das Herz schlägt mir wie vor einer großen Entscheidung.

»Was siehst du mich denn so an?«, fragt sie.

»Ach nichts«, sage ich, »wollen wir tanzen?«

»Diesen nicht, den nächsten«, antwortet sie und geht mit ihrem Begleiter zum Parkett.

Ich warte auf sie, und wir tanzen einen Boston miteinander. Ich gebe mir große Mühe, und sie lächelt anerkennend.

»Tanzen hast du im Felde ja gelernt.«

»Da gerade nicht«, sage ich, »aber vorhin haben wir einen Preis bekommen.«

Sie blickt rasch auf. »Schade, das hätten wir zusammen machen können. Was war es denn?«

»Sechs Möweneier und eine Medaille«, erwidere ich, und mir steigt die Wärme in die Stirn. Die Geigen spielen so leise, dass man das Schlurfen der vielen Schritte hört.

»Jetzt tanzen wir zusammen«, sage ich, »weißt du noch, wie wir abends vom Turnverein hintereinander herrannten?«

Sie nickt. »Ja, damals waren wir noch ziemlich kindisch. Sieh mal drüben, das Mädchen mit dem roten Kleid – diese überfallenden Blusen sind jetzt das Modernste. Schick, was?«

Die Geigen geben die Melodie an das Cello ab. Zitternd, wie ein verhaltenes Weinen, beben sie über den goldbraunen Tönen. »Als ich dich zum ersten Mal angesprochen habe, sind wir beide weggelaufen«, sage ich, »es war im Juni auf dem Stadtwall, ich weiß es noch wie damals.«

Adele winkt jemand zu. Dann erst wendet sie den Kopf wieder her. »Ja, so was Albernes. Kannst du eigentlich Tango tanzen? Drüben, der Schwarze ist ein fabelhafter Tangotänzer.«

Ich antworte nicht. Die Musik schweigt. »Willst du etwa an unsern Tisch kommen?«, frage ich.

Sie sieht hin. »Wer ist der Schlanke da mit den Lackschuhen?«

»Karl Bröger«, erwidere ich. Sie setzt sich zu uns. Willy bietet ihr ein Glas an und macht einen Witz. Sie lacht und schaut zu Karl hinüber. Ab und zu streift sie auch mit einem Blick Karls Schlittenpferd – es ist das Mädchen mit dem modernen Kleid.

Ich betrachte sie erstaunt, so hat sie sich verändert. Hat mich die Erinnerung denn auch hier getäuscht? Ist sie gewuchert und gewuchert, bis sie die Wirklichkeit zugewachsen hat? Das ist ja ein fremdes, etwas lautes Mädchen hier am Tisch, das viel zu viel redet. Muss nicht darunter noch jemand anders verborgen sein, den ich besser kenne? Kann sich etwas denn so verschieben, nur weil man älter wird? Vielleicht sind es die Jahre, denke ich, es ist ja über drei Jahre her, damals war sie sechzehn und ein Kind, jetzt ist sie neunzehn und erwachsen. – Und plötzlich überfällt mich die namenlose Schwermut der Zeit – das rinnt und rinnt und verändert sich, und wenn man zurückkehrt, findet man nichts wieder. Ach, Abschiednehmen ist schwer – aber Wiederkommen ist manchmal wohl noch schwerer.

»Was machst du für ein komisches Gesicht, Ernst?«, fragt Willy, »hast du Kohldampf?«

»Er ist langweilig«, sagt Adele lachend, »das war er früher auch schon immer. Sei doch mal ein bisschen flott! Das haben die Mädels lieber als so dasitzen wie ein Trauerkloß!«

Vorbei, denke ich, auch wieder vorbei. Nicht, weil sie mit dem schwarzen Kerl und mit Karl Bröger poussiert, nicht weil sie mich langweilig findet, nicht weil sie anders geworden ist – nein, ich sehe jetzt, dass alles keinen Zweck hat. Ich bin herumgelaufen und herumgelaufen, ich habe an alle Türen meiner Jugend geklopft und wollte wieder hinein, ich dachte, dass sie mich wieder aufnehmen müsste, weil ich doch noch jung bin und es mir so sehr gewünscht hatte, zu vergessen – aber sie huschte vor mir davon wie eine Fata Morgana, sie zerbrach lautlos, sie zerfiel wie Zunder, wenn ich sie anrührte, ich konnte es nicht begreifen, wenigstens hier musste doch etwas geblieben sein, ich versuchte es immer wieder und wurde lächerlich und traurig darüber – doch jetzt erkenne ich, dass ein stiller, schweigender Krieg auch in dieser Landschaft der Erinnerung gewütet hat und dass es sinnlos von mir wäre, weiter zu suchen. Die Zeit steht dazwischen wie eine breite Kluft, ich kann nicht zurück, es gibt nichts anderes mehr, ich muss vorwärts, marschieren, irgendwohin, denn ich habe noch kein Ziel.

Ich halte mein Schnapsglas umklammert und blicke auf. Da sitzt Adele und fragt Karl immer noch aus, wo man seidene Strümpfe als Schmuggelware kaufen kann – da wird getanzt wie vorher, und die Musik spielt immer noch denselben Walzer aus dem Dreimäderlhaus – und da sitze ich selbst immer noch genauso auf dem Stuhl und atme und lebe wie vorher – ist denn nicht ein Blitz niedergegangen und hat mich weggerissen, ist nicht plötzlich eine Landschaft um mich herum versunken, bin ich nicht übrig geblieben und habe soeben erst wirklich alles verloren?

Adele steht auf und verabschiedet sich von Karl. »Bei Meyer und Nickel also«, sagt sie vergnügt, »stimmt, die handeln ja mit allerlei hintenherum. Morgen gehe ich mal hin. Wiedersehen, Ernst!«

»Ich begleite dich ein Stück«, sage ich.

Draußen gibt sie mir die Hand. »Weiter kannst du nicht mitgehen, ich werde hier erwartet.«

Ich finde mich töricht und sentimental, aber ich kann mir nicht helfen: Ich nehme die Mütze ab und grüße sie tief, als nähme ich einen großen Abschied – nicht von ihr – von allem Früheren. Sie sieht mich eine Sekunde prüfend an. »Manchmal bist du wirklich komisch.« Singend läuft sie den Weg hinunter.

Die Wolken haben sich verzogen, und die Nacht steht klar über der Stadt. Ich sehe lange hinüber. Dann gehe ich zurück.

IV

IM GROSSEN SAAL VON KONERSMANN ist die erste Regimentszusammenkunft, seit wir aus dem Krieg zurück sind. Alle Kameraden sind eingeladen. Es soll eine große Feier geben. Karl, Albert, Jupp und ich sind eine Stunde zu früh da. Wir können es kaum erwarten, die alten Gesichter wiederzusehen.

Einstweilen hocken wir im Gastzimmer neben dem großen Saal und warten auf Willy und die anderen.

Gerade wollen wir eine Runde Steinhäger ausknobeln, da geht die Tür auf und Ferdinand Kosole tritt ein. Uns fallen die Würfel aus der Hand, so verblüfft sind wir über seinen Anblick. Er ist in Zivil.

Bislang hat er, wie wir fast alle, immer noch seine alte Uniform weitergetragen; heute aber, zur Feier des Tages, ist er zum ersten Mal in Zivil erschienen und steht jetzt da in einem blauen Überzieher mit Samtkragen, einen grünen Hut auf dem Schädel und einen Stehkragen mit Schlips um den Hals. Er ist ein ganz anderer Mensch damit geworden.

Wir haben uns von unserem Staunen noch nicht erholt, da erscheint Tjaden. Auch er zum ersten Male in Zivil – in einem gestreiften Jackett, mit gelben Halbschuhen und einem Spazierstock mit versilberter Krücke. Mit hocherhobenem Kopf stolziert er durch den Raum. Als er auf Kosole stößt, stutzt er. Kosole stutzt ebenfalls. Beide haben sich nie anders als in Uniform gesehen. Sie mustern sich noch eine Sekunde. Dann brüllen sie vor Lachen: Jeder findet den andern blödsinnig komisch in Zivil.

»Mensch, Ferdinand, ich habe immer gedacht, du wärst ein feiner Mann«, grinst Tjaden.

»Wieso?«, fragt der und hört auf zu lachen.

»Na, hier«, Tjaden zeigt auf Kosoles Überzieher, »das sieht man ja, der ist doch beim Lumpensammler gekauft.«

»Ochse«, knurrt Ferdinand wütend und wendet sich ab –

aber ich sehe, wie er langsam errötet. Ich traue meinen Augen nicht; er wird tatsächlich verlegen, und als er sich unbeobachtet glaubt, betrachtet er verstohlen den verspotteten Mantel. Bei seiner Uniform hätte er sich nie darum gekümmert – doch jetzt putzt er wahrhaftig mit dem abgeschabten Ärmel ein paar Flecken weg und sieht dann lange zu Karl Bröger hinüber, der einen erstklassigen neuen Anzug trägt. Er weiß nicht, dass ich ihn beobachtet habe. Nach einer Weile fragt er mich: »Was ist eigentlich Karls Vater?«

»Amtsrichter«, antworte ich.

»So, Amtsrichter«, wiederholt er nachdenklich. »Und Ludwig seiner?«

»Steuersekretär.«

Er schweigt eine Zeit lang. Dann sagt er: »Na, da werdet ihr ja wohl bald mit uns nichts mehr zu tun haben wollen. –«

»Du bist verrückt, Ferdinand«, entgegne ich. Er zuckt zweifelnd die Achseln. Ich wundere mich immer mehr. Er sieht nicht nur verändert aus mit diesen verdammten Zivilbrocken, sondern er hat sich auch wirklich verändert. Bisher scherte er sich einen Dreck um so was; jetzt aber zieht er sogar den Mantel aus und hängt ihn in die dunkelste Ecke des Lokals.

»Zu heiß hier«, sagt er ärgerlich, als er sieht, dass ich ihn beobachte. Ich nicke. Nach einer Weile fragt er verdrossen: »Und dein Vater?«

»Buchbinder«, erwidere ich.

»Tatsächlich?« Er belebt sich. »Und Albert seiner?«

»Der ist tot. Er war Schlosser.«

»Schlosser«, wiederholt er erfreut, als wäre das so viel wie Papst. »Schlosser, das ist ja großartig. Ich bin Dreher. Da wären wir ja direkt Kollegen gewesen.«

»Das wärt ihr«, sage ich.

Ich sehe, wie das Blut des Militär-Kosole in den Zivil-Kosole zurückströmt. Er kriegt wieder Farbe und Kraft.

»Wäre sonst auch schade gewesen«, versichert er mir eindringlich, und als Tjaden gerade vorüberkommt und eine neue Grimasse zieht, gibt er ihm wortlos einen wunderbar gezielten Tritt, ohne dabei aufzustehen. Er ist wieder der Alte.

Die Tür zum großen Saal beginnt zu klappen. Die ersten Kameraden kommen. Wir gehen hinein. Der leere Raum mit den Papiergirlanden und den unbesetzten Tischen macht noch einen unbehaglichen Eindruck. In den Ecken stehen einige Gruppen herum. Ich entdecke Julius Weddekamp in seiner verschossenen Militärjoppe und stoße rasch ein paar Stühle beiseite, um ihn zu begrüßen.

»Wie geht's, Julius?«, frage ich, »weißt du auch noch, dass du mir ein Mahagonikreuz schuldig bist? Du wolltest es mir aus einem Klavierdeckel tischlern damals! Leg's gut zurück, alter Schwede.«

»Ich hätte es selbst schon brauchen können, Ernst«, antwortet er trübe, »meine Frau ist gestorben.«

»Verdammt, Julius«, sage ich, »was hat sie denn gehabt?«

Er zuckt die Achseln. »Hat sich wohl kaputtgemacht mit dem ewigen Schlangestehen vor den Geschäften im Winter. Dann kam ein Kind, das konnte sie nicht mehr aushalten.«

»Und das Kind?«, frage ich.

»Auch gestorben.« Er zieht seine schiefe Schulter hoch, als fröre er. »Ja, Ernst, Scheffler ist auch tot, das weißt du ja, nicht?«

Ich schüttle den Kopf. »Wie ist denn das gekommen?«

Weddekamp steckt seine Pfeife an. »Er hatte doch siebzehn den Kopfschuss, nicht? War alles tadellos geheilt, damals. Vor sechs Wochen kriegt er auf einmal so blödsinnige Schmerzen, dass er immer mit dem Schädel gegen die Wand rennen will. Wir mussten ihn mit vier Mann zum Krankenhaus bringen. Entzündung oder so was. Am nächsten Tage war's schon aus.« Er nimmt ein zweites

Streichholz. »Ja, und seiner Frau wollen sie jetzt noch nicht mal eine Rente geben.«

»Und Gerhard Pohl?«, frage ich weiter.

»Der kann nicht kommen, Fassbender und Fritsch auch nicht. Arbeitslos. Nicht mal Geld zum Fressen. Wären gerne mitgefahren, die alten Knaben.«

Der Saal hat sich inzwischen zur Hälfte gefüllt. Wir treffen noch viele von unsern Kompaniekameraden, doch es ist sonderbar: die richtige Stimmung will trotzdem nicht aufkommen. Dabei haben wir uns seit Wochen auf dieses Zusammentreffen gefreut und gehofft, es würde eine Befreiung von mancherlei Druck, Unsicherheit und Missverständnissen werden. Mag sein, dass es das Zivilzeug ist, das überall zwischen die Militärbrocken gesprenkelt ist – mag sein, dass Berufe, Familie, soziale Stellungen sich wie Holzkeile hineingeschoben haben: die richtige alte Kameradschaft von früher ist es nicht mehr.

Alles ist vertauscht. Da ist Bosse, der Kompanieschussel, der stets verulkt wurde, weil er sich immer so dämlich anstellte; er war draußen schmierig und verludert, und mehr als einmal haben wir ihn unter die Pumpe gekriegt. Jetzt sitzt er zwischen uns in einem piekfeinen Kammgarnanzug, eine Perle im Schlips und Gamaschen an den Füßen, ein wohlhabender Mann, der das große Wort führt. Und Adolf Bethke neben ihm, der im Felde so turmhoch über ihm stand, dass Bosse froh war, wenn er ihn überhaupt anredete, ist plötzlich nur noch ein armer, kleiner Schuster mit etwas Landwirtschaft. Ludwig Breyer trägt seinen zu knappen, verschabten Schulanzug mit einer schief um den Hals gezerrten Jungenstrickkrawatte statt der Leutnantsuniform; sein ehemaliger Bursche aber klopft ihm behäbig auf die Schulter und ist wieder ein Großinstallateur mit Wasserspülung und flotter Lage an der Hauptgeschäftsstraße. Valentin hat unter der abgerissenen, offenen Uniform einen alten blauweißen Sweater an und sieht aus wie ein Vagabund, aber was war er für ein Soldat – und Ledderhose, dieser krumme Hund, sitzt mit glänzender Dohle und kanariengelbem Gummimantel großspurig dabei und raucht englische Zigaretten. Alles ist durcheinandergeschmissen. Aber das ginge ja noch. Doch auch der Ton ist anders geworden, und das kommt ebenfalls von den Anzügen. Leute, die früher nicht Papp sagen konnten, reden jetzt dicke Töne. Die mit den guten Anzügen haben etwas Gönnerhaftes an sich und die mit den schlechten sind meistens still. Ein Oberlehrer, der Unteroffizier war und ein schlechter dazu, erkundigt sich überlegen nach Karls und Ludwigs Examen. Ludwig sollte ihm dafür sein Bier in den Kragen schütten. Gott sei Dank antwortet Karl ihm äußerst abfällig über Bildung, Examen und so was und preist dafür Geschäft und Handel.

Ich werde ganz krank bei dem Geschwätz hier. Lieber hätten wir uns nie wiedertreffen sollen, dann hätten wir wenigstens die Erinnerung gehabt. Vergeblich versuche ich, mir vorzustellen, dass alle diese Leute wieder schmutzige Uniformen trügen und dass diese Konersmann'sche Kneipe eine Kantine im Ruhequartier wäre. Es gelingt mir nicht mehr. Die Dinge hier sind kräftiger. Das Fremde ist stärker. Das Gemeinsame ist nicht mehr beherrschend. Es ist schon zerfallen in Einzelinteressen. Wohl scheint manchmal noch etwas aus der Zeit von früher hindurch, als wir alle dasselbe Zeug trugen, aber es ist bereits undeutlich und verwaschen geworden. Es sind noch unsere Kameraden, und sie sind es doch nicht mehr, das macht gerade so traurig. Alles andere ist kaputtgegangen im Kriege, aber an die Kameradschaft hatten wir geglaubt. Und jetzt sehen wir: Was der Tod nicht fertiggebracht hat, das gelingt dem Leben: es trennt uns.

Aber wir wollen es nicht glauben. Wir hocken uns an einen Tisch, Ludwig, Albert, Karl, Adolf, Willy, Valentin.

Es herrscht eine gedrückte Stimmung. »Wenigstens wir wollen zusammenhalten«, sagt Albert mit einem Blick in den großen Saal. Wir stimmen zu und geben uns die Hände, während drüben schon das Zusammenrücken der guten Anzüge beginnt. Diese Neuordnung machen wir nicht mit. Wir wollen ausgehen von dem, was die andern beiseiteschieben. »Schlag ein, Adolf, du auch«, sage ich zu Bethke. Er lächelt seit langer Zeit wieder und legt seine Pranke auf unsere Hände.

Wir sitzen noch eine Weile zusammen. Adolf Bethke ist bald fortgegangen. Er sah schlecht aus. Ich nehme mir vor, ihn in diesen Tagen zu besuchen.

Ein Kellner erscheint und flüstert mit Tjaden. Der winkt ab. »Damen haben hier nichts zu suchen.« Überrascht sehen wir auf, Tjaden lächelt geschmeichelt. Der Kellner kommt zurück. Hinter ihm her geht mit raschen Schritten ein strammes Mädchen. Tjaden ist verblüfft. Wir grinsen. Aber Tjaden weiß sich zu helfen. Er macht eine große Bewegung. »Meine Braut.«

Damit ist für ihn die Sache erledigt. Willy übernimmt die weitere Vorstellung. Er beginnt mit Ludwig und endet mit sich. Dann fordert er das Mädchen auf, Platz zu nehmen. Sie tut es. Willy setzt sich neben sie und legt den Arm auf ihre Stuhllehne. »Ihr Vater hat doch die bekannte Pferdeschlächterei am Neuen Graben?«, leitet er die Konversation ein.

Das Mädchen nickt. Willy rückt näher. Tjaden kümmert sich nicht im Mindesten darum. Behaglich trinkt er sein Bier. Das Mädchen taut bei Willys geistvoller und eindringlicher Unterhaltung bald auf.

»Ich wollte doch so gern mal die Herren kennenlernen«, erzählt sie, »Schatzi hat so oft von Ihnen gesprochen, aber immer, wenn ich sagte, er solle Sie mal mitbringen, hat er nicht gewollt.«

»Was?« Willy vernichtet Tjaden mit Blicken, »mitbringen? Aber wir kommen doch furchtbar gerne, wirklich außergewöhnlich gerne. Nicht ein Wort hat der Lump uns davon gesagt.«

Tjaden ist etwas unruhig geworden. Jetzt beugt Kosole sich vor. »So, er hat oft von uns gesprochen, der Schatzi? Was hat er denn eigentlich erzählt?«

»Wir müssen los, Mariechen«, wirft Tjaden ein und erhebt sich. Kosole drückt ihn auf seinen Stuhl herunter. »Bleib sitzen, Schatzi. Was hat er denn erzählt, Fräulein?«

Mariechen ist völlig zutraulich. Sie sieht Willy kokett an. »Sind Sie Herr Homeyer?« Willy macht eine Verbeugung vor der Schlächterei. »Dann hat er Sie doch gerettet«, plaudert sie, indes Tjaden auf seinem Stuhl hin und her rutscht, als säße er in einem Ameisenhaufen. »Wissen Sie das denn nicht mehr?«

Willy fasst sich an den Kopf. »Ich war später verschüttet, das geht furchtbar aufs Gedächtnis. Da ist mir leider vieles entfallen.«

»Gerettet?«, fragt Kosole atemlos.

»Mariechen, ich gehe, kommst du mit oder nicht?«, erklärt Tjaden. Kosole hält ihn fest.

»Er ist so bescheiden«, kichert Mariechen und strahlt, »dabei hat er doch drei Neger, die Herrn Homeyer mit ihren Beilen abschlachten wollten, getötet. Den einen mit der Faust …«

»Mit der Faust«, wiederholt Kosole dumpf.

»Die andern mit ihren eigenen Beilen. Und dann hat er Sie noch zurückgetragen.« Mariechen sieht Willys hundertneunzig Zentimeter an und nickt ihrem Verlobten energisch zu. »Es kann ruhig mal gesagt werden, Schatzi, was du geleistet hast.«

»Wahrhaftig«, stimmt Kosole ein, »es kann mal gesagt werden.«

Willy schaut einen Augenblick versonnen in Mariechens

Augen. »Ja, er ist ein herrlicher Mensch«, gibt er zurück. Dann nickt er zu Tjaden hinüber. »Komm doch mal einen Moment mit raus.« Tjaden erhebt sich zögernd. Aber Willy hat nichts Böses im Sinne. Arm in Arm erscheinen die beiden nach einigen Minuten wieder. Willy beugt sich zu Mariechen herunter: »Also abgemacht, ich komme morgen Abend zu Besuch. Ich muss mich doch bedanken für die Rettung von den Negern. Aber ich habe Ihren Bräutigam auch einmal gerettet.«

»So?«, macht Mariechen erstaunt.

»Er wird es Ihnen vielleicht später mal erzählen«, grinst Willy.

Erleichtert schwimmt Tjaden mit seiner Braut ab.

»Sie schlachten nämlich morgen«, sagt Willy zu uns. Aber niemand hört zu. Wir haben zu lange an uns halten müssen und wiehern jetzt wie ein hungriger Pferdestall. Kosole erbricht sich beinahe, so schüttelt es ihn. Erst nach einer Weile kann Willy mitteilen, welch vorteilhafte Bedingungen er mit Tjaden über die Lieferung von Pferdewurst abgeschlossen hat. »Der Junge ist in meiner Hand«, schmunzelt er.

V

ICH HABE NACHMITTAGS ZU HAUSE GESESSEN und versucht, irgendetwas zu tun. Aber es ist nichts geworden, und seit einer Stunde schon streife ich ziellos durch die Straßen. Dabei komme ich an der Holländischen Diele vorbei. Das ist die dritte Likörstube, die im Laufe von drei Wochen eröffnet worden ist. Überall schießen diese Dinger mit ihren bunten Schildern wie Fliegenpilze zwischen den Häuserfronten heraus. Die Holländische Diele ist die größte und feinste.

Vor der erleuchteten Glastür steht ein Portier, der halb

wie ein Husarenoberst und halb wie ein Bischof aussieht, ein mächtiger Kerl mit einem gold beschlagenen Stab in der Hand. Ich fasse ihn schärfer ins Auge – da verlässt ihn auch schon alle Würde, er stößt mir seinen Knüppel gegen den Magen und schmunzelt: »Salü, Ernst, alte Vogelscheuche! Kommang ßawa, wie der Franzose sagt.« Er ist der Unteroffizier Anton Demuth, ein früherer Küchenbulle von uns. Ich mache ihm eine stramme Ehrenbezeigung, denn beim Kommiss wurde uns eingebläut, Ehrenbezeigungen gälten der Uniform und nicht dem Träger. Diese Fantasieuniform hier aber ist große Klasse und mindestens ein Frontmachen wert.

»Mahlzeit, Anton«, lache ich, »sag mal, um gleich von was Vernünftigem zu reden: hast du was zu fressen?«

»Pupille«, antwortet er zustimmend, »Elstermanns Franz ist nämlich auch hier in diesem Saftladen. Als Koch!«

»Wann kann ich vorbeikommen?«, frage ich, denn diese Tatsache genügt, um Bescheid zu wissen. Elstermann und Demuth waren die größten Requirierer von ganz Frankreich.

»Nach ein Uhr heute Abend«, zwinkert Anton, »wir haben von einem Proviantamtsinspektor ein Dutzend Gänse rübergeschoben gekriegt, Schleichware. Da kannst du sicher sein, dass Elstermanns Franz vorher ein paar amputiert! Wer will behaupten, dass es bei Gänsen keinen Krieg gibt, in dem sie ihre Beine verlieren können?«

»Keiner«, sage ich und frage: »Betrieb hier?«

»Jeden Abend bombenvoll. Mal reinsehen?«

Er schiebt die Portiere etwas zur Seite. Ich schiele durch einen Spalt in den Raum. Weiches, warmes Licht liegt über den Tischen, bläulicher Zigarettenrauch zieht in Streifen hindurch, Teppiche schimmern, Porzellan glänzt, und Silber leuchtet. An den Tischen sitzen Frauen, von Kellnern umgeben, und bei ihnen Männer, die nicht im Geringsten schwitzen oder verlegen sind. Mit wunderbarer Selbstverständlichkeit geben sie ihre Anweisungen.

»Na, Mensch, mal mit so einer richtig auf die Rutschbahn, was?«, meint Anton und knufft mich in die Rippen.

Ich antworte nicht, denn dieser farbige, wolkige Ausschnitt Leben erregt mich merkwürdig. Es ist etwas Unwirkliches darin, fast als träumte ich nur, hier auf der dunklen Straße im nassen Schneebrei zu stehen und dieses Bild durch den Türspalt zu sehen. Ich bin gebannt davon, ohne zu vergessen, dass da vermutlich nur eine Anzahl Schieber ihr Geld ausgibt – aber wir haben zu lange in dreckigen Erdlöchern gelegen, als dass nicht manchmal eine heftige und ganz irrsinnige Gier nach Luxus und Eleganz in uns aufspränge – denn Luxus ist Behütet- und Gepflegtsein –, und gerade das kennen wir ja überhaupt nicht.

»Na, Mann, wie ist das?«, fragt Anton mich noch einmal, »ganz mollige Bettmiezen, was?«

Ich komme mir albern vor, aber ich kann im Moment nicht richtig antworten. Dieser ganze Ton, den ich nun schon jahrelang gedankenlos mitmache, erscheint mir mit einmal roh und widerlich. Zum Glück erstarrt Anton gerade in Haltung und Würde, weil ein Auto vorfährt. Ein schlankes Geschöpf steigt aus und geht durch die Tür, ein wenig vorgebeugt, den Pelz mit einer Hand auf der Brust gerafft, das Haar glänzend unter einem eng anliegenden goldenen Helm, die Knie dicht beieinander, mit schmalen Füßen und schmalem Gesicht. Mit leicht nachgebenden Gelenken schreitet es an mir vorüber, in einem matten, bitteren Duft – und plötzlich erfasst mich ein rasender Wunsch, mit diesem Frauenkind durch die Drehtür zu den Tischen gehen zu können in die wohlige, behütete Atmosphäre der Farben und des Lichtes, sorglos schlendernd durch ein von Kellnern, Dienern und der Isolierschicht des Geldes eingefasstes, mildes Dasein, ohne die Not und den Dreck, die seit Jahren unser tägliches Brot sind. Ich muss wohl sehr schuljungenhaft aussehen, denn Anton Demuth lässt ein Gelächter aus seinem Bart kollern und pufft mich mit schiefem Blick in die Seite. »Wenn sie auch in Samt und Seide gehen – im Bett ist das alles dasselbe.«

»Natürlich«, sage ich und setze einen schweinischen Witz darauf, damit er mir ja nicht anmerkt, was los ist. »Also bis eins, Anton!«

»Pupille«, antwortet er würdig, »oder Bonßoahr, wie der Franzose sagt.«

Ich gehe weiter, die Hände tief in den Taschen. Der Schnee quatscht unter meinen Schuhen. Unwillig stoße ich ihn weg. Was könnte ich denn schon machen, wenn ich wirklich mit einer solchen Frau am Tisch säße? Ich könnte sie nur anstarren, weiter nichts. Noch nicht einmal essen könnte ich, ohne in Verlegenheit zu kommen. Wie schwierig muss das sein, denke ich, mit einem solchen Wesen den ganzen Tag zusammen zu sein. Immer aufpassen, immer aufpassen. Und erst des Nachts – da wüsste ich überhaupt nichts. Ich habe wohl schon was mit Frauen gehabt, aber das habe ich von Jupp und Valentin gelernt, und bei solchen Damen ist das sicher nicht richtig. –

Im Juni 1917 bin ich zum ersten Male bei einer Frau gewesen. Unsere Kompanie lag damals in Barackenquartieren, es war Mittag, und wir balgten uns auf der Wiese mit zwei jungen Hunden herum, die uns zugelaufen waren. Mit fliegenden Ohren und glänzendem Fell tobten die Tiere durch das hohe, sommerliche Gras, der Himmel war blau und der Krieg weit fort.

Da kam Jupp von der Schreibstube hergelaufen. Die Hunde rannten ihm entgegen und sprangen an ihm hoch. Er schüttelte sie ab und rief: »Befehl gekommen, heute Abend müssen wir los!« Wir wussten, was das bedeutete. Seit Tagen grollte das Trommelfeuer der großen Offensive am westlichen Horizont, seit Tagen sahen wir abgekämpfte Regimenter zurückkehren, und wenn wir jemand davon fragten, antwortete er nur mit einer Handbewegung und blickte weiter starr geradeaus, seit Tagen rollten Wagen mit Verwundeten vorüber, seit Tagen schanzten wir Morgen für Morgen lange Reihengräber –

Wir standen auf. Bethke und Weßling gingen zu ihren Tornistern, um Briefpapier herauszusuchen, Willy und Tjaden wanderten zur Gulaschkanone, und Franz Wagner und Jupp redeten mir zu, mit ihnen zum Puff zu gehen.

»Mensch, Ernst«, sagte Wagner, »du musst doch auch mal eine Ahnung davon kriegen, was ein Weib ist! Wer weiß, ob wir nicht morgen alle schon hops sind, die sollen da ja einen Haufen neue Artillerie haben. Das wäre doch zu blödsinnig, wenn du als keusche Jungfrau in die Binsen hautest.«

Das Feldbordell lag in einer kleinen Stadt, ungefähr eine Stunde weit weg. Wir bekamen einen Ausweis und mussten ziemlich lange warten; denn es gingen noch andere Regimenter nach vorn, und da wollten viele noch schnell vom Leben mitnehmen, was sie konnten. In einer kleinen Stube mussten wir unsern Ausweis abgeben. Ein Sanitätsgefreiter untersuchte uns, ob wir gesund wären, dann bekamen wir einige Tropfen Protargol eingespritzt, und ein Feldweibel erklärte uns, es koste drei Mark und dürfe wegen des Andranges nicht länger als zehn Minuten dauern. Darauf stellten wir uns auf der Treppe an.

Die Reihe rückte langsam vorwärts. Oben klappten die Türen. Jedes Mal kam einer heraus, und dann hieß es: der Nächste.

»Wieviel Kühe sind da?«, fragte Franz Wagner einen Pionier.

»Drei«, erwiderte der, »aber aussuchen darfst du nicht. Es ist eine Lotterie – wenn du Schwein hast, schnappst du 'ne Großmutter.«

Mir wurde fast schlecht in dem muffigen Treppenaufgang, in dem die Hitze und der Dunst der ausgehungerten Soldaten brodelte. Ich hätte mich gerne gedrückt, denn mir war alle Neugier vergangen. Aber ich fürchtete mich davor, dass die anderen mich auslachen würden, deshalb wartete ich weiter.

Schließlich kam ich an die Reihe. Mein Vorgänger stolperte an mir vorbei, und ich trat in das Zimmer. Es war niedrig und dunkel und roch so sehr nach Karbol und Schweiß, dass es mir sonderbar erschien, vor dem Fenster die Äste einer Linde zu sehen, in deren frischem Laub Wind und Sonne wirbelten: so verbraucht war alles in dem Raum. Eine Schüssel mit rosa Wasser stand auf einem Stuhl, und in der Ecke war eine Art Feldbett, auf dem eine zerschlissene Decke lag. Die Frau war dick und trug ein durchsichtiges, kurzes Hemd. Sie sah mich gar nicht an, sondern legte sich gleich hin. Erst als ich nicht kam, blickte sie ungeduldig auf; dann erschien ein Zug des Verstehens auf ihrem schwammigen Gesicht. Sie sah, dass ich noch ganz jung war. Ich konnte einfach nicht, ein Schauder ergriff mich und ein würgender Ekel. Die Frau machte ein paar Gesten, um mich aufzurütteln, plumpe, widerliche Gesten, sie wollte mich heranziehen und lächelte sogar dabei, süßlich und geziert, man hätte Mitleid mit ihr haben können, denn sie war ja schließlich nur eine armselige Armeematratze, die jeden Tag zwanzig, dreißig Kerle und mehr aushalten musste – aber ich legte ihr das Geld hin und ging rasch wieder fort, die Treppe hinunter.

Jupp zwinkerte mir zu. »Wie war's?«

»Sache«, antwortete ich wie ein alter Fachmann, und wir wollten fortgehen. Aber wir mussten erst wieder bei dein Sanitätsgefreiten vorbei und bekamen eine neue Protargoleinspritzung.

Das ist nun die Liebe, dachte ich verzweifelt und matt, als wir unsere Sachen packten, das ist nun die Liebe, von der alle meine Bücher zu Hause voll waren, und von der ich so vieles erwartet hatte in den unbestimmten Träumen meiner Jugend! Ich rollte meinen Mantel und packte meine Zeltbahn, ich empfing Munition, und dann marschierten wir, ich war schweigend und traurig und dachte daran, dass nun von all den hochfliegenden Träumen vom Leben und von der Liebe nichts übrig geblieben war als ein Gewehr und eine fette Dirne und das dumpfe Grollen am Horizont, in das wir langsam hineinmarschierten. Es wurde finster darüber, die Gräben kamen und der Tod, Franz Wagner fiel in dieser Nacht, und wir verloren außerdem noch dreiundzwanzig Mann.

Von den Bäumen sprüht der Regen, und ich schlage den Kragen hoch. Oft habe ich jetzt Sehnsucht nach Zärtlichkeit, nach scheuen Worten, nach schwingenden, weiten Gefühlen; ich möchte heraus aus der entsetzlichen Eindeutigkeit der letzten Jahre. Aber wie würde es werden, wenn es wirklich gelänge – wenn es wieder zusammenkäme, das Weiche und Weite von früher, wenn wirklich jemand gut zu mir sein wollte, eine schmale, zarte Frau, wie die mit dem Goldhelm und den weichen Gelenken – wie würde es werden, selbst wenn wirklich der Rausch eines blauen und silbernen Abends unendlich und selbstvergessen über uns herniederdämmerte –? Würde nicht das fette Bild der Dirne sich im letzten Augenblick dazwischenschieben, würden nicht die Stimmen meiner Kasernenhofunteroffiziere plötzlich ihre Schweinereien dazwischenwiehern, würden nicht Erinnerungen, Gesprächsfetzen, Kommissdeutlichkeiten jedes reine Gefühl zerfetzen und durchlöchern? Wir sind noch fast keusch, aber unsere Fantasie ist zersetzt worden, ohne dass wir es gemerkt haben, und bevor wir noch von der Liebe etwas wussten, wurden wir schon reihenweise öffentlich auf Geschlechtskrankheiten untersucht. Das Atemlose, Ungestüme, der Wind, das Dunkle, die Frage – alles was da war, wenn wir als Sechzehnjährige hinter

Adele und den andern Mädchen im flackernden Laternenwind herliefen –, es ist später nie mehr wiedergekommen, auch wenn ich nicht bei einer Dirne war und glaubte, es sei anders, und die Frau sich festkrallte und die Gier mich schüttelte. Nachher war ich immer traurig.

Unwillkürlich marschiere ich schneller und atme heftig. Ich will es wiederhaben – ich muss es wiederhaben. Es soll wiederkommen, sonst hat es keinen Zweck, zu leben! –

Ich schlage den Weg zu Ludwig Breyers Wohnung ein. In seinem Zimmer ist noch Licht. Ich werfe Steine ans Fenster. Ludwig kommt herunter und öffnet mir die Tür.

Oben im Zimmer steht Georg Rahe vor den Kästen von Ludwigs Steinsammlung. Er hat einen großen Bergkristall in der Hand und lässt ihn funkeln.

»Gut, dass ich dich noch treffe, Ernst«, lächelt er, »ich war schon bei dir zu Hause. Morgen fahre ich ab.«

Er ist in Uniform. »Georg«, sage ich stockend, »du willst doch nicht …«

»Doch!« Er nickt. »Wieder Soldat werden. Stimmt. Alles schon erledigt. Morgen geht's los.«

»Verstehst du das?«, frage ich Ludwig.

»Ja«, antwortet er, »ich verstehe es. Aber es nützt ihm nichts.« Er wendet sich zu Rahe. »Du bist enttäuscht, Georg, aber überlege dir, dass das natürlich ist. Im Felde waren unsere Nerven immer angespannt bis zum Äußersten, denn es ging stets um Tod und Leben. Jetzt flattern sie umher wie Segel in einer Windstille; denn hier geht es um kleine Fortschritte.«

»Richtig«, fällt Rahe ein, »um dieses kleinliche Gewürge von Futter, Streberei und ein paar hineingeflickten Idealen, das kotzt mich ja gerade an, und deshalb will ich fort.«

»Wenn du absolut was unternehmen willst, kannst du ja bei der Revolution mitmachen«, sage ich, »vielleicht wirst du da noch Kriegsminister.«

»Ach, diese Revolution«, antwortet Georg wegwerfend, »die ist mit den Händen an der Hosennaht gemacht, von Parteisekretären, die vor ihrer eigenen Courage schon wieder Angst gekriegt haben. Sieh dir an, wie sie sich bereits gegenseitig in den Haaren liegen, Sozialdemokraten, Unabhängige, Spartakisten, Kommunisten. Inzwischen knallen die anderen ihnen in aller Gemütsruhe die paar wirklichen Köpfe ab, die sie haben, und sie merken es nicht mal.«

»Nein, Georg«, sagt Ludwig, »so ist es nicht. Wir haben mit zu wenig Hass Revolution gemacht, das ist wahr, und wir wollten gleich von Anfang an gerecht sein, dadurch ist alles lahm geworden. Eine Revolution muss losrasen wie ein Waldbrand, dann kann man später zu säen beginnen; aber wir wollten nichts zerstören und doch erneuern. Wir hatten nicht einmal mehr die Kraft zum Hass, so müde und ausgebrannt waren wir vom Kriege. Man kann selbst im Trommelfeuer vor Ermüdung einschlafen, das weißt du ja auch. – Aber vielleicht ist es noch nicht zu spät, um durch Arbeit zu erreichen, was im Angriff versäumt worden ist.«

»Arbeit«, antwortet Georg wegwerfend und lässt den Bergkristall unter der Lampe funkeln, »wir können kämpfen, aber nicht arbeiten.«

»Wir müssen es wieder lernen«, sagt Ludwig ruhig aus der Ecke seines Sofas heraus.

»Dazu sind wir verdorben«, entgegnet Georg. – Einen Augenblick ist es still. Der Wind summt vor den Fenstern. Rahe geht mit großen Schritten in Ludwigs kleinem Zimmer umher, und es sieht aus, als passe er wirklich nicht mehr zwischen diese Wände der Bücher, der Stille und der Arbeit – als gehöre sein scharfes, klares Gesicht über der grauen Uniform nur noch in Gräben, Kampf und Krieg. Er stemmt die Arme auf den Tisch und beugt sich zu Ludwig herunter. Das Lampenlicht fällt auf seine Achselstücke, und hinter ihm glitzern die Quarze der Steinsammlung.

»Ludwig«, sagt er behutsam, »was tun wir denn hier? Sieh dich um: wie schlapp und trostlos ist das alles! Wir sind uns selbst und anderen zur Last. Unsere Ideale sind bankrott, unsere Träume kaputt, und wir laufen in dieser Welt von braven Zweckmenschen und Schiebern umher wie Don Quichotes, die in ein fremdes Land verschlagen worden sind.«

Ludwig sieht ihn lange an. »Ich glaube, wir sind krank, Georg. Wir haben den Krieg noch in den Knochen.«

Rahe nickt. »Wir werden ihn auch nie mehr los.«

»Doch«, erwidert Ludwig, »denn sonst wäre alles umsonst gewesen.«

Rahe springt hoch und schlägt die Fäuste auf den Tisch. »Es war umsonst, Ludwig, das ist es ja, was mich verrückt macht! Was waren wir für Menschen damals, als wir hinausgingen in diesem Sturm von Begeisterung! Eine neue Zeit schien angebrochen zu sein, alles Alte, Vermorschte, Halbe, Parteiische war weggefegt, wir waren eine Jugend wie keine zuvor!«

Er packt den Klumpen Bergkristall wie eine Handgranate. Seine Fäuste zucken. »Ludwig«, fährt er fort, »ich habe in vielen Unterständen gelegen, und wir waren alle junge Menschen, die um eine elende Kerze hockten und warteten, und über uns raste das Sperrfeuer wie ein Erdbeben – wir waren keine Rekruten mehr und wussten, worauf wir warteten, und wussten, was kam –, aber Ludwig, in diesen Gesichtern im Halbdunkel unter der Erde war mehr als Fassung, war mehr als Mut, war mehr als Todesbereitschaft – der Wille für eine andere Zukunft war in diesen regungslosen, harten Gesichtern, und er war darin, wenn wir stürmten, und er war noch darin, wenn wir starben! Wir wurden stiller, Jahr um Jahr, vieles fiel ab, aber dieses eine blieb. Und jetzt, Ludwig, wo ist es jetzt geblieben? Begreifst du, dass alles das versacken konnte in diesem Brei von Ordnung, Pflicht, Weibern, Regelmäßigkeit und wie das alles heißt, das sie hier Leben nennen? Nein, gelebt haben wir damals, und wenn du mir hunderttausendmal sagst, dass du den Krieg hasst, aber gelebt haben wir damals, weil wir zusammen waren, und weil in uns etwas brannte, was mehr war als dieser ganze Dreck hier!«

Er atmet heftig: »Es muss für etwas gewesen sein, Ludwig! Einmal, einen Augenblick lang, als es hieß Revolution, habe ich gedacht: Jetzt kommt die Befreiung, jetzt fließt der Strom zurück und reißt nieder und gräbt neue Ufer – und bei Gott, ich wäre dabei gewesen! Aber der Strom ist zersprengt worden in tausend Rinnsale, die Revolution wurde zum Zankapfel um Posten und Pöstchen, sie ist versickert, verschmiert, aufgesogen von Berufen, Verhältnissen, Familien und Parteien. Aber ich mache das nicht mit. Ich gehe dahin, wo ich die Kameradschaft noch wiederfinde.«

Ludwig steht auf. Seine Stirn ist rot. Seine Augen brennen. Er sieht Rahe dicht ins Gesicht. »Und warum, Georg, warum? Weil wir betrogen worden sind, betrogen, wie wir es kaum erst ahnen! Weil man uns furchtbar missbraucht hat! Man sagte uns Vaterland und meinte die Okkupationspläne einer habgierigen Industrie – man sagte uns Ehre und meinte das Gezänk und die Machtwünsche einer Handvoll ehrgeiziger Diplomaten und Fürsten – man sagte uns Nation und meinte den Tätigkeitsdrang beschäftigungsloser Generale!« Er rüttelt Rahe an den Schultern. »Verstehst du denn das nicht? In das Wort Patriotismus haben sie ihr Phrasengewäsch, ihre Ruhmsucht, ihren Machtwillen, ihre verlogene Romantik, ihre Dummheit, ihre Geschäftsgier hineingestopft und es uns dann als strahlendes Ideal vorgetragen! Und wir haben geglaubt, es sei eine Fanfare zu einem neuen, starken, gewaltigen Dasein! Begreifst du denn nicht? Wir haben gegen uns selbst Krieg geführt, ohne es zu wissen! Und jeder Schuss, der traf, traf einen von uns! Hör doch, ich schreie es dir in die Ohren: Die

Jugend der Welt ist aufgebrochen, und in jedem Lande ist sie belogen und missbraucht worden, in jedem Lande hat sie für Interessen gefochten statt für Ideale, in jedem Lande ist sie zusammengeschossen worden und hat sich gegenseitig ausgerottet! Begreifst du denn nicht? Es gibt nur einen einzigen Kampf: den gegen die Lüge, die Halbheit, den Kompromiss, das Alter! Wir aber haben uns einfangen lassen von ihren Phrasen und anstatt gegen sie für sie gekämpft. Wir glaubten, es ginge um die Zukunft! Aber es ging gegen die Zukunft. Unsere Zukunft ist tot, denn die Jugend ist tot, die sie trug. Wir sind nur noch Übriggebliebene, Reste! Aber das andere lebt, das Satte, Zufriedene, es lebt satter, zufriedener als je! Denn die Unzufriedenen, Drängenden, Stürmenden sind dafür gestorben! Bedenk das doch! Eine Generation ist vernichtet worden! Eine Generation Hoffnung, Glauben, Willen, Kraft, Können ist hypnotisiert worden, sodass sie sich selbst zusammenschoss, obschon sie in der ganzen Welt die gleichen Ziele hatte!«

Seine Stimme bricht. Seine Augen sind voll Schluchzen und Wildheit. Wir sind alle aufgesprungen. »Ludwig«, sage ich und lege den Arm um seinen Nacken.

Rahe nimmt seine Mütze und wirft den Stein in den Kasten zurück. »Auf Wiedersehen, Ludwig, alter Kamerad!«

Ludwig steht ihm gegenüber. Sein Mund ist zusammengepresst. Die Backenknochen springen hervor. »Du gehst, Georg«, stößt er hervor, »aber ich bleibe! Ich gebe es noch nicht auf!«

Rahe sieht ihn lange an. Dann sagt er ruhig: »Es ist aussichtslos«, und rückt sein Koppel zurecht.

Ich begleite Georg die Treppen hinunter. Unten kommt der Morgen schon bleiern durch die Tür. Die steinernen Stufen hallen. Wie aus einem Unterstand treten wir nach draußen.

Die Straße ist ganz leer und grau. Sie zieht sich lang hin. Rahe zeigt hinüber. »Alles Schützengräben, Ernst –«, er deutet auf die Häuser –, »lauter Unterstände – der Krieg geht weiter – aber ein gemeiner Krieg – einer gegen den andern. –«

Wir geben uns die Hände. Ich kann nicht sprechen. Rahe lächelt. »Was hast du denn, Ernst? Da ist doch gar keine richtige Front mehr, da oben im Osten! Kopf hoch, wir sind doch Soldaten. Ist ja nicht das erste Mal, dass wir Abschied nehmen. –«

»Doch, Georg«, sage ich hastig, »ich glaube, es ist jetzt das erste Mal, dass wir wirklich Abschied nehmen. –«

Er steht noch einen Augenblick vor mir. Dann nickt er langsam und geht die Straße hinunter, ohne sich umzusehen, schlank, ruhig, und eine Weile noch höre ich das Klappern seiner Schritte, als er schon verschwunden ist.

Fünfter Teil

I

ZUM EXAMEN IST EINE VERFÜGUNG EINGETROFFEN, die Kriegsteilnehmer mit großer Nachsicht zu prüfen. Das geschieht auch. Wir bestehen infolgedessen sämtlich. Der nächste Kursus, in dem Ludwig und Albert sind, soll in drei Monaten geprüft werden. Beide müssen bis dahin warten, obschon sie für vier Mann von uns alle Arbeiten geschrieben haben.

Wenige Tage nach dem Examen erhalten wir vertretungsweise Lehrstellen auf den umliegenden Dörfern zugewiesen. Ich bin froh darüber; denn ich habe das ziellose Herumleben satt. Es hat nur zu Grübeleien, Trauer und sinnloser, lärmender Ausgelassenheit geführt. Jetzt will ich arbeiten.

Ich packe meine Koffer und reise mit Willy zusammen ab. Wir haben Glück gehabt, Nachbarn zu werden. Unsere Dörfer liegen kaum eine Stunde auseinander.

In einem alten Bauernhof bekomme ich Quartier. Eichen stehen vor den Fenstern, und von den Ställen kommt das sanfte Blöken der Schafe. Die Bäuerin nötigt mich in einen hohen Lehnstuhl und beginnt als Erstes aufzutischen. Sie hat die Überzeugung, dass alle Städter halb verhungert sind, und so ungefähr stimmt das ja auch. Mit stiller Rührung sehe ich fast vergessene Dinge auf dem Tisch erscheinen: einen mächtigen Schinken, armlange Würste, schneeweißes Weizenbrot und die von Tjaden so gepriesenen Buchweizenpfannkuchen mit mächtigen Speckaugen in der Mitte. Eine Kompanie könnte satt davon werden, ein solcher Stapel ist es.

Ich beginne einzuhauen, und die Bäuerin steht breit lächelnd, die Arme auf die Hüften gestemmt, dabei und freut sich. Nach einer Stunde muss ich stöhnend aufhören, sosehr Mutter Schomaker auch weiternötigt.

Gerade in diesem Moment kommt Willy herein, um mich zu besuchen. »Jetzt passen Sie mal auf«, sage ich zu der Bäuerin, »jetzt können Sie was erleben. Gegen den bin ich ein Waisenknabe.« Willy weiß, was er als Soldat zu tun hat. Er fackelt nicht lange, sondern handelt. Nach kurzer Aufforderung von Schomakers Mutter beginnt er bei den Pfannkuchen. Als er beim Käse angelangt ist, lehnt die Bäuerin mit aufgerissenen Augen am Schrank und sieht Willy an, als wäre er das achte Weltwunder. Begeistert schleppt sie noch eine große Schüssel Pudding heran, und Willy schafft auch die. »So«, sagt er dann schnaufend und legt den Löffel beiseite, »jetzt habe ich direkt Hunger gekriegt. Wie wär's nun mit was Ordentlichem zu essen?«

Mit diesem Satz hat er das Herz von Schomakers Mutter für alle Zeiten gewonnen.

Verlegen und etwas unsicher hocke ich auf dem Katheder. Vor mir sitzen vierzig Kinder. Es sind die jüngsten. Wie mit dem Lineal ausgerichtet sitzen sie in acht Bänken hintereinander, die kleinen, dicken Fäuste um die Griffel und Federkästen gefaltet, die Tafeln und Hefte vor sich. Die Kleinsten sind sieben, die Ältesten zehn Jahre alt. Die Schule hat nur drei Klassen, deshalb sind in jeder mehrere Jahrgänge vereinigt.

Die Holzschuhe schurren auf dem Boden. Im Ofen knistert ein Torffeuer. Viele der Kinder sind mit ihren Wollschals und ihren Felltornistern zwei Stunden weit hergekommen. Ihre Sachen sind nass geworden und beginnen in der trockenen Hitze des Raumes zu dampfen.

Mit runden Apfelgesichtern starren die Kleinsten mich an. Ein paar Mädchen kichern verstohlen. Hingegeben bohrt ein Blondkopf in der Nase. Ein anderer knufft hinter dem Rücken seines Vordermannes ein dickes Butterbrot in sich hinein. Alle aber beobachten aufmerksam jede meiner Bewegungen.

Unbehaglich rutsche ich auf meinem Sessel hin und her. Vor einer Woche noch saß ich ebenso wie sie in einer Bank und betrachtete Hollermanns runde, abgeschabte Gesten, während er über die Dichter der Befreiungskriege sprach. Heute bin ich selbst ein Hollermann geworden. Wenigstens für die da unten.

»Kinder, wir schreiben jetzt ein großes lateinisches L«, sage ich und trete an die Tafel. »Zehn Reihen L, dann fünf Reihen Lina und fünf Reihen Lerche.«

Ich schreibe die Worte langsam mit der Kreide vor. Ein Rascheln und Rauschen ertönt hinter mir. Ich erwarte, dass man mich auslacht, und drehe mich um. Aber nur die Hefte sind aufgeklappt worden und die Schiefertafeln zurechtgeschoben: Folgsam beugen sich die vierzig Köpfe über ihre Arbeit. Ich bin fast überrascht davon.

Die Griffel knirschen und die Federn kratzen. Ich gehe zwischen den Bänken hin und her.

An der Wand hängt ein Kruzifix, eine ausgestopfte Schleiereule und eine Landkarte von Deutschland. Draußen vor den Fenstern ziehen immerfort eilig und niedrig die Wolken.

Die Karte von Deutschland ist in grünen und braunen Farben ausgeführt. Ich bleibe vor ihr stehen. Die Grenzen sind rot schraffiert, in sonderbarem Zickzack laufen sie von oben nach unten. Köln–Aachen, da sind die dünnen schwarzen Fäden der Eisenbahnlinien – Herbesthal, Lüttich, Brüssel, Lille –, ich stelle mich auf die Zehen – Roubaix–Arras, Ostende –, wo ist denn der Kemmelberg? – Er ist gar nicht darauf – aber da Langemarck, Ypern, Bixschoote, Staden. Wie klein sie auf der Karte sind, winzige Punkte nur, stille, winzige Punkte – und dabei donnerte der Himmel, und die Erde bebte dort am 31. Juli, als der große Durchbruchsversuch begann und wir bis zur Nacht schon alle Offiziere verloren hatten –.

Ich wende mich ab und sehe über die blonden und dunklen Köpfe hin, die eifrig auf die Worte Lina und Lerche geneigt sind. Sonderbar – für sie werden diese winzigen Punkte auf der Landkarte nichts weiter mehr als einfacher Lehrstoff sein – ein paar neue Ortsnamen und eine Anzahl Daten zum Auswendiglernen für den Unterricht in der Weltgeschichtsstunde –, ebenso wie der Siebenjährige Krieg und die Schlacht im Teutoburger Walde.

In der zweiten Reihe springt ein Knirps auf und hält sein Heft hoch. Er hat die zwanzig Reihen fertig. Ich gehe hin und zeige ihm, dass er die untere Schlinge beim L etwas zu breit gemacht hat. Er sieht mich mit seinen feuchten, blauen Augen so strahlend an, dass ich einen Augenblick den Blick senken muss. Rasch gehe ich zur Tafel und schreibe zwei Wörter mit einem neuen Buchstaben an. Karl und – eine Sekunde stocke ich, aber ich kann nicht anders, als führte eine unsichtbare Hand die Kreide – Kemmelberg.

»Was ist das, ›Karl‹?«, frage ich.

Alle Finger gehen hoch. »Ein Mann«, schreit der Knirps von vorhin.

»Und Kemmelberg?«, frage ich nach einer kurzen Pause, fast beklommen, weiter.

Schweigen. Endlich meldet sich ein Mädchen. »Aus der Bibel«, sagt es zögernd.

Ich sehe es eine Weile an. »Nein«, antworte ich dann, »das ist nicht richtig. Du hast Ölberg gemeint oder Libanon, nicht wahr?« Das Mädchen nickt verschüchtert. Ich streiche ihm übers Haar. »Dann wollen wir das mal schreiben. Libanon ist ein sehr schönes Wort.«

Nachdenklich wandere ich wieder zwischen den Bänken hin und her. Ab und zu trifft mich über einen Heftrand hinweg ein forschender Blick. Ich bleibe am Ofen stehen und sehe mir die jungen Gesichter an. Die meisten sind brav und mittelmäßig, manche verschmitzt, andere dumm – aber in einigen flackert etwas Helleres. Denen wird im Leben nicht alles so selbstverständlich erscheinen und nicht alles so glatt gehen –.

Plötzlich fasst mich eine große Mutlosigkeit. Morgen werden wir nun die Verhältniswörter durchnehmen, denke ich – und nächste Woche schreiben wir ein Diktat – in einem Jahr könnt ihr fünfzig Fragen aus dem Katechismus auswendig, in vier Jahren beginnt ihr mit dem großen Einmaleins – und ihr werdet wachsen, und das Leben wird euch in seine Zangen nehmen, ein dumpferes oder ein wilderes, ein gemäßigteres oder ein zerbrechendes – ihr werdet eure Schicksale haben, und es wird über euch kommen, so oder so – was kann ich euch da schon helfen mit meiner Konjugation oder der Aufzählung deutscher Flüsse –. Vierzig seid ihr – vierzig verschiedene Leben stehen hinter euch und warten. Könnte ich euch helfen, wie gerne täte ich das! Aber wer kann hier dem andern schon wirklich beistehen? Habe ich auch nur Adolf Bethke helfen können?

Die Klingel schrillt. Die erste Stunde ist zu Ende.

Am nächsten Tag ziehen Willy und ich unsere Cuts an – meiner ist gerade noch rechtzeitig fertig geworden – und machen dem Pastor einen Besuch. Dazu sind wir verpflichtet.

Wir werden freundlich, aber sehr zurückhaltend empfangen, denn durch unsern Schulaufruhr haben wir in soliden Kreisen einen ziemlich schlechten Ruf gekriegt. Abends wollen wir noch den Gemeindevorsteher aufsuchen, denn dazu sind wir ebenfalls verpflichtet. Wir treffen ihn jedoch schon in der Kneipe, die gleichzeitig Poststube ist.

Er ist ein listiger Bauer mit verfälteltem Gesicht, der uns als Erstes ein paar große Schnäpse anbietet. Wir nehmen an. Augenzwinkernd kommen jetzt zwei, drei andere Bauern dazu, begrüßen uns und laden uns ebenfalls zu einem Glase ein. Höflich stoßen wir mit ihnen an. Sie plieren und linsen sich hinter den Händen zu – die armen Hühner –, wir haben natürlich sofort gemerkt, dass sie uns besoffen machen wollen, um ihren Spaß zu haben. Sie scheinen das schon öfter probiert zu haben; denn sie erzählen schmunzelnd von anderen jungen Lehrern, die hier gewesen wären. Sie glauben aus drei Gründen, dass wir bald umfallen werden: erstens weil Städter nach ihrer Meinung weniger vertragen als sie – zweitens weil Schulmeister gebildet und deshalb im Saufen von vorneherein schwächer sind – drittens weil so junge Burschen noch keine richtige Übung besitzen können. Das mag auch bei den früheren Seminaristen, die sie hier gehabt haben, richtig gewesen sein; aber bei uns rechnen sie mit einem nicht: dass wir ein paar Jahre Soldaten waren und den Schnaps kochgeschirrweise getrunken haben. Wir nehmen den Kampf auf. Die Bauern wollen uns nur etwas lächerlich machen – wir aber verteidigen eine dreifache Ehre –, das erhöht unsere Stoßkraft.

Der Vorsteher, der Gemeindeschreiber und ein paar knotige Bauern sitzen uns gegenüber. Sie sind scheinbar die wetterfestesten Säufer. Mit leichtem, bauernschlauem Grinsen stoßen sie mit uns an. Willy tut so, als ob er schon munter wäre. Das Grinsen rundum verstärkt sich.

Wir schmeißen selbst eine Runde Bier mit Schnaps. Darauf hagelt es sieben weitere Runden von den andern. Die Bauern glauben, dass wir damit erledigt wären. Einigermaßen verblüfft sehen sie uns ungerührt die Gläser kippen. Eine gewisse Anerkennung schimmert in den Blicken, mit denen sie uns mustern. Willy bestellt mit unbewegtem Gesicht eine neue Runde. »Aber kein Bier, nur große Schlucks!«, ruft er dem Wirt zu.

»Donnerwetter, nur Schnaps?«, fragt der Gemeindevorsteher.

»Natürlich, sonst sitzen wir bis morgen früh«, bemerkt Willy ruhig, »von dem Bier wird man ja jedes Mal wieder nüchtern!« In den Augen des Vorstehers wächst das Staunen. Mit unsicherer Stimme versichert einer der Bauern, dass wir verdammt supen könnten. Zwei andere stehen schweigend auf und verschwinden. Einige unserer Gegner versuchen bereits, die Gläser verstohlen unter den Tisch zu schütten. Aber Willy achtet darauf, dass keiner sich drückt. Er zwingt ihnen die Hände auf den Tisch und die Gläser in den Rachen. Das Grinsen hat aufgehört. Wir gewinnen Boden.

Nach einer Stunde liegen die meisten mit käsigen Gesichtern in der Bude herum oder torkeln kleinlaut nach draußen. Die Gruppe am Tisch ist bis auf den Vorsteher und den Schreiber zusammengeschmolzen. Ein Duell zwischen den beiden und uns beginnt. Wir sehen zwar auch schon doppelt, aber die beiden lallen längst, das gibt uns neue Kraft.

Nach einer halben Stunde, in der wir alle rote Köpfe gekriegt haben, holt Willy zum Hauptschlage aus.

»Vier Wassergläser voll Cognac«, brüllt er zur Theke.

Der Vorsteher prallt zurück. Die Gläser kommen. Willy klemmt zwei davon den beiden zwischen die Finger. »Prost!«

Sie stieren uns an. »Aussaufen!«, ruft Willy mit funkelndem Schädel. »Los, auf einen Schlag!« Der Schreiber will abwehren, aber Willy lässt nicht nach. »In vier Schlucken«, bittet der Vorsteher bereits sehr kleinlaut. »In einem Schluck«, beharrt Willy, steht auf und klappt sein Glas gegen das des Schreibers. Ich springe ebenfalls hoch. »Los!

Prost! Ex! Auf Ihr Spezielles!«, brüllen wir die verdutzten beiden an.

Wie Kälber, die zur Schlachtbank sollen, sehen sie uns an und nehmen einen Schluck. »Weiter! Wollt ihr kneifen?«, heult Willy. »Aufstehen!« Sie torkeln hoch und trinken. Verschiedentlich versuchen sie zu unterbrechen, aber wir bölken auf sie ein, zeigen ihnen unsere Gläser, »Prost!« »Rest!« »Weg damit!«, und sie schlucken alles herunter. Dann rutschen sie mit verglasten Augen langsam, aber sicher zu Boden. Wir haben gesiegt; im langsamen Trinken hätten sie uns vielleicht untergekriegt; aber auf das schnelle Kippen sind wir trainiert, und es war unsere Chance, ihnen unser Tempo aufzuzwingen.

Taumelnd und stolz überblicken wir das Schlachtfeld. Keiner außer uns steht mehr. Der Briefträger, der gleichzeitig Wirt ist, hat den Kopf auf die Theke gestützt und weint um seine Frau, die im Wochenbett gestorben ist, während er im Felde war. »Martha, Martha«, schluchzt er mit einer seltsam hohen Stimme. Das soll er immer um diese Zeit machen, erzählt uns das Schenkmädchen. Das Weinen sticht uns in die Ohren. Es wird auch Zeit, dass wir rauskommen.

Willy schnappt sich den Vorsteher, ich mir den leichteren Schreiber, und wir schleppen sie nach Hause. Das ist unser letzter Triumph. Den Schreiber legen wir vor die Haustür und klopfen, bis Licht gemacht wird. Der Vorsteher aber wird schon erwartet. Seine Frau steht in der Tür.

»Herr Jesus«, kreischt sie, »die neuen Lehrer! So jung und schon solche Säufer! Das kann ja noch gut werden!«

Willy versucht, ihr zu erklären, dass es sich um eine Ehrensache gehandelt habe, verhaspelt sich jedoch.

»Wo sollen wir ihn hinbringen?«, frage ich schließlich.

»Lasst den Saufkopp da man liegen«, entscheidet sie. Wir packen ihn auf ein Sofa. Dann verlangt Willy, kindlich lächelnd, Kaffee. Die Frau sieht ihn an wie einen Hottentotten.

»Wir haben Ihnen doch Ihren Mann wiedergebracht«, erklärt Willy strahlend. Vor so viel unbewusster Frechheit kapituliert selbst die harte Alte. Sie schenkt uns kopfschüttelnd ein paar große Tassen Kaffee ein und gibt uns dabei gute Lehren. Wir sagen zu allem ja, das ist das Beste um diese Zeit. –

Von diesem Tage an gelten wir im Dorf als Männer und werden mit Achtung begrüßt.

II

EINFÖRMIG UND GLEICHMÄSSIG gehen die Tage hin. Morgens vier Stunden Schule, nachmittags zwei – aber dazwischen die endlos sich dehnende Zeit des Herumsitzens und Herumlaufens, allein mit sich und seinen Gedanken.

Am schlimmsten sind die Sonntage. Wenn man da nicht in den Kneipen sitzen will, ist es einfach nicht zum Aushalten. Der Hauptlehrer, der außer mir da ist, wohnt seit dreißig Jahren hier und ist in dieser Zeit ein erstklassiger Schweinezüchter mit vielen Preisen geworden. Aber über etwas anderes kann man mit ihm kaum reden. Wenn ich ihn ansehe, möchte ich am liebsten sofort ausreißen; so abschreckend ist der Gedanke, auch einmal so zu werden. Dann ist noch eine Lehrerin da, ein braves, ältliches Geschöpf, das zusammenzuckt, wenn man mal »Verflucht und zugenäht« sagt. Auch nicht gerade aufmunternd.

Willy findet sich besser hinein. Er geht als Respektsperson auf alle Hochzeiten und Kindtaufen. Wenn die Pferde Kolik haben oder die Kühe nicht kalben wollen, hilft er den Bauern mit Rat und Tat. Und abends sitzt er mit ihnen in den Wirtschaften und zieht ihnen beim Skat das Fell über die Ohren.

Aber ich will nicht mehr in den Kneipen liegen, ich bleibe lieber in meinem Zimmer. Doch die Stunden werden da lang und oft kriechen seltsame Gedanken aus den Winkeln – wie blasse, fahle Hände, die winken und drohen, Schatten eines gespenstischen Früher, sonderbar verwandelt. Erinnerungen, die wieder emporsteigen, graue, wesenlose Gesichter, Klage und Anklage. –

An einem trüben Sonntag stehe ich früh auf, ziehe mich an und gehe zur Bahn, um Adolf Bethke zu besuchen. Das ist ein guter Plan – ich kann wieder einmal mit einem Menschen, der mir wirklich nahesteht, zusammensitzen, und der langweilige Sonntag ist herum, wenn ich zurückkomme.

Nachmittags komme ich an. Die Pforte quietscht. Der Hund in der Hütte bellt. Ich gehe rasch die Allee von Obstbäumen entlang. Adolf ist zu Hause. Seine Frau ist auch da. Als ich eintrete und Adolf die Hand gebe, geht sie hinaus. Ich setze mich hin. Nach einer Weile sagt er: »Du wunderst dich wohl, Ernst, was?«

»Warum, Adolf?«

»Weil sie wieder im Hause ist.«

»Nein – das musst du doch selbst wissen.«

Er schiebt mir eine Schüssel mit Obst hin. »Willst du einen Apfel?« Ich nehme einen und biete ihm eine Zigarre an. Er beißt die Spitze ab und fährt fort: »Sieh, Ernst, ich hab hier gesessen und gesessen und bin halb verrückt dabei geworden. Wenn du allein bist, ist so ein Haus was Schreckliches. Du gehst durch die Zimmer – da hängt noch eine Bluse von ihr, da sind ihre Nähsachen, da ist der Stuhl, auf dem sie immer saß und nähte – und abends, da steht das zweite Bett so weiß und verlassen neben dir herum, du siehst alle Augenblicke rüber und wälzst dich hin und her und kannst nicht schlafen – da geht dir manches durch den Kopf, Ernst. –«

»Glaub's schon, Adolf. –«

»Und dann rennst du raus und säufst und machst Unsinn. –« Ich nicke. Die Uhr tickt. Der Ofen knistert. Die Frau kommt still herein und stellt Brot und Butter auf den Tisch. Dann geht sie wieder. Bethke streicht über die Tischdecke.

»Ja, Ernst, und so ist es ihr ja schließlich auch gegangen, sie hat auch so herumgesessen, all die Jahre durch und hat dagelegen und Angst gehabt und ist ungewiss gewesen und hat gegrübelt und gehorcht – und dann ist es schließlich gekommen, sicher hat sie es erst gar nicht gewollt, aber als es dann da war, da wusste sie sich nicht mehr zu helfen, und so ist es weitergegangen.« Die Frau kommt und bringt Kaffee. Ich will ihr guten Tag sagen, doch sie sieht mich nicht an.

»Willst du nicht für dich auch eine Tasse holen?«, fragt Adolf. »Ich muss noch in die Küche«, sagt sie. Sie hat eine leise, tiefe Stimme.

»Ich habe hier gesessen und mir gesagt, du hast deine Ehre gewahrt, du hast sie rausgeschmissen. Aber was hast du von der Ehre, das ist so eine Redensart, du bist allein, und mit und ohne Ehre wird das nicht besser. Da habe ich dann gesagt, sie könne hier bleiben, was soll das alles auch, man ist doch müde und lebt bloß die paar Jahre, und wenn man es nicht gewusst hätte, wäre es doch auch so geblieben. Wer weiß, was man machen würde, wenn man immer alles wüsste.«

Adolf klopft nervös mit der Hand gegen die Stuhllehne. »Nimm Kaffee, Ernst, Butter ist auch da.«

Ich schenke ein, und wir trinken.

»Sieh, Ernst«, sagt er leise, »ihr habt es leichter, ihr habt eure Bücher und eure Bildung und noch so manches. Aber ich – ich habe doch nichts anderes als nur die Frau. –«

Ich sage nichts dazu, denn ich könnte es ihm nicht erklären; er ist nicht mehr derselbe wie im Felde – und ich bin es auch nicht. Nach einer Weile frage ich: »Was sagt sie denn dazu?«

Adolf lässt die Hand fallen. »Sie sagt eigentlich wenig, es ist ja auch nicht viel aus ihr rauszukriegen, sie sitzt da und sieht dich an. Höchstens, dass sie mal weint. Sie redet wenig.«

Er stellt seine Tasse beiseite. »Mal sagt sie, es wäre nur gewesen, damit einer da wäre. Dann wieder, sie begriffe es nicht, sie hätte nicht gewusst, dass sie mir etwas antäte damit, es wäre gewesen, als ob ich da wäre. Aber das versteht man doch nicht, so was muss man doch auseinanderhalten können, sie ist doch sonst vernünftig.«

Ich denke nach. »Vielleicht meint sie, dass sie gar nicht recht bei sich war die Zeit, so, als wenn sie bloß geträumt hätte, Adolf.«

»Kann sein«, antwortet er, »aber ich verstehe es nicht. Lange hat es ja wohl auch nicht gedauert.«

»Sie will doch von dem andern nichts mehr wissen?«, frage ich.

»Sie sagt, sie gehöre hierher.«

Ich denke darüber nach. Aber was soll man weiter fragen. »Ist es nun besser für dich, Adolf?«

Er sieht mich an. »Nicht so ganz, Ernst, das kannst du dir wohl denken, noch nicht. Aber das wird schon kommen, meinst du nicht auch?«

Er sieht selbst nicht so aus, als ob er es recht glaubte.

»Sicher wird es schon kommen, Adolf«, sage ich und lege ein paar Zigarren, die ich mir aufgespart habe, auf den Tisch. Wir sprechen noch etwas, dann gehe ich. Im Flur treffe ich die Frau, die hastig an mir vorbei will. »Auf Wiedersehen, Frau Bethke«, sage ich und halte ihr die Hand hin. »Auf Wiedersehen«, antwortet sie und gibt mir mit abgewandtem Gesicht die Hand.

Adolf bringt mich noch bis zum Bahnhof. Der Wind saust. Ich sehe ihn von der Seite an und denke daran, wie er im Graben immer vor sich hin lächelte, wenn wir vom Frieden sprachen. Was ist nun aus all dem geworden!

Der Zug fährt ab. »Adolf«, sage ich noch rasch aus dem Fenster, »ich verstehe dich ja so gut – du glaubst nicht, wie gut.«

Er geht allein zurück über das Feld zu seinem Hause.

Es läutet zur großen Pause um zehn Uhr. Ich habe eine Stunde Unterricht in der Oberklasse gegeben. Jetzt stürzen die Vierzehnjährigen an mir vorüber ins Freie. Ich beobachte sie vom Fenster aus. In wenigen Sekunden verändern sie sich vollkommen, sie streifen den Zwang der Schule ab und gewinnen die Frische und Unbefangenheit ihres Alters wieder.

Wenn sie in ihren Bänken vor mir sitzen, sind sie nicht echt; sie haben entweder etwas von Duckmäusern und Strebern oder von Heuchlern und Rebellen an sich. Sieben Jahre Unterricht haben es fertiggebracht, sie dazu zu erziehen. Unverbildet, aufrichtig und ahnungslos wie junge Tiere kamen sie von ihren Wiesen, ihren Spielen und Träumen in die Schule – noch galt unter ihnen das einfache Gesetz des Lebendigen –, der Lebendigste, Kraftvollste war der Führer, dem die andern folgten. Aber mit den Wochenportionen der Bildung wurde ihnen allmählich ein anderes, künstliches Gesetz der Bewertung aufgepfropft: Derjenige, der seine Portionen am bravsten auslöffelte, wurde ausgezeichnet und galt als der Beste. Die andern hatten ihm nachzueifern. Kein Wunder, dass die Lebendigsten widerstrebten. Aber sie mussten sich fügen; denn der gute Schüler ist nun einmal das Ideal der Schule. Aber was ist das schon für ein Ideal –! Und was ist schon aus den guten Schülern in der Welt geworden! Im Treibhaus der Schule genossen sie ein kurzes Scheindasein – umso sicherer versanken sie dann nachher in Mittelmäßigkeit und subalterne Belanglosigkeit. Die Welt ist nur von schlechten Schülern vorwärtsgebracht worden.

Ich beobachte die Spielenden. Mit kraftvollen, geschmeidigen Bewegungen werden sie angeführt von dem krausköpfigen Dammholt, der mit seiner Energie den ganzen Platz beherrscht. Die Augen funkeln vor Angriffslust und Courage, die Muskeln und Sehnen sind gestrafft, und die andern gehorchen ihm ohne Zögern. In zehn Minuten jedoch wird aus demselben Kerl, wenn er hier auf der Bank sitzt, ein verstockter, widerspenstiger Bursche, der niemals seine Aufgaben kann und wahrscheinlich Ostern sitzen bleiben wird. Er wird ein frommes Gesicht machen, wenn ich ihn ansehe, und hinter mir sofort eine Grimasse schneiden, er wird geläufig lügen, wenn ich ihn frage, ob er seinen Aufsatz abgeschrieben hat, und mir rasch gegen die Hose spucken oder mir einen Heftzwecken auf den Stuhl legen, wenn er Gelegenheit dazu hat. Der Primus aber, der jetzt draußen eine klägliche Figur macht, wird hier im Zimmer wachsen, er wird selbstbewusst den Finger heben, wenn Dammholt keine Antwort weiß und ergeben und wütend auf seine Vier wartet. Der Primus weiß alles, und selbst das weiß er. Aber Dammholt, den ich eigentlich bestrafen müsste, ist mir tausendmal lieber als der blasse Musterknabe.

Ich zucke die Achseln. War es denn nicht schon einmal ähnlich so? Bei der Regimentszusammenkunft im Saale von Konersmann? Galt da nicht plötzlich auch der Mann nichts mehr und der Beruf alles, obschon es vorher ganz anders gewesen war? Ich schüttle den Kopf. Was ist das nur für eine Welt, in die wir da wieder hineingeraten sind. –

Dammholts Stimme gellt über den Platz. Ich denke darüber nach, ob vielleicht eine sehr kameradschaftliche Einstellung des Lehrers zum Schüler weiterführen würde. Mag sein, dass sie das Verhältnis bessern und manches vermeiden könnte – doch im Grunde wäre sie nur eine Täuschung. Ich weiß ja von uns selbst noch: Jugend ist scharfsichtig und unbestechlich. Sie hält zusammen und bildet eine undurchdringliche Front gegen den Erwachsenen. Sie ist nicht sentimental; man kann sich ihr nähern, aber nicht zu ihr hineinkommen. Wer aus dem Paradiese einmal ausgestoßen ist, kann nie zurück. Es gibt ein Gesetz der Jahre. Dammholt würde eine kameradschaftliche Einstellung kaltblütig und mit seinen scharfen Augen zu seinem Vorteil ausnützen. – Vielleicht würde er sogar eine gewisse Anhänglichkeit zeigen; doch das würde ihn nicht hindern, seinen Vorteil wahrzunehmen. Die Erzieher, die mit der Jugend zu fühlen glauben, sind Schwärmer. Jugend will gar nicht verstanden sein; sie will nur so bleiben, wie sie ist. Der Erwachsene, der sich ihr zu aufdringlich nähert, wird ihr ebenso lächerlich, als wenn er Kinderkleidchen anzöge. Wir können mit der Jugend fühlen, aber die Jugend fühlt nicht mit uns. Das ist ihre Rettung.

Die Klingel ertönt. Die Pause ist zu Ende. Dammholt stellt sich zögernd in die Reihe vor der Tür.

Ich schlendere durch das Dorf, der Heide zu. Wolf läuft vor mir her. Plötzlich schießt aus einem Bauernhof eine Dogge heraus und stürzt sich auf ihn. Wolf hat sie nicht kommen sehen. Es gelingt ihr deshalb, ihn im ersten Anlauf umzureißen. Im nächsten Augenblick ist alles ein wüster Knäuel von Staub, umherschlagenden Körpern und rasendem Knurren.

Der Bauer kommt mit einem Knüppel aus dem Hause gelaufen. »Um Gottes willen, Lehrer«, schreit er von weitem, »ruft Euren Hund! Pluto reißt ihn in Stücke!«

Ich winke ab. »Pluto! Pluto! Aas, verdammtes, hierher!«, brüllt er aufgeregt und kommt atemlos heran, um dazwischenzuschlagen. Doch der Staubwirbel fegt mit wüstem Gekläff hundert Meter weiter und ballt sich dort erneut.

»Der ist verloren«, keucht der Bauer und lässt den Knüppel sinken. »Aber ich sage Ihnen gleich, bezahlen tue ich ihn nicht! Sie hätten ihn ja rufen können!«

»Wer ist verloren?«, frage ich.

»Ihr Hund«, erwidert der Bauer ergeben. »Das Luder von Dogge hat schon ein Dutzend davon kaltgemacht.«

»Na, bei Wolf wollen wir das erst mal abwarten«, sage ich, »das ist kein gewöhnlicher Schäferhund, mein Lieber. Das ist ein Kriegshund, ein alter Soldat, verstehen Sie!«

Der Staub verzieht sich. Die beiden Hunde sind auf eine Wiese geraten. Ich sehe, wie die Dogge versucht, Wolf herunterzudrücken und ihn im Kreuz zu schnappen. Wenn es ihr gelingt, ist er verloren, denn sie kann ihm glatt die Rückenwirbel zerknacken. Doch wie ein Aal gleitet der Schäferhund einen Zentimeter vor ihrem Fang über den Boden, wirft sich herum und greift sofort wieder an. Die Dogge knurrt und kläfft – Wolf aber kämpft völlig lautlos.

»Verdammt«, sagt der Bauer.

Die Dogge schüttelt sich, springt zu, schnappt in die Luft, wendet sich wütend um, springt wieder zu und packt abermals vorbei – doch es ist, als wäre sie allein, so wenig sieht man den Schäferhund. Er fliegt wie eine Katze dicht über den Boden, das ist er als Meldehund gewohnt, er schlüpft der Dogge zwischen den Beinen durch und greift von unten an, er umkreist sie, jagt herum, verbeißt sich plötzlich in ihrem Bauch und hält fest.

Wie verrückt heult die Dogge auf und wirft sich zu Boden, um ihn so zu fassen. Aber mit einem Ruck, schneller als ein Schatten, hat Wolf losgelassen und die Gelegenheit benutzt, ihr an die Kehle zu gehen. Und jetzt, zum ersten Male, höre ich ihn knurren, dumpf, gefährlich, jetzt wo er den Gegner hat und festhält, sosehr die Dogge auch um sich schlägt und sich über den Boden rollt.

»Um Gottes willen, Lehrer«, ruft der Bauer, »ruft Euren Hund! Er beißt den Pluto ja in Stücke!«

»Den kann ich ruhig rufen, der kommt jetzt nicht«, sage ich, »und das ist auch richtig. Erst soll er mal diesen Scheißpluto fertigmachen.«

Die Dogge stöhnt und jault. Der Bauer hebt den Knüppel, um ihr beizustehen. Ich reiße ihm den Prügel weg, fasse ihn vor der Brust und brülle: »Verflucht, der Bastard hat doch angefangen.« Es fehlt nicht viel, dann gehe ich noch auf den Bauern los.

Zum Glück stehe ich so, dass ich sehe, wie Wolf jäh die Dogge loslässt und heranrast, weil er glaubt, ich würde angefallen. So kann ich ihn abfangen, sonst hätte der Bauer mindestens eine neue Jacke gebraucht.

Inzwischen hat sich Pluto verdrückt. Ich klopfe Wolf den Hals und beruhige ihn. »Das ist ja der wahre Satan«, stottert der Bauer entgeistert.

»Jawohl«, sage ich stolz, »das ist eben altes Militär. Damit soll man nicht anfangen.«

Wir gehen weiter. Hinter dem Dorf liegen einige Wiesen, dann beginnt die Heide mit Wacholdern und Hünengräbern. In der Nähe des Birkenwäldchens weidet eine Herde Schafe. Ihre wolligen Rücken glänzen im Schein der untergehenden Sonne wie mattes Gold.

Mit einmal bemerke ich, wie Wolf in gestreckten Sätzen auf die Herde lossaust. Ich glaube, dass das Erlebnis mit der Dogge ihn wild gemacht hat, und laufe hinterher, um ein Blutbad unter den Schafen zu verhindern. »Achtung! Pass auf den Hund auf!«, rufe ich dem Schäfer zu.

Er lacht. »Ist ja ein Schäferhund, der tut nichts!«

»Doch, doch!«, rufe ich, »der kennt das nicht! Das ist ein Kriegshund!«

»Ach wo«, sagt der Schäfer, »Kriegshund oder nicht. Der macht nichts. Da – sehen Sie – sehen Sie bloß! Gut, mein Hund, weiter! Hol sie!«

Ich traue meinen Augen nicht. Wolf – Wolf, der früher nie ein Schaf gesehen hat, treibt die Herde jetzt zusammen, als hätte er nie etwas anderes getan. In langen Sprüngen fegt er bellend hinter zwei ausgerissenen Lämmern her und jagt sie zurück. Jedes Mal, wenn sie ausbrechen oder stehen bleiben wollen, verlegt er ihnen den Weg und zwickt sie in die Beine, sodass sie geradeaus weiterlaufen.

»Tipptopp«, sagt der Schäfer, »er kneift sie nur, tadellos richtig.« Der Hund ist wie verwandelt. Seine Augen funkeln, sein zerschossenes Ohr flattert, er umkreist wachsam die Herde, und ich sehe, dass er ungeheuer aufgeregt ist.

»Den kauf' ich sofort«, erklärt der Schäfer, »meiner kann's nicht besser. Sehen Sie mal, wie er die Herde zum Dorf rüberdrückt! Der braucht nichts mehr zu lernen.«

Ich weiß nicht, was mit mir los ist. »Wolf«, rufe ich, »Wolf«, und ich könnte gleich losheulen, wie ich ihn so sehe. Da ist er unter Granaten groß geworden, und jetzt, ohne dass ihm jemand was gezeigt hat, weiß er, was seine Aufgabe ist.

»Hundert Mark in bar und ein geschlachtetes Schaf«, sagt der Schäfer.

Ich schüttle den Kopf. »Nicht für eine Million Mark, Mensch«, erwidere ich.

Jetzt schüttelt der Schäfer den Kopf.

Die harten Rispen des Heidekrautes streifen mein Gesicht. Ich biege sie beiseite und lege den Kopf auf die Arme. Der Hund atmet ruhig neben mir, und von weit her kommt das schwache Läuten von Herdenglocken. Sonst ist es still.

Wolken schwimmen langsam über den Abendhimmel. Die Sonne geht unter. Das dunkle Grün der Wacholderbüsche wird zu tiefem Braun, und ich spüre, wie der Nachtwind sich jetzt leise von den fernen Wäldern hebt. In einer Stunde wird er in den Birken wehen. Soldaten ist die Landschaft ebenso vertraut wie Bauern und Förstern, sie haben nicht im Zimmer gelebt; sie wissen um die Zeiten des Windes und den zimtfarbenen Duft verschleierter Abende, sie kennen die Schatten, die über dem Boden schwanken, wenn die Wolken das Licht fangen, und die Wege des Mondes. –

In Flandern, nach einem rasenden Feuerüberfall, dauerte es lange, bis Hilfe für einen Verwundeten kam. Wir hatten alle Verbandpäckchen um ihn gewickelt und abgebunden, was wir konnten, aber er blutete weiter, blutete einfach aus. Und hinter ihm stand die ganze Zeit eine riesige Wolke am abendlichen Himmel, eine einzige Wolke, aber sie war ein ganzes Gebirge aus Weiß, Gold und rötlichem Glanz. Unwirklich und herrlich stand sie hinter dem zerschossenen Braun der Landschaft, sie war ganz still und leuchtete, und der Sterbende lag ganz still und blutete, als gehörten sie zusammen, und doch war es für mich unbegreiflich, dass die Wolke so schön und unbeteiligt am Himmel stand, während ein Mensch starb. –

Das letzte Licht der Sonne färbt die Heide mit einem düsteren Rot. Kiebitze flattern klagend auf. Eine Rohrdommel ruft von den Teichen her. Ich starre über die weite, purpurbraune Fläche. – Bei Houthoulst gab es eine Stelle, wo in den Wiesen so viel Mohn wuchs, dass sie ganz rot davon waren. Wir nannten sie die Blutwiesen, denn bei Gewitter hatten sie die fahle Farbe von eben geronnenem, noch frischem Blut. – Dort wurde Köhler verrückt, als wir in einer hellen Nacht, verwüstet und müde, vorbeimarschieren. Er glaubte im unsicheren Licht des Mondes, es seien Blutseen, und wollte hineinspringen. –

Ich fröstle und blicke auf. Was soll das nur? Weshalb kommen diese Erinnerungen jetzt so oft? Und so sonderbar, so ganz anders als draußen im Felde? Bin ich zu viel allein?

Wolf rührt sich neben mir und bellt ganz hoch und leise im Schlaf. Träumt er von seiner Herde? Ich sehe ihn lange an. Dann wecke ich ihn und wir gehen zurück.

Es ist Sonnabend. Ich gehe zu Willy und frage ihn, ob er über Sonntag mit mir in die Stadt fahren will. Doch er weist den Gedanken weit von sich. »Morgen haben wir eine gefüllte Gans hier«, sagt er, »die kann ich auf keinen Fall im Stich lassen. Weshalb willst du denn weg?«

»Ich kann es sonntags hier nicht aushalten«, sage ich.

»Verstehe ich nicht«, meint er, »bei der Verpflegung!«

Ich fahre allein. Abends gehe ich in einer unbestimmten Hoffnung zu Waldmann. Da ist großer Trubel. Ich stehe eine Weile herum und sehe zu. Eine Menge junger Burschen, die gerade noch so am Krieg vorbeigerutscht sind, treibt sich auf dem Parkett herum. Sie sind selbstsicher und wissen, was sie wollen, ihre Welt hat einen klaren Anfang und ein klares Ziel: den Erfolg. Sie sind viel fertiger als wir, obschon sie jünger sind.

Unter den Tanzenden entdecke ich die zierliche, kleine Näherin, mit der ich den Onestep gewonnen habe. Ich fordere sie zu einem Walzer auf, und wir bleiben dann zusammen. Vor ein paar Tagen habe ich mein Gehalt bekommen, davon bestelle ich jetzt ein paar Flaschen süßen, roten Wein. Wir trinken ihn langsam, und je mehr ich trinke, desto mehr gerate ich in eine sonderbare Schwermut. Was sagte Albert damals? Einen Menschen haben, der einem gehört.

Nachdenklich höre ich dem Geplauder des Mädchens zu, das wie ein Schwälbchen zwitschert von Kolleginnen, vom Stücklohn für Weißwäsche, von neuen Tänzen und tausend nichtigen Dingen. Wenn der Stücklohn um zwanzig Pfennig erhöht würde, könnte sie mittags ins Restaurant essen gehen, dann wäre sie zufrieden. Ich beneide sie um ihr klares, einfaches Dasein und frage sie immer weiter. Ich möchte jeden Menschen, der hier lacht und fröhlich ist, fragen, wie er lebt. Vielleicht wäre einer dabei, der mir etwas erzählen könnte, das mir helfen würde.

Nachher bringe ich das Schwälbchen nach Hause. Sie

wohnt in einer grauen Mietskaserne unter dem Dach. Vor der Tür bleiben wir stehen. Ich fühle die Wärme ihrer Hand in meiner. Ungewiss schimmert ihr Gesicht aus dem Dunkel. Ein Menschengesicht, eine Hand, in der Wärme und Leben ist – »lass mich mitgehen«, sage ich hastig, »lass mich mitgehen. –«

Wir schleichen vorsichtig die knarrenden Treppen hinauf. Ich zünde ein Streichholz an, aber sie bläst es gleich wieder aus, fasst mich bei der Hand und zieht mich hinter sich her.

Ein schmales Zimmerchen. Ein Tisch, ein braunes Sofa, ein Bett, ein paar Bilder an der Wand, in der Ecke die Nähmaschine, eine Probierpuppe aus Rohr und ein Korb mit weißer Nähwäsche.

Hurtig holt die Kleine einen Spirituskocher hervor und macht aus Apfelschalen und zehnfach aufgekochten und wieder getrockneten Teeblättern Tee zurecht. Zwei Tassen, ein lachendes, etwas verschmitztes Gesichtchen, ein rührend blaues Kleidchen, die freundliche Armut eines Zimmers, ein Schwälbchen, dessen Jugend sein einziger Besitz ist – ich setze mich ins Sofa. Beginnt so die Liebe? So leicht und spielerisch? Man muss wohl über sich selbst hinwegspringen dabei.

Das Schwälbchen ist lieb, es gehört ja wohl auch zu ihrem kleinen Leben, dass jemand kommt und es in die Arme nimmt und dann wieder geht; die Nähmaschine surrt, ein anderer kommt, das Schwälbchen lacht, das Schwälbchen weint und näht immerzu. – Es wirft eine kleine bunte Decke über die Maschine, die dadurch aus einem Arbeitstier von Nickel und Stahl zu einem Hügel von roten und blauen Seidenblumen wird. Es will nicht an den Tag erinnert sein, es kuschelt sich in meinen Arm und plaudert, es summt und murmelt und singt in seinem leichten Kleid, es ist so schmal und blass und ein wenig verhungert und so leicht, dass man es zum Bett, zu dem eisernen Feldbett tragen kann, es hat einen so süßen Ausdruck der Hingebung, wie es sich dabei am Hals festhält, es seufzt und lächelt, ein Kind mit geschlossenen Augen, es seufzt und bebt und stammelt ein bisschen, es atmet tief und hat kleine Schreie, ich schaue es an, ich schaue es immerfort an, ich will auch so sein und frage schweigend: ist es das – ist es das? – und dann nennt mich das Schwälbchen mit allerlei bunten Namen und ist verschämt und zärtlich und schmiegt sich an, und als ich gehe und frage: »Bist du glücklich, Schwälbchen?«, da küsst es mich viele Male und schneidet Grimassen und winkt und nickt und nickt. –

Ich aber steige die Treppen hinunter und bin voll Verwunderung. Sie ist glücklich – wie schnell das geht. Ich begreife es nicht. Ist sie nicht immer noch ein anderer Mensch, ein Leben für sich, in das ich nie hinein kann? Bliebe sie es nicht, auch wenn ich alle Brände der Liebe hätte? Ach, Liebe – eine Fackel, die in einen Abgrund fällt und erst zeigt, wie tief er ist.

Ich gehe über die Straßen, dem Bahnhof zu. Nein, das ist es nicht, das auch nicht. Da ist man ja noch mehr allein als sonst. –

III

DER LICHTKREIS DER LAMPE erhellt den Tisch. Vor mir liegen Stapel von blauen Heften. Daneben steht eine Flasche mit roter Tinte. Ich sehe die Hefte durch, streiche die Fehler an, lege die Löschblätter hinein und klappe sie zu.

Dann stehe ich auf. Ist das nun das Leben? Dieses monotone Gleichmaß der Tage und Stunden? Wie wenig füllt es im Grunde doch aus! Es bleibt noch immer viel zu viel Zeit zum Denken. Ich hatte gehofft, die Einförmigkeit würde mich beruhigen. Aber sie macht mich nur unruhiger. Wie lang die Abende hier sind!

Ich gehe über die Diele. Die Kühe schnauben und stampfen im Halbdunkel. Auf niedrigen Schemeln hocken die Mägde neben ihnen, um sie zu melken. Jede sitzt für sich wie in einem kleinen Zimmer, dessen Wände nach beiden Seiten von den schwarzbunten Körpern der Tiere gebildet werden. Kleine Lichter flackern über ihnen im warmen Stalldunst, die Milch spritzt dünn in die Eimer, und die Brüste der Mädchen wippen in den blauen Waschkleidern. Sie heben die Köpfe und lächeln und atmen und zeigen gesunde weiße Zähne. Ihre Augen funkeln im Dunkel. Es riecht nach Heu und Vieh.

Ich stehe eine Zeit lang vor der Tür, dann kehre ich in mein Zimmer zurück. Die blauen Hefte liegen unter der Lampe – so werden sie immer liegen –, werde ich auch immer so sitzen, bis ich allmählich alt werde und endlich sterbe? Ich will schlafen gehen. Langsam wandert der rote Mond über das Dach der Scheune und wirft den Umriss des Fensters auf den Fußboden, ein schräges Viereck mit einem Kreuz darin, das sich unaufhörlich verschiebt, je höher es steigt. Nach einer Stunde kriecht er mein Bett herauf, und das Schattenkreuz schleicht über meine Brust. Ich liege in dem großen, blaurot karierten Bauernbett und kann nicht schlafen. Manchmal fallen mir die Augen zu, und ich sinke sausend in einen Raum ohne Grenzen – aber im letzten Augenblick reißt mich eine jäh hervorspringende Angst wieder zurück ins Wachsein, und ich höre weiter, wie die Kirchenuhr die Stunden schlägt, ich horche und warte und wälze mich herum.

Schließlich stehe ich auf und ziehe mich wieder an. Dann steige ich aus dem Fenster, hebe den Hund hinterher und lauf in die Heide hinaus. Der Mond scheint, die Luft braust, und weit dehnt sich die Ebene. Dunkel schneidet der Bahndamm hindurch.

Ich setze mich unter einen Wacholderbusch. Nach einiger Zeit sehe ich die Signallampenkette an der Bahnstrecke aufflammen. Der Nachtzug kommt. Leise und metallisch beginnen die Schienen zu dröhnen. Die Scheinwerfer der Lokomotive blitzen am Horizont auf und jagen eine Woge Licht vor sich her. Der Zug rast mit erleuchteten Fenstern vorüber, einen Atemzug lang sind die Abteile mit ihren Koffern und Schicksalen ganz nahe, dann fegen sie weiter, die Schienen glänzen wieder im nassen Licht, und aus der Ferne nur noch starrt die rote Schlusslampe des Zuges wie ein glühendes Auge drohend her.

Ich sehe den Mond hell und gelb werden, ich laufe durch die blaue Dämmerung der Birkenwälder, Regentropfen sprühen mir von den Zweigen ins Genick, ich stolpere über Wurzeln und Steine, und der Morgen graut bleiern, als ich zurückkomme. Die Lampe brennt noch – verzweifelt blicke ich mich im Zimmer um – nein, das halte ich nicht aus, dazu muss man zwanzig Jahre älter sein, um sich so bescheiden zu können. –

Müde und erschöpft versuche ich, mich auszuziehen. Es gelingt mir nicht mehr. Aber noch im Einschlafen presse ich die Fäuste zusammen – ich will nicht nachlassen – noch will ich es nicht aufgeben. –

Dann sinke ich wieder sausend in den Raum ohne Grenzen – – –

– – – weiter. Langsam, einen Zentimeter und noch einen. Die Sonne brennt auf die gelben Hänge, der Ginster blüht, die Luft ist heiß und still, Fesselballons und weiße Flakwölkchen hängen am Horizont. Vor meinem Stahlhelm schwanken die roten Blätter einer Mohnblüte.

Ein ganz schwaches, kaum vernehmliches Scharren kommt gegenüber, hinter dem Gebüsch hervor. Dann ist es wieder ruhig. Ich warte weiter. Ein Käfer mit grüngoldenen Flügeln kriecht vor mir einen Kamillenstängel hoch. Seine Fühler tasten die zackigen Blätter ab. Wieder weht ein leichtes Geräusch durch den Mittag. Jetzt taucht ein

Helmrand hinter dem Gebüsch auf. Eine Stirn darunter, helle Augen, ein fester Mund – prüfend gehen die Augen über die Landschaft und kehren zu einem weißen Papierblock zurück. Der Mann zeichnet ahnungslos eine Skizze von der Ferme drüben.

Ich ziehe die Handgranate heran. Es dauert lange. Endlich liegt sie neben mir. Mit der linken Hand reiße ich sie ab und zähle lautlos. Dann schleudere ich sie in flachem Bogen gegen das Brombeergestrüpp und rutsche rasch in mein Loch zurück, presse den Körper dicht an den Boden, drücke das Gesicht ins Gras und öffne den Mund. Der Krach der Explosion zerreißt die Luft, Splitter schwirren, ein Schrei steigt auf, lang gedehnt, rasend vor Entsetzen. Ich habe die zweite Granate in der Hand und luge über die Deckung. Der Engländer liegt jetzt frei auf dem Boden, die Unterschenkel sind weggefetzt, das Blut strömt heraus. Lang aufgerollt hängen die Streifen der Wickelgamaschen hinter ihm wie lose Bänder, er liegt auf dem Bauch, mit den Armen rudert er durch das Gras, der Mund ist weit offen und schreit.

Er wirft sich herum und sieht mich. Da stemmt er die Arme auf und bäumt sich hoch wie ein Seehund, er schreit mich an und blutet, blutet –. Dann wird das rote Gesicht fahl und fällt zusammen, der Blick zerbricht, und Augen und Mund sind nur noch schwarze Höhlen eines einstürzenden Antlitzes, das langsam sich zur Erde neigt, einknickt und in die Kamillenbüsche sinkt. Erledigt.

Ich schiebe mich fort und will zurückschleichen zu unseren Gräben. Aber ich sehe mich noch einmal um – da ist plötzlich der Tote wieder lebendig geworden, er richtet sich auf, als wollte er hinter mir herlaufen. – Ich ziehe die zweite Handgranate ab und werfe sie ihm entgegen. Sie fällt einen Meter neben ihm herunter, rollt aus, liegt – ich zähle, zähle – warum explodiert sie denn nicht? – Der Tote steht jetzt, er bleckt die Zähne, ich werfe die nächste Handgranate – auch sie versagt – jetzt macht der drüben schon ein paar Schritte, auf seinen Stümpfen läuft er, grinsend, die Arme nach mir ausgestreckt – ich werfe die letzte Handgranate – sie fliegt ihm gegen die Brust, er wischt sie fort – da springe ich auf, um wegzurennen, aber die Knie versagen mir, sie sind weich wie Butter, unendlich langsam ziehe ich sie vorwärts, ich klebe am Boden fest, ich zerre, ich werfe mich vorwärts, schon höre ich das Keuchen des Verfolgers, ich reiße mit den Fäusten an meinen nachgebenden Beinen – aber von hinten schließen sich zwei Hände um meinen Nacken, drücken mich zurück, auf den Boden, der Tote kniet auf meiner Brust, er greift die nachschleifenden Wickelgamaschen aus dem Gras und dreht sie mir um den Hals. Ich drücke den Kopf weg, ich spanne alle Muskeln an, ich werfe mich nach rechts, um der Schlinge zu entgehen – da, ein Ruck, ein erstickter Schmerz im Hals, der Tote schleift mich vorwärts, dem Abhang der Kalkgrube zu, er wälzt mich hinunter, ich verliere das Gleichgewicht und versuche, mich festzuhalten, ich rutsche, falle, schreie, falle endlos, schreie, schlage auf, schreie. –

Dunkel bricht in Klumpen unter meinen krallenden Händen, krachend poltert etwas neben mir herunter, ich pralle gegen Steine, Ecken, Eisen, hemmungslos rast das Schreien aus mir heraus, jäh gellend, ich kann nicht aufhören, Rufe dazwischen, Griffe nach meinen Armen, ich stoße sie weg, jemand stolpert über mich, ich erwische ein Gewehr, ertaste eine Deckung, reiße es an die Schulter, drücke ab, immer noch schreiend, dann zuckt es wie ein Messer durch den Knäuel – »Birkholz« – wieder – »Birkholz« – ich springe auf, da kommt Hilfe, ich muss mich durchschlagen, ich reiße mich los, renne, bekomme einen Hieb gegen das Knie, stürze in eine weiche Grube, in Licht, grelles, zuckendes Licht, »Birkholz« – »Birkholz« – nur noch mein Schreien ist spitz im Raum – plötzlich bricht es ab –.

Vor mir steht der Bauer und seine Frau. Ich liege halb auf

dem Bett, halb auf der Erde, neben mir rappelt der Knecht sich hoch, krampfhaft halte ich einen Spazierstock wie ein Gewehr in der Faust, irgendwo muss ich bluten, dann spüre ich, dass nur der Hund mir die Hand leckt.

»Lehrer«, sagt die Bäuerin zitternd, »was habt Ihr nur?«

Ich begreife nichts. »Wie komme ich denn hierher?«, frage ich mit rauer Stimme.

»Aber Lehrer – wacht doch auf – Ihr habt geträumt.«

»Geträumt«, sage ich, »das soll ich geträumt haben?« Und auf einmal lache ich, lache, dass es mich schüttelt, dass es mir wehtut, lache …

Aber plötzlich zerbirst das Lachen in mir. »Es war der englische Hauptmann«, flüstere ich – »der von damals. –«

Der Knecht reibt sich seinen abgeschürften Arm. »Sie haben geträumt, Lehrer, und sind aus dem Bett gefallen«, sagt er, »Sie hörten ja gar nichts und haben mich fast totgeschlagen. –«

Ich verstehe ihn nicht, ich bin grenzenlos schlapp und elend. Dann sehe ich den Stock in meiner Hand. Ich lege ihn weg und setze mich auf das Bett. Der Hund drängt sich an meine Knie. »Geben Sie mir ein Glas Wasser, Mutter Schomaker«, sage ich, »und geht nur wieder zu Bett. –«

Aber ich lege mich nicht wieder nieder, sondern bleibe mit einer Decke am Tisch sitzen. Das Licht lasse ich brennen.

So hocke ich lange, still und mit abwesendem Blick, wie nur Soldaten sitzen können, wenn sie allein sind. Nach einiger Zeit werde ich unruhig und habe das Gefühl, als wäre noch jemand im Zimmer. Ich spüre, wie langsam, ohne dass ich mich rühre, wieder Blick und Sehen in meine Augen kommt. Als ich die Lider etwas hebe, bemerke ich, dass ich gerade gegenüber vom Spiegel sitze, der über dem kleinen Waschtisch hängt. Aus seinem etwas welligen Glas heraus blickt mich ein Gesicht mit Schatten und schwarzen Augenhöhlen an. Mein Gesicht. –

Ich stehe auf, nehme den Spiegel herab und stelle ihn in eine Ecke, mit dem Glas zur Wand.

Es wird Morgen. Ich gehe hinüber in meine Klasse. Die Kleinen sitzen mit gefalteten Händen da. In ihren großen Augen ist noch das ganze scheue Erstaunen der Kinderjahre. Sie sehen mich so vertrauensvoll und gläubig an, dass ich es plötzlich wie einen Schlag aufs Herz spüre. –

Hier stehe ich vor euch, einer der hunderttausend Bankrotteure, denen der Krieg jeden Glauben und fast alle Kraft zerschlug. – Hier stehe ich vor euch und empfinde, wie viel lebendiger und daseinsverbundener ihr seid als ich – hier stehe ich vor euch und soll euch nun Lehrer und Führer sein. Was soll ich euch denn lehren? Soll ich euch sagen, dass ihr in zwanzig Jahren ausgetrocknet und verkrüppelt seid, verkümmert in euren freiesten Trieben und unbarmherzig zu Dutzendware gepresst? Soll ich euch erzählen, dass alle Bildung, alle Kultur und alle Wissenschaft nichts ist als grauenhafter Hohn, solange sich Menschen noch mit Gas, Eisen, Pulver und Feuer im Namen Gottes und der Menschheit bekriegen? Was soll ich euch denn lehren, ihr kleinen Geschöpfe – ihr, die ihr allein rein geblieben seid in diesen furchtbaren Jahren?

Was kann ich euch denn lehren? Soll ich euch sagen, wie man Handgranaten abreißt und gegen Menschen wirft? Soll ich euch zeigen, wie man jemand mit einem Seitengewehr ersticht, mit einem Kolben erschlägt, mit einem Spaten abschlachtet? Soll ich euch vormachen, wie man einen Gewehrlauf gegen ein so unbegreifliches Wunder wie eine atmende Brust, eine pulsierende Lunge, ein lebendiges Herz richtet? Soll ich euch erzählen, was eine Tetanuslähmung, ein zerrissenes Rückenmark, eine abgerissene Schädeldecke ist? Soll ich euch beschreiben, wie herumspritzendes Gehirn, wie zerfetzte Knochen, wie herausquellende Därme aussehen? Soll ich euch vormachen, wie man mit einem Bauchschuss stöhnt, mit einem Lungenschuss röchelt, mit einem Kopfschuss pfeift? Mehr weiß ich nicht! Mehr habe ich nicht gelernt!

Soll ich euch an die grüne und graue Landkarte drüben führen, mit dem Finger darüberfahren und euch sagen, dass hier die Liebe ermordet wurde? Soll ich euch erklären, dass die Bücher, die ihr in Händen haltet, Netze sind, mit denen man eure arglosen Seelen in das Gestrüpp der Phrasen und in die Drahtverhaue der gefälschten Begriffe lockt?

Da stehe ich vor euch, ein Befleckter, ein Schuldiger, und müsste euch bitten: Bleibt wie ihr seid und lasst das warme Licht der Kindheit nicht zur Stichflamme des Hasses missbrauchen! Um eure Stirnen ist noch der Hauch der Unschuld – wie kann ich euch da lehren wollen! Hinter mir jagen noch die blutigen Schatten der Vergangenheit – wie kann ich mich da zwischen euch wagen? Muss ich nicht selbst erst wieder ein Mensch werden?

Ich fühle, wie ein Krampf sich in mir ausbreitet, als würde ich zu Stein und müsste bröckelnd zerfallen. Langsam lasse ich mich in den Stuhl sinken und begreife, dass ich nicht mehr hierbleiben kann. Ich versuche, etwas zu erfassen, aber ich kann es nicht. Erst nach einiger Zeit, die mir endlos erscheint, löst sich die Starre. Ich stehe auf. »Kinder«, sage ich mit Mühe, »ihr könnt gehen. Heute ist schulfrei.«

Die Kleinen sehen mich an, ob ich auch keinen Scherz mache. Ich nicke noch einmal. »Ja, es ist wahr – geht spielen heute – den ganzen Tag – geht spielen in den Wald – oder mit euren Hunden und Katzen – ihr braucht erst morgen wiederzukommen. –«

Da werfen sie klappernd die Federkästen in die Tornister und drängen zwitschernd und atemlos hinaus.

Ich packe meine Sachen und gehe zum Nachbardorf, um mich von Willy zu verabschieden. Er lehnt in Hemdsärmeln am Fenster und übt auf der Geige »Alles neu macht der Mai«. Auf dem Tisch steht ein reichhaltiges Essen.

»Mein drittes heute«, erklärt er befriedigt, »ich habe gemerkt, dass ich auf Vorrat fressen kann wie ein Kamel.«

Ich sage ihm, dass ich heute Abend wieder abreisen will. Willy ist kein Mann, der lange fragt. »Ich will dir was sagen, Ernst«, meint er nachdenklich, »langweilig ist es hier ja – aber solange ich solches Futter habe«, er zeigt auf den Tisch, »kriegen mich keine zehn Pferde aus dem Pestalozzistall wieder heraus.«

Damit holt er einen Kasten Flaschenbier unter dem Sofa hervor. »Starkstrom«, schmunzelt er und hält das Etikett gegen die Lampe.

Ich sehe ihn lange an. »Mensch, Willy, ich wollte, ich wäre wie du!«, sage ich dann.

»Das glaube ich«, schmunzelt er und lässt einen Flaschenverschluss knallen.

Als ich zum Bahnhof gehe, kommen aus dem Nachbarhaus ein paar Mädchen mit verschmierten Mäulchen und wippenden Haarschleifen angelaufen. Sie haben gerade im Garten einen toten Maulwurf begraben und für ihn gebetet. Jetzt knicksen sie und halten mir die Hände hin. »Wiedersehen, Herr Lehrer.«

Sechster Teil

I

»ERNST, ICH MUSS MIT DIR SPRECHEN«, sagt mein Vater.

Ich kann mir schon vorstellen, was kommt. Seit Tagen geht er mit sorgenvoller Miene umher und macht Andeutungen. Aber ich bin ihm bislang immer entwischt, denn ich bin selten zu Hause.

Wir gehen in mein Zimmer. Er setzt sich ins Sofa und sieht bekümmert drein. »Wir machen uns Gedanken um deine Zukunft, Ernst.«

Ich hole eine Kiste Zigarren aus dem Bücherbord und biete sie ihm an. Sein Gesicht erhellt sich etwas, denn die Zigarre ist gut – ich habe sie von Karl bekommen, und Karl raucht kein Buchenlaub.

»Hast du wirklich deine Stelle als Lehrer aufgegeben?«, fragt er. Ich nicke.

»Warum hast du das nur getan?«

Ich zucke die Achseln. Wie soll ich ihm das bloß erklären? Wir sind zwei völlig verschiedene Menschen und haben uns nur deshalb bis jetzt ganz gut verstanden, weil wir uns überhaupt nicht verstanden haben.

»Und was soll nun werden?«, fragt er weiter.

»Irgendetwas«, sage ich, »das ist doch egal.«

Er blickt mich erschreckt an und beginnt dann von einem guten, geachteten Beruf, von Vorwärtskommen und einem Platz im Leben zu reden. Ich höre ihm gerührt und gelangweilt zu und denke daran, wie sonderbar es ist, dass dieser Mann im Sofa mein Vater ist, der früher über mein Dasein bestimmte. Aber er hat mich nicht schützen können in den Jahren draußen, er konnte mir nicht einmal helfen in der Kaserne, jeder Unteroffizier war dort stärker als er. Ich habe alles allein durchmachen müssen, und es war ganz gleichgültig, ob er existierte oder nicht.

Als er geendet hat, schenke ich ihm einen Cognac ein. »Sieh mal, Vater«, sage ich und setze mich zu ihm, »du magst recht haben. Aber ich habe gelernt, in einer Erdhöhle zu hausen, mit einem Kanten Brot und einer dünnen Suppe. Und wenn mal gerade nicht geschossen wurde, war ich schon zufrieden. Eine alte Baracke erschien mir bereits als Luxus, und ein Strohsack im Ruhequartier war das Paradies. Da musst du begreifen, dass die Tatsache, dass ich lebe und dass nicht mehr geschossen wird, mir einstweilen genügt. Das bisschen Essen und Trinken, das ich brauche, werde ich wohl zusammenbekommen, und für alles andere habe ich ja mein ganzes Leben lang noch Zeit.«

»Ja, aber«, erwidert er, »das ist doch kein Leben, so ins Blaue hinein …«

»Je nachdem«, sage ich, »ich finde, es ist kein Leben, wenn ich später einmal sagen kann, dass ich dreißig Jahre lang täglich in dasselbe Schulzimmer oder dasselbe Büro gegangen bin.«

Verwundert antwortet er: »Ich gehe jetzt seit zwanzig Jahren zur Kartonagenfabrik und habe es immerhin dazu gebracht, dass ich selbstständiger Meister bin.«

»Ich will es ja zu nichts bringen, Vater, ich will nur leben.«

»Ich habe auch rechtschaffen gelebt«, sagt er mit einem Anflug von Stolz, »ich bin nicht umsonst zum Mitglied der Handwerkskammer gewählt worden.«

»Sei froh, dass du es so einfach gehabt hast«, entgegne ich.

»Aber du musst doch etwas werden«, klagt er.

»Ich kann vorläufig im Geschäft eines Kriegskameraden arbeiten, er hat es mir angeboten«, sage ich, um ihn zu beruhigen, »da verdiene ich so viel, wie ich brauche.«

Er schüttelt den Kopf. »Und dafür gibst du die schöne Beamtenstellung auf?«

»Ich habe schon oft was aufgeben müssen, Vater.«

Er zieht bekümmert an seiner Zigarre. »Und du warst sogar pensionsberechtigt.«

»Ach«, sage ich, »wer wird denn von uns Soldaten sechzig Jahre alt? Wir haben so viel in den Knochen, das sich erst später zeigen wird – wir schrammen bestimmt früher ab.« Ich kann mir mit dem besten Willen nicht vorstellen, dass ich sechzig Jahre alt werde. Ich habe zu viele Menschen mit zwanzig sterben sehen. Nachdenklich rauche ich und betrachte meinen Vater. Ich empfinde immer noch, dass er mein Vater ist – doch er ist außerdem noch ein lieber, älterer Mann, vorsichtig und pedantisch, dessen Ansichten für mich keinerlei Bedeutung mehr haben. Ich kann mir gut vorstellen, wie er im Felde gewesen wäre; man hätte immer etwas auf ihn aufpassen müssen, und Unteroffizier wäre er sicher nie geworden.

Nachmittags besuche ich Ludwig. Er sitzt unter einem Haufen Broschüren und Bücher. Ich möchte gern mit ihm über vieles reden, was mir am Herzen liegt, denn ich habe das Gefühl, dass er mir vielleicht einen Weg zeigen kann. Aber er ist heute selber unruhig und erregt. Wir reden eine Weile belangloses Zeug hin und her, dann sagt er: »Ich muss jetzt zum Arzt.«

»Noch immer wegen der Ruhr?«, frage ich.

»Nein – wegen was anderem.«

»Was hast du denn noch, Ludwig?«, frage ich verwundert. Er schweigt eine Weile. Seine Lippen zittern. Dann sagt er:

»Ich weiß es nicht.«

»Soll ich mitgehen? Ich habe sowieso nichts vor.«

Er sucht nach seiner Mütze. »Ja, komm nur mit.«

Unterwegs sieht er mich manchmal verstohlen von der Seite an. Er ist seltsam gedrückt und schweigsam. Wir biegen in die Lindenstraße und gehen in ein Haus, das einen kleinen, trostlosen Vorgarten mit Sträuchern hat. Ich lese das weiße Emailleschild an der Tür: Dr. med. Friedrich Schultz, Spezialarzt für Haut-, Harn- und Geschlechtskrankheiten, und bleibe stehen. »Was ist denn los, Ludwig?«

Er sieht mich blass an. »Noch nichts, Ernst. Hab da mal so ein Geschwür gehabt. Und jetzt ist was wiedergekommen.«

»Wenn's weiter nichts ist, Ludwig«, sage ich erleichtert, »was habe ich schon für Furunkel gehabt! Wie Kinderköppe. Das kommt von dem Ersatzfraß.«

Wir klingeln. Eine Schwester in weißer Tracht macht uns auf. Wir sind beide ungeheuer verlegen und gehen mit roten Köpfen ins Wartezimmer. Dort sind wir gottlob allein. Ein Stoß Hefte von der »Woche« liegt auf dem Tisch. Wir blättern darin. Sie sind ziemlich alt. Man ist da gerade beim Frieden von Brest-Litowsk.

Der Arzt kommt herein. Seine Brille funkelt. Die Tür zum Sprechzimmer bleibt hinter ihm halb offen stehen. Ein Stuhl aus Nickelröhren und Leder ist darin zu sehen, beklemmend praktisch und peinlich.

Komisch, dass so viele Ärzte eine Vorliebe haben, die Patienten wie kleine Kinder zu behandeln. Bei Zahnklempnern gehört das ja direkt zum Studium, aber auch diese Sorte hier scheint so zu sein.

»Na, Herr Breyer«, schäkert die Brillenschlange, »ein bisschen befreunden müssen wir uns ja nun demnächst.« Ludwig steht wie ein Gespenst und würgt. »Ist es …« Der Arzt nickt aufmunternd. »Ja, die Blutprobe ist zurück. Positiv. Jetzt werden wir dem Gesindel mal kräftig zu Leibe gehen.«

»Positiv«, stammelt Ludwig, »das heißt also ...«

»Ja«, sagt der Arzt, »wir müssen eine kleine Kur machen.«

»Das heißt also, dass ich Syphilis habe?«

»Ja.«

Ein Brummer summt durch das Zimmer und bumst gegen das Fenster. Die Zeit stockt. Quallig klebt die Luft zwischen den Wänden. Die Welt hat sich verändert. Eine furchtbare Angst ist zu einer furchtbaren Gewissheit geworden.

»Kann es nicht ein Irrtum sein?«, fragt Ludwig, »kann man nicht eine zweite Blutprobe machen?«

Der Arzt schüttelt den Kopf. »Es ist besser, bald mit der Kur anzufangen. Das Stadium ist sekundär.«

Ludwig schluckt. »Ist es heilbar?«

Der Arzt belebt sich. Sein Gesicht ist geradezu fröhlich vor Vertrauen. »Aber durchaus. Hier diese Röhrchen, ein halbes Jahr zunächst einmal eingespritzt. Dann werden wir weitersehen. Vielleicht ist dann schon kaum noch etwas nötig. Lues ist heute heilbar.«

Lues – scheußliches Wort, das klingt, als wäre es eine dünne, schwarze Schlange.

»Haben Sie es im Felde bekommen?«, fragt der Arzt. Ludwig nickt.

»Warum haben Sie es nicht gleich behandeln lassen?«

»Ich habe nicht gewusst, was es war. Man hat uns früher ja nie etwas von diesen Dingen gesagt. Es kam auch erst viel später und sah harmlos aus. Dann ging es von selbst wieder weg.«

Der Arzt schüttelt den Kopf. »Ja, das ist die Kehrseite der Medaille«, sagt er leichthin.

Ich möchte ihm am liebsten einen Stuhl an den Schädel knallen. Was ahnt der denn davon, wie das ist, wenn man drei Tage Urlaub nach Brüssel hat und aus Trichtern, Kotzen, Dreck und Blut mit dem Abendzug ankommt in einer Stadt mit Straßen, Laternen, Lichtern, Läden und Frauen, mit richtigen Hotelzimmern und weißen Badewannen, in denen man planschen und den Schmutz abscheuern kann, mit leiser Musik, Terrassen und kühlem, schwerem Wein, was ahnt der denn von dem Zauber, den der blaue Dunst der Dämmerung schon hat in so einem schmalen Augenblick zwischen Grauen und Grauen; wie ein Riss in den Wolken ist das, wie ein wilder Aufschrei des Lebens in der kurzen Pause zwischen Tod und Tod. Wer weiß, ob man nicht in ein paar Tagen schon im Drahtverhau mit zerrissenen Knochen hängt und brüllt, verdurstet, verreckt. – Noch einen Schluck von dem schweren Wein, noch einen Atemzug und einen Blick in diese unwirkliche Welt der gleitenden Farben, der Träume, der Frauen und des erregenden Flüsterns, der Worte, unter denen das Blut wie eine schwarze Fontäne wird, unter denen Jahre des Drecks, der Wut und der Hoffnungslosigkeit zerschmelzen und zu einem süßen, singenden Wirbel von Erinnerung und Hoffnung werden. Morgen rast der Tod wieder heran mit Geschützen, Handgranaten, Flammenwerfern, Blut und Vernichtung – aber heute noch ist diese sanfte Haut da, sie duftet und ruft wie das Leben selbst, sie lockt unfassbar, verwirrende Schatten im Nacken, weiche Arme, es knistert und blitzt und stürzt und strömt, der Himmel brennt. – Wer denkt da noch daran, dass in diesem Flüstern und Locken, diesem Duft, dieser Haut das andere liegen kann, lauernd, verborgen, schleichend, wartend: Lues – wer weiß es, und wer will es wissen, wer denkt überhaupt weiter als über das Heute hinaus – morgen ist vielleicht alles schon vorbei – verdammter Krieg, der uns lehrte, nur den Augenblick zu sehen und zu nehmen.

»Und nun?«, fragt Ludwig.

»So bald wie möglich anfangen.«

»Dann jetzt«, sagt Ludwig ruhig. Er geht mit dem Arzt in das Sprechzimmer.

Ich bleibe im Wartezimmer und zerreiße ein paar Hefte von der »Woche«, in denen es nur so flimmert von Paraden, Siegen und markigen Worten kriegsbegeisterter Pastöre.

Ludwig kommt zurück. Ich flüstere ihm zu: »Geh noch einmal zu einem anderen Arzt, der hier kann bestimmt nichts. Keine Ahnung hat der.« Er macht eine müde Geste, und wir gehen schweigend die Treppen hinunter. Unten sagt er plötzlich, mit abgewandtem Gesicht: »Auf Wiedersehen dann. –«

Ich sehe auf. Er lehnt am Geländer und hält krampfhaft die Hände in den Taschen.

»Was ist denn?«, frage ich erschrocken.

»Ich will jetzt gehen«, antwortet er.

»Dann gib mir wenigstens die Pfote«, sage ich verwundert. Mit zuckendem Mund erwidert er: »Magst mich doch wohl nicht mehr anfassen, jetzt. –«

Scheu und schmal steht er am Geländer, in derselben Haltung, in der er immer an der Grabenböschung lehnte, mit traurigem Gesicht und gesenkten Augen. – »Ach Ludwig, Ludwig, was machen sie hier bloß mit uns – ich dich nicht anfassen, du Kaffer du, du dummes Luder, da fass ich dich an, hundertmal fass ich dich an –«, es stößt mich nur so, verflucht, jetzt heule ich sogar, ich Esel, und nehme ihn um die Schulter und presse ihn an mich und fühle, wie er bebt –, »ach Ludwig, das ist ja alles Quatsch, und vielleicht habe ich sie sogar auch, nun sei doch stille, das kriegt die Brillenschlange da oben ja schon alles wieder zurecht« – und er bebt und bebt, und ich halte ihn fest.

II

FÜR DEN NACHMITTAG sind in der Stadt Demonstrationen angesagt. Seit Monaten steigen überall die Preise, und die Not ist größer als im Krieg geworden. Die Löhne reichen nicht aus, um das Notwendigste zu beschaffen, und selbst wenn man Geld hat, kann man oft nicht einmal etwas dafür kaufen. Aber immer mehr Likörstuben und Tanzlokale erstehen, und immer stärker wird das Schiebertum und der Betrug.

Vereinzelte Gruppen von streikenden Arbeitern ziehen durch die Straße. Ab und zu entsteht ein Auflauf. Es heißt, dass Militär in den Kasernen zusammengezogen worden sein soll. Aber davon ist noch nichts zu sehen. Hoch- und Niederrufe erschallen. An einer Straßenecke redet jemand. Doch dann schweigt plötzlich alles. – Langsam kommt ein Zug Menschen heran in den verblichenen Uniformen der Front. Er ist gruppenweise formiert, immer zu vieren nebeneinander. Große Schilder werden vorangetragen: »Wo bleibt der Dank des Vaterlandes?« – »Die Kriegskrüppel hungern.«

Es sind Einarmige, die diese Schilder tragen. Sie schauen sich oft um, ob der Zug auch richtig hinter ihnen herkommt. Denn sie sind die schnellsten.

Ihnen folgen Leute mit Schäferhunden an kurzen Lederriemen. Die Tiere tragen das rote Blindenkreuz auf dem Geschirr. Aufmerksam gehen sie neben ihren Herren her. Stockt der Zug, so setzen sie sich sofort, und die Blinden bleiben stehen. Manchmal stürzen Hunde von der Straße kläffend und schweifwedelnd in den Zug hinein, um mit ihnen zu spielen und zu balgen. Sie aber wenden nur den Kopf und kümmern sich nicht um das Schnuppern und Bellen. Wohl sind ihre Ohren noch straff, aufmerksam gespitzt, und lebhaft die Augen; aber sie gehen, als wollten sie nie mehr laufen und springen, als begriffen sie, wofür sie da sind. Sie unterscheiden sich von ihren Genossen wie barmherzige Schwestern von fröhlichen Ladenmädchen. Die andern Hunde versuchen es auch nicht lange; nach wenigen Minuten lassen sie ab und trollen sich so eilig, dass es aussieht, als flüchteten sie vor etwas. Nur ein mächtiger Fleischerhund bleibt stehen und bellt, mit breit auseinander gestellten Vorderbeinen, langsam, tief und klagend, bis der Zug an ihm vorüber ist. –

Es ist sonderbar – diese Menschen sind alle blindgeschossen; sie bewegen sich deshalb anders als Blindgeborene. Sie sind ungestümer und gleichzeitig vorsichtiger in den Gesten, die noch nicht die Sicherheit vieler dunkler Jahre haben. In ihnen lebt noch die Erinnerung an Farben, Himmel, Erde und Dämmerung. Sie bewegen sich noch so, als ob sie Augen hätten, unwillkürlich heben und wenden sie die Köpfe, um den anzusehen, der mit ihnen spricht. Manche tragen schwarze Klappen oder Binden auf den Augen, die meisten aber gehen ohne sie, als ob sie dadurch den Farben und dem Licht noch ein wenig näher wären. Das blasse Abendrot schimmert hinter ihren gesenkten Köpfen. In den Schaufenstern beginnen die ersten Lampen zu brennen. Sie aber spüren kaum die milde und zärtliche Luft des Abends an ihren Stirnen – mit ihren groben Stiefeln gehen sie langsam durch die ewige Dunkelheit, die um sie wie eine Wolke gebreitet ist, und zähe und trübe klettern ihre Gedanken die geringen Ziffern auf und ab, die für sie Brot, Versorgung und Leben sein sollen und doch nicht sein können. Träge rühren sich Hunger und Not in den erloschenen Kammern ihres Gehirns. Hilflos und voll dumpfer Angst fühlen sie ihre Nähe und können sie doch nicht sehen und nichts anderes gegen sie tun, als gemeinsam langsam durch die Straßen zu gehen und die toten Gesichter aus der Dunkelheit ins Licht zu heben mit der stummen Bitte an die andern, die noch sehen können, doch zu sehen.

Hinter den Blinden kommen die Einäugigen, die zerfetzten Gesichter der Kopfverletzten, schiefe, wulstige Münder, Köpfe ohne Nasen und ohne Unterkiefer, einzige große rote Narben die ganzen Gesichter, mit ein paar Löchern darin, wo früher Mund und Nase waren. Über dieser Verwüstung aber stille, fragende, traurige Menschenaugen.

Ihnen folgen die langen Reihen der Beinamputierten. Viele haben schon die künstlichen Glieder, die schräg vorwärts schnellen beim Gehen und klirrend auf dem Pflaster aufsetzen, als sei auch der ganze Mensch künstlich, aus Eisen mit Scharnieren.

Dann kommen die Schüttler. Ihre Hände, ihre Köpfe, ihre Anzüge, ihre Körper beben, als zitterten sie immer noch vor Grauen. Sie haben keine Gewalt mehr darüber, ihr Wille ist ausgelöscht, die Muskeln und Nerven haben sich gegen das Gehirn empört, die Augen sind stumpf und ohnmächtig geworden.

Einäugige und Einarmige schieben in kleinen Korbwagen mit Wachstuchdecken die Schwerverletzten, die nur noch im Rollstuhl leben können. Zwischen ihnen ziehen einige einen flachen Handwagen, wie ihn Tischler zum Transportieren von Bettstellen und Särgen verwenden. Darauf sitzt ein Rumpf. Die Beine fehlen vollständig. Es ist der Oberkörper eines kräftigen Mannes, sonst nichts. Er hat einen stämmigen Nacken und ein breites, braves Gesicht mit einem starken Schnurrbart. Er könnte Möbelpacker gewesen sein. Neben sich hat er ein Schild stehen, mit schiefen Buchstaben, die er wohl selbst gemalt hat. »Ich möchte auch lieber gehen, Kamerad.« Mit ernstem Gesicht sitzt der Mann da; nur manchmal stützt er die Arme auf und schwingt sich ein Stück weiter auf dem Wagen, um anders zu sitzen.

Der Zug zieht langsam durch die Straßen. Wo er vorbeikommt, wird es still. Einmal muss er lange halten, an der Ecke der Hakenstraße. Dort wird ein großes neues Tanzlokal errichtet, und die Straße ist von Sandhaufen,

Zementwagen und Gerüsten versperrt. Zwischen den Gerüsten über dem Türeingang flammt bereits in roter Leuchtschrift der Name: Astoria, Diele und Likörstube. Der Wagen mit dem Rumpf steht gerade darunter und wartet, bis ein paar eiserne Stangen fortgebracht werden. Die dunkle Glut des Schildes übergießt ihn und färbt das Gesicht, das schweigend zusieht, düsterrot, als schwölle es zu einer furchtbaren Leidenschaft an und würde gleich als ein entsetzlicher Schrei zerspringen.

Dann aber geht der Zug weiter, und es ist wieder nur das Gesicht des Möbelpackers, blass vom Lazarett, im blassen Abend, das dankbar lächelt, als ein Kamerad ihm eine Zigarette zwischen die Lippen schiebt. Still ziehen die Gruppen durch die Straßen, ohne Rufe, ohne Empörung, gefasst, nur eine Klage, keine Anklage – sie wissen, wer nicht mehr schießen kann, hat nicht allzu viel Hilfe zu erwarten. Sie werden zum Rathaus gehen und eine Weile dort stehen, irgendein Sekretär wird etwas zu ihnen sprechen, dann werden sie sich auflösen und einzeln in ihre Zimmer zurückkehren, in ihre engen Wohnungen, zu ihren blassen Kindern und der grauen Not, ohne viel Hoffnung – Gefangene des Schicksals, das andere für sie entfachten. –

Je später es wird, desto unruhiger wird die Stadt. Ich gehe mit Albert durch die Straßen. An allen Ecken stehen Gruppen von Menschen. Gerüchte schwirren umher. Das Militär soll bereits mit einem Zug demonstrierender Arbeiter zusammengestoßen sein.

Aus der Gegend der Marienkirche flattern plötzlich Gewehrschüsse auf; erst vereinzelt, dann eine ganze Salve. Albert und ich sehen uns an; dann gehen wir ohne ein Wort los, der Richtung der Schüsse nach.

Immer mehr Leute kommen uns entgegengelaufen. »Holt Waffen, die Aasbande schießt!«, schreien sie. Wir gehen schneller. Wir winden uns zwischen den Gruppen durch, wir schieben uns weiter, jetzt laufen wir schon – eine harte, gefährliche Erregung treibt uns vorwärts. Wir keuchen. Das Knattern verstärkt sich. »Ludwig!«, rufe ich.

Er rennt neben uns. Seine Lippen sind zusammengepresst, die Kieferknochen stehen vor, die Augen sind kalt und gespannt – er hat das Gesicht des Schützengrabens wieder. Albert auch. Ich auch. Wir laufen hinter den Gewehrschüssen her wie hinter einem unheimlich zerrenden Signal.

Schreiend weicht vor uns die Menge zurück. Wir wühlen uns hindurch. Frauen halten sich die Schürzen vor die Augen und stürzen fort. Ein Gebrüll der Wut steigt auf. Man schleppt einen Verwundeten weg.

Wir kommen zum Marktplatz. Dort hat sich die Reichswehr am Rathaus festgesetzt. Fahl blinken die Stahlhelme. Vor der Freitreppe steht ein schussfertiges Maschinengewehr. Der Platz ist leer – nur in den Straßen, die darauf münden, stauen sich die Menschen. Es wäre Wahnsinn, weiter vorzugehen. Das MG beherrscht den Platz.

Aber einer geht vor, ganz allein. Hinter ihm kocht die Masse aus den Straßenschläuchen hervor, brodelt um die Häuser herum und schiebt sich schwarz zusammen.

Der Mann aber ist weit voraus. In der Mitte des Platzes tritt er aus dem Schatten, den die Kirche wirft, in den Mondschein hinaus. Eine klare, scharfe Stimme ruft: »Zurück!«

Der Mann hebt die Hände. Der Mond ist so stark, dass man im dunklen Loch des Mundes weiß die Zähne blitzen sieht, als der Mann zu sprechen beginnt. »Kameraden! –« Es wird still.

Seine Stimme ist allein zwischen der Kirche, dem Massiv des Rathauses und den Schatten, sie ist allein auf dem Platze, eine flatternde Taube. »Kameraden, legt die Waffen fort! Wollt ihr auf eure Brüder schießen? Legt die Waffen fort und kommt zu uns!« Nie war der Mond so hell. Wie

Kreide sind die Uniformen an der Rathaustreppe. Die Fenster schimmern. Die bestrahlte Hälfte des Kirchturms ist ein Spiegel aus grüner Seide. Die steinernen Ritter am Tor springen mit Helmen und Visieren flimmernd aus der Schattenwand.

»Zurück, oder es wird geschossen!«, kommt kalt der Befehl von vorhin. Ich blicke mich nach Ludwig und Albert um. Das war unser Kompanieführer! Das war die Stimme Heels! Eine würgende Spannung erfasst mich, als müsste ich einer Hinrichtung zusehen. Ich weiß: Heel wird schießen lassen.

Die dunkle Menschenmasse bewegt sich im Schatten der Häuser, sie schwankt und murmelt. Eine Ewigkeit vergeht. Dann lösen sich zwei Soldaten mit Gewehren von der Treppe und gehen auf den Einzelnen in der Mitte los. Es scheint unendlich lange zu dauern, bis sie heran sind, sie scheinen in grauem Morast auf der Stelle zu treten, glitzernde Stoffpuppen mit schussfertig gesenkten Gewehren. Der Mann erwartet sie ruhig. Als sie heran sind, sagt er wieder: »Kameraden …«

Sie greifen ihm unter die Arme und reißen ihn vorwärts. Der Mann wehrt sich nicht. Sie zerren ihn so schnell weiter, dass er stolpert. Da gellen Schreie von hinten, die Masse gerät in Bewegung, eine Straße geht langsam, unregelmäßig vor. Die helle Stimme kommandiert: »Schnell zurück mit ihm! Ich lasse feuern!« Eine Schrecksalve knattert in die Luft. Der Mann reißt sich plötzlich los, aber er rettet sich nicht, er rennt schräg auf das Maschinengewehr los. »Nicht schießen, Kameraden!«

Noch ist nichts passiert, aber als die Menge den Mann ohne Waffen weiterlaufen sieht, rückt sie ebenfalls wieder vor. Sie wogt in einem schmalen Ausläufer an der Kirche entlang. Im nächsten Augenblick fliegt ein Kommando über den Platz, donnernd bricht sich das Tack-tack des Maschinengewehrs in vielfachem Echo von den Häusern, und pfeifend und splitternd schlagen die Kugeln auf das Pflaster.

Wir haben uns blitzschnell hinter einen Häuservorsprung geworfen. Eine lähmende, hundsgemeine Angst hat mich im ersten Augenblick überfallen, ganz anders als je im Felde. Dann verwandelt sie sich in Wut. Ich habe den einzelnen Mann noch gesehen, wie er sich umdrehte und vornüber fiel. Vorsichtig luge ich um die Ecke. Jetzt versucht er gerade wieder, sich hochzurichten, aber es gelingt ihm nicht. Langsam knicken die Arme ein, der Kopf sinkt, und, als sei er unendlich müde, gleitet der Körper aufs Pflaster nieder – da löst sich der Knäuel in meiner Kehle: »Nein!«, schreie ich, »nein!« Grell steht der Ruf zwischen den Häuserwänden.

Da fühle ich mich beiseitegeschoben. Ludwig Breyer steht auf und geht über den Platz auf den dunklen Klumpen Tod zu.

»Ludwig!«, rufe ich.

Aber er geht weiter – weiter. – Entsetzt starre ich ihm nach.

»Zurück!«, kommt wieder das Kommando von der Rathaustreppe.

Ludwig bleibt einen Moment stehen. »Lassen Sie nur weiterschießen, Oberleutnant Heel!«, ruft er zum Rathaus hinüber. Damit geht er vorwärts und beugt sich zu dem am Boden Liegenden herunter.

Wir sehen einen Offizier die Treppe verlassen. Ohne es recht zu wissen, stehen wir plötzlich neben Ludwig und erwarten den Kommenden, der als Waffe nur einen Spazierstock trägt. Er zaudert keinen Augenblick, obschon wir jetzt zu dritt sind und ihn wegschleppen könnten, wenn wir wollten, denn seine Soldaten würden nicht zu schießen wagen, aus Furcht, ihn treffen zu können.

Ludwig richtet sich auf. »Ich gratuliere Ihnen, Oberleutnant Heel. Der Mann ist tot.«

Ein Blutstreifen läuft unter dem Rock des Toten hervor

und sickert in die Furchen zwischen den Pflastersteinen. Neben der rechten Hand, die dünn und gelb aus dem Ärmel gerutscht ist, sammelt er sich zu einer Blutlache, die sich schwarz im Mondlicht spiegelt.

»Breyer«, sagt Heel.

»Wissen Sie, wer es ist?«, fragt Ludwig.

Heel sieht ihn an und schüttelt den Kopf.

»Max Weil.«

»Ich habe ihn laufen lassen wollen«, sagt Heel nach einer Weile, fast nachdenklich.

»Er ist tot«, antwortet Ludwig.

Heel zuckt die Achseln.

»Es war unser Kamerad«, fährt Ludwig fort.

Heel antwortet nicht.

Ludwig sieht ihn kalt an. »Ein sauberes Handwerk!«

Da rührt Heel sich. »Darauf kommt es nicht an«, sagt er ruhig, »nur auf das Ziel, Ruhe und Ordnung.«

»Ziel –«, erwidert Ludwig verächtlich, »seit wann entschuldigen Sie sich? Ziel! Sie brauchen Beschäftigung – das ist alles. Ziehen Sie Ihre Leute zurück, damit nicht weitergeschossen wird!«

Heel macht eine ungeduldige Bewegung. »Meine Leute bleiben. Wenn sie zurückgingen, würden sie morgen von einem zehnfachen Trupp überfallen werden. Das wissen Sie doch selbst. In fünf Minuten besetze ich die Straßenmündungen. Bis dahin haben Sie Zeit, den Toten wegzubringen.«

»Packt an«, sagt Ludwig zu uns. Dann wendet er sich noch einmal zu Heel. »Wenn Sie jetzt abziehen, wird niemand Sie angreifen. Wenn Sie bleiben, wird es neue Tote geben. Durch Sie! Wissen Sie das?«

»Das weiß ich«, antwortet Heel kalt.

Eine Sekunde stehen wir uns noch gegenüber. Heel sieht uns der Reihe nach an. Es ist ein sonderbarer Moment. Etwas zerbricht.

Dann nehmen wir den nachgebenden Körper Max Weils und tragen ihn fort. Die Straßen sind wieder voll Menschen. Eine breite Gasse öffnet sich uns, als wir kommen. Schreie fliegen auf: »Noskehunde! Blutpolizei! Mörder!« Aus dem Rücken Max Weils tropft das Blut.

Wir bringen ihn in das nächste Haus. Es ist die Holländische Diele. Ein paar Sanitäter sind schon da und verbinden zwei Leute, die auf dem Tanzparkett liegen. Eine Frau mit blutiger Schürze stöhnt und will immerfort nach Hause. Sie haben Mühe, sie festzuhalten, bis eine Tragbahre geholt wird und ein Arzt kommt. Sie hat einen Bauchschuss. Neben ihr liegt ein Mann, der noch seine alte Militärjoppe anhat. Beide Knie sind ihm durchschossen worden. Seine Frau kniet bei ihm und jammert: »Er hat doch gar nichts getan! Er ist doch nur so vorbeigegangen! Ich habe ihm ja bloß sein Essen gebracht!« Sie zeigt auf den grauemaillierten Henkeltopf. »Nur sein Essen. –«

Die Tänzerinnen der Holländischen Diele haben sich in eine Ecke gedrückt. Der Geschäftsführer läuft aufgeregt hin und her und fragt, ob man die Verletzten nicht anderswo hinbringen könne. Sein Geschäft werde ruiniert, wenn es sich herumspräche. Kein Gast würde mehr tanzen wollen. Anton Demuth in seiner goldenen Portiersuniform hat eine Flasche Cognac geholt und hält sie dem Verwundeten an den Mund. Der Geschäftsführer sieht entsetzt zu und macht ihm Zeichen. Anton lässt sich nicht stören. »Glaubst du, dass ich die Beine behalte?«, fragt der Verletzte, »ich bin Chauffeur!«

Die Tragbahren kommen. Draußen knattern wieder Schüsse. Wir springen auf. Johlen, Geschrei und das Klirren von Scheiben folgt. Wir laufen hinaus. »Reißt das Pflaster auf!«, ruft jemand und haut eine Spitzhacke in die Steine. Matratzen werden herabgeworfen, Stühle, ein Kinderwagen. Vom Platz her blitzen Schüsse. Von den Dächern knallt es jetzt zurück.

»Laterne aus!« Ein Mann springt vor und wirft einen Backstein hinein. Sofort ist es dunkel. »Kosole!«, ruft Albert. Er ist es. Valentin ist bei ihm. Wie ein Strudel haben die Schüsse alle herangezogen. »Ran. Ernst, Ludwig, Albert!«, brüllt Kosole, »die Schweine schießen auf Frauen!«

Wir liegen in Haustüren, Schüsse peitschen, Menschen schreien, wir sind überschwemmt, mitgerissen, verwüstet, rasend vor Hass, Blut spritzt auf das Pflaster, wir sind wieder Soldaten, es hat uns wieder, krachend und tobend rauscht der Krieg über uns, zwischen uns, in uns – aus ist alles, die Kameradschaft durchlöchert mit Maschinengewehren, Soldaten schießen auf Soldaten, Kameraden auf Kameraden, zu Ende, zu Ende! –

III

ADOLF BETHKE HAT SEIN HAUS VERKAUFT und ist in die Stadt gezogen.

Als er die Frau wieder bei sich aufgenommen hatte, ging alles eine Weile gut. Er tat seine Arbeit, sie tat die ihre, und es schien, als ob die Dinge in die Reihe kommen würden.

Doch das Dorf begann zu zischeln. Wenn die Frau abends über die Straße ging, wurde hinter ihr hergerufen; Burschen, die ihr begegneten, lachten ihr frech ins Gesicht; Weiber hielten sich mit deutlicher Geste die Röcke weg. Die Frau sagte nie etwas davon zu Adolf. Aber sie schwand dahin und wurde täglich blasser.

Adolf ging es ähnlich. Trat er in eine Kneipe, so verstummte das Gespräch – besuchte er jemanden, so empfing ihn verlegenes Schweigen – versteckte Fragen wagten sich allmählich hervor – im Suff kamen tölpische Anspielungen, und ein höhnisches Gelächter kollerte manchmal hinter ihm her. Er wusste nichts Rechtes dagegen zu tun; denn wozu sollte er dem ganzen Dorf Rede stehen über etwas, das allein seine Sache war und das nicht einmal der Pastor begriff, der ihn missmutig hinter seinen goldenen Brillengläsern hervor musterte, wenn er an ihm vorüberging. Es quälte ihn; aber auch Adolf sprach nie mit seiner Frau darüber. So lebten sie eine Zeit lang nebeneinanderher, bis die Meute sich an einem Sonntagabend weiter hervorwagte und der Frau in Gegenwart Adolfs etwas zugerufen wurde. Adolf fuhr hoch. Doch sie legte ihm die Hand auf den Arm. »Lass doch, das tun sie so oft, dass ich es schon gar nicht mehr höre.«

»Oft?« – Mit einem Male begriff er, weshalb sie so still geworden war. Wütend sprang er auf, um sich einen der Schreier zu greifen. Aber sie verschwanden hinter den zusammengeschobenen Rücken ihrer Genossen.

Sie gingen nach Hause und legten sich schweigend zu Bett. Adolf starrte vor sich hin. Da hörte er einen leisen, unterdrückten Laut. Die Frau weinte unter ihrer Bettdecke. Vielleicht hatte sie schon oft so gelegen, während er schlief. »Sei ruhig, Marie«, sagte er leise, »wenn sie auch alle reden.« Aber sie weinte weiter. Er fühlte sich hilflos und allein. Das Dunkel stand feindlich hinter den Fenstern, und die Bäume rauschten wie alte Klatschweiber. Vorsichtig legte er die Hand auf die Schulter der Frau. Sie sah ihn mit tränenvollem Gesicht an. »Adolf, lass mich weggehen, dann hören sie auf damit. –«

Sie stand auf, die Kerze brannte noch, ihr Schatten schwankte groß durch den Raum, er glitt über die Wände, und sie war klein und schwach dagegen in dem geringen Licht. So saß sie auf dem Bettrand und griff nach ihren Strümpfen und ihrer Bluse. Sonderbar und riesig griff der Schatten mit, wie ein lautloses Schicksal, das aus dem schwarzen Lauern draußen durch die Fenster hereingeschlichen war und nun grotesk, verzerrt und höhnisch kichernd alle Bewegungen mitmachte – gleich würde es seine Beute anfallen und sie hinausschleppen in das sausende

Dunkel. Adolf sprang auf und riss die weißen Mullvorhänge vor die Fenster, als könne er das niedrige Zimmer dadurch absperren gegen die Nacht, die durch die schwarzen viereckigen Löcher mit gierigen Eulenaugen starrten.

Die Frau hatte die Strümpfe schon übergestreift und griff nach ihrem Leibchen. Da stand Adolf neben ihr. »Aber Marie –« Sie blickte auf und ließ die Hände sinken. Das Leibchen fiel zu Boden. Adolf sah den Jammer in ihren Augen, den Jammer der Kreatur, den Jammer eines geschlagenen Tieres, den ganzen trostlosen Jammer derer, die sich nicht wehren können. Er nahm die Frau um die Schulter. Wie weich und warm sie war, wie konnte man nur mit Steinen nach ihr werfen, hatten sie nicht beide guten Willen? Warum hetzte und jagte man sie so erbarmungslos? Er zog sie an sich, und sie gab nach, sie legte die Arme um seinen Hals und legte den Kopf an seine Brust. So standen sie beide fröstelnd in ihren Nachthemden da und fühlten einander und wollten einer sich an der Wärme des anderen erlösen, sie hockten sich auf den Bettrand und sprachen wenig, und als der Schatten vor ihnen wieder über die Wand zitterte, weil der Kerzendocht sich schräg legte und die Flamme verlöschen wollte, zog Adolf die Frau mit einer zarten Bewegung wieder in das Bett, das hieß: wir bleiben zusammen, wir wollen es wieder versuchen – und er sagte: »Wir gehen fort von hier, Marie.« Das war der Ausweg.

»Ja, Adolf, lass uns weggehen!« Sie warf sich an ihn heran und weinte jetzt erst laut heraus. Er hielt sie fest und wiederholte immer wieder: »Morgen suchen wir einen Käufer – morgen gleich –« Und in einem Wirbel von Vorsätzen, Hoffnung, Wut und Trauer nahm er sie, die Verzweiflung wurde zu Glut, bis sie verstummte und das Weinen schwächer wurde wie bei einem Kinde, und endlich erstarb zu Erschöpfung und friedlichem Atem. Die Kerze war verlöscht, die Schatten waren fort, die Frau schlief, aber Adolf lag noch lange wach in seinem Bett und grübelte. Spät in der Nacht erwachte die Frau und fühlte, dass sie die Strümpfe noch trug, die sie angezogen hatte, als sie fort wollte. Sie streifte sie ab und strich darüber hin, bevor sie sie auf den Stuhl neben ihrem Bett legte.

Zwei Tage später verkaufte Adolf Bethke sein Haus und seine Werkstatt. Er fand kurze Zeit darauf eine Tauschwohnung in der Stadt. Die Möbel wurden aufgeladen. Der Hund musste zurückgelassen werden. Am schwersten aber war der Abschied von seinem Garten. Es war doch nicht leicht, so fortzugehen, und Adolf wusste nicht, was daraus noch werden sollte. Die Frau jedoch war willig und still.

Das Haus in der Stadt ist feucht und lichtlos, die Treppengeländer sind schmutzig und beschlagen vom Waschküchengeruch, die Luft dumpf von Nachbarnhass und ungelüfteten Zimmern. Arbeit ist wenig da, umso mehr Zeit zum Grübeln. Die beiden werden nicht froh. Es ist, als ob ihnen alles gefolgt sei. Adolf hockt in der Küche und begreift nicht, dass es nicht anders werden will. Wenn sie sich abends gegenübersitzen, wenn sie Zeitungen gelesen, das Essen vom Tisch geräumt haben, dann steht wieder der Hohlraum der Schwermut um das Haus, und ihm wird schwindlig vom Horchen und Nachdenken. Die Frau macht sich zu schaffen, sie putzt den Herd, und wenn er sagt: »Komm, Marie«, so legt sie Lappen und Schmirgel weg und kommt, und wenn er sie herunterzieht und flüstert, erbärmlich allein: »Wir kriegen es schon«, dann nickt sie, aber sie bleibt still, sie ist nicht lustig, wie er es möchte. Er weiß nicht, dass es ebenso sehr an ihm liegt wie an ihr, dass sie sich auseinandergelebt haben in den vier Jahren, als sie nicht zusammen waren, und dass der eine den anderen jetzt bedrückt. Er fährt sie an: »So sprich doch was.« Sie erschrickt; und willfährig sagt sie etwas, was soll sie denn schon sagen, was passiert schon hier in diesem Hause, in ihrer Küche – und wenn es zwischen zwei Menschen erst so ist, dass sie sprechen sollen, dann werden sie nie genug sprechen können, um es in Ordnung zu bringen. Sprechen ist gut, wenn Glück dahintersteht, wenn es leicht und lebendig fließt, aber was sollen so wetterwendische und misszuverstehende Dinge wie Worte schon helfen, wenn man im Unglück ist. Sie machen es nur noch schlimmer.

Adolf folgt den Bewegungen der Frau mit den Augen, und er sieht dahinter eine andere, junge, fröhliche, die Frau seiner Erinnerung, die er nicht vergessen kann. Der Argwohn flackert auf, und gereizt wirft er hin: »Denkst wohl immer noch an den Kerl, was?« Und als sie ihn groß ansieht und er sein Unrecht merkt, wühlt er gerade deshalb weiter: »Muss doch so sein, warst doch früher anders! Warum bist du denn wiedergekommen? Hättest ja bei ihm bleiben können!«

Jedes Wort tut ihm selbst weh, aber wer schwiege darum! Er redet weiter, bis die Frau am Gossenstein in der Ecke steht, wo das Licht nicht hinfällt, und wieder weint, wie ein Kind, das sich verlaufen hat.

Ach, Kinder sind wir alle, verlaufene, törichte Kinder, und immer steht die Nacht um unser Haus.

Er hält es nicht aus, er geht fort und läuft ziellos durch die Straßen, er steht vor den Schaufenstern, ohne etwas zu sehen, er läuft dahin, wo es hell ist. Elektrische Bahnen klingeln, Autos pfeifen vorüber, Menschen stoßen ihn an, und unter dem gelben Lichthof der Laternen stehen die Huren. Sie wiegen die stämmigen Hintern, sie lachen und haken sich ein, er fragt: »Bist du lustig?«, und dann geht er mit ihnen, froh, etwas anderes zu sehen und zu hören. Aber nachher steht er wieder herum, nach Hause will er nicht, und nach Hause möchte er doch, er rennt durch die Kneipen und säuft sich voll.

So finde ich ihn und höre ihm zu und betrachte ihn, wie er mit trüben Augen dasitzt und Worte hervorstößt und trinkt: Adolf Bethke, der umsichtigste, beste Soldat, der treueste Kamerad, der vielen geholfen und so manche gerettet hat. Schutz und Trost, Mutter und Bruder oft für mich draußen, wenn die Leuchtschirme flatterten, und die Nerven von Angriff und Tod zerrissen waren – Seite an Seite haben wir geschlafen in den nassen Stollen, und er hat mich zugedeckt, als ich krank war, alles konnte er, immer wusste er Rat – hier aber hängt er im Drahtverhau und zerreißt sich Hände und Gesicht, und seine Augen sind schon trübe geworden. –

»Mensch, Ernst«, sagt er mit trostloser Stimme, »wären wir doch draußen geblieben – da waren wir wenigstens zusammen.« Ich antworte nicht – ich sehe nur meinen Ärmel an, auf dem ein paar rötlich verwaschene Blutflecken sitzen. Es ist das Blut von Weil, der auf Kommando von Heel erschossen wurde. So weit sind wir jetzt. Es ist wieder Krieg; aber die Kameradschaft ist nicht mehr.

IV

TJADEN FEIERT HOCHZEIT mit der Pferdemetzgerei. Das Geschäft hat sich zu einer wahren Goldgrube entwickelt, und Tjadens Neigung zu Mariechen ist in gleichem Maße gewachsen.

Morgens fährt das Brautpaar in einer schwarz lackierten, mit weißer Seide ausgeschlagenen Kutsche zur Trauung, vierspännig natürlich, wie es für ein Unternehmen, das von Pferden lebt, gehört. Willy und Kosole sind als Trauzeugen bestimmt. Willy hat sich zu diesem feierlichen Anlass ein Paar weiße Handschuhe aus echter Baumwolle gekauft. Das hat viel Mühe gekostet. Karl musste zunächst ein halbes Dutzend Bezugscheine besorgen, und dann ging zwei Tage lang das Suchen los – denn kein Geschäft hatte Willys Größe vorrätig. Doch es hat sich gelohnt. Die kalkweißen Säcke, die er schließlich erwischt hat, wirken überwältigend zu dem frisch gefärbten Cut. Tjaden ist im

Frack, Mariechen im Brautkleid mit Schleppe und Myrtenkranz.

Kurz vor der Abfahrt zum Standesamt gibt es noch einen Zwischenfall. Kosole kommt an, sieht Tjaden im Frack und kriegt einen Lachkrampf. Kaum ist er einigermaßen wieder zu sich gekommen und wirft erneut einen Blick zur Seite, wo Tjadens abstehende Ohren über dem hohen Kragen schimmern, da geht es abermals los. Es hilft nichts, er würde mitten in der Kirche losbrüllen und die ganze Trauung gefährden – deshalb muss ich im letzten Moment als Trauzeuge einspringen.

Die ganze Pferdemetzgerei ist festlich geschmückt. Am Eingang stehen Blumen und junge Birken, und sogar der Schlächterraum hat eine Girlande aus Tannenreisern, auf denen Willy unter großem Beifall ein Schild »Herzlich Willkommen« anbringt.

Selbstverständlich gibt es kein Stück Pferdefleisch bei Tisch; bestes Schweinefleisch dampft in den Schüsseln, und ein riesiger Kalbsbraten steht aufgeschnitten vor uns.

Nach dem Kalbsbraten zieht Tjaden seinen Frack aus und legt den Kragen ab. Das ermöglicht Kosole, besser einzuhauen, denn bislang durfte er nicht zur Seite blicken, ohne sich der Gefahr eines Erstickungsanfalles auszusetzen. Wir folgen Tjadens Beispiel und es wird gemütlich.

Nachmittags verliest der Schwiegervater ein Dokument, das Tjaden zum Mitbesitzer der Schlächterei macht. Wir gratulieren ihm, und Willy trägt behutsam mit seinen weißen Handschuhen unser Hochzeitsgeschenk herein: ein Messingtablett mit einer Garnitur von zwölf geschliffenen Kristallschnapsgläsern. Dazu drei Flaschen Cognac aus Karls Beständen.

Abends kommt Ludwig einen Augenblick. Auf Tjadens dringende Bitte ist er in Uniform erschienen, denn Tjaden will seinen Leuten zeigen, dass er einen richtigen Leutnant zum Freunde hat. Aber er geht bald wieder. Wir andern bleiben, bis nur noch Knochen und leere Flaschen auf dem Tische stehen.

Als wir endlich auf die Straße kommen, ist es Mitternacht. Albert macht den Vorschlag, noch ins Café Gräger zu gehen.

»Da ist ja längst alles zu«, sagt Willy.

»Wir können hintenrum reinkommen«, beharrt Albert, »Karl weiß Bescheid.«

Wir haben alle keine rechte Lust mehr. Doch Albert drängt so lange, bis wir endlich nachgeben. Ich bin verwundert darüber, denn sonst ist er immer der Erste, der nach Hause will.

Obwohl bei Gräger vorn alles dunkel und still ist, geraten wir in einen mächtigen Betrieb, als wir hintenherum über den Hof hineinkommen. Gräger ist das Lokal der Schieber; da geht es fast jeden Tag bis morgens durch.

Ein Teil des Raumes besteht aus kleinen Kojen mit roten Samtvorhängen. Das ist die Weinabteilung. Die meisten Vorhänge sind zugezogen. Quietschen und Lachen ertönt dahinter hervor. Willy grinst von einem Ohr bis zum andern. »Grägers Privatpuff.«

Wir nehmen weiter vorn Platz. Das Café ist voll besetzt. Rechts sind die Tische der Huren. Wo Geschäfte gedeihen, blüht die Lebensfreude. Deshalb sind zwölf Weiber hier nicht einmal zu viel. Allerdings haben sie Konkurrenz. Karl zeigt uns Frau Nickel, einen üppigen, schwarzen Feger. Ihr Mann ist nur ein kleiner Gelegenheitsschieber, der ohne sie verhungert wäre. Sie hilft ihm deshalb, indem sie mit seinen Geschäftspartnern gewöhnlich vorher eine Stunde allein in ihrer Wohnung verhandelt. An allen Tischen herrscht erregtes Hin und Her. Getuschel, Geflüster, Gezischel und Radau. Leute mit englischen Anzügen und neuen Hüten werden von anderen mit Joppen, ohne Kragen, in die Ecke gezogen, geheimnisvoll werden Päckchen und Proben aus den Taschen geholt, geprüft, zurückgewiesen, wieder angeboten, Notizbücher erscheinen, Bleistifte sind in Bewegung, ab und zu stürzt jemand zum Telefon oder nach draußen, und die Luft schwirrt nur so von Waggons, Kilos, Butter, Heringen, Speck, Ampullen, Dollars, Guiden, Aktiennamen und Zahlen. Dicht neben uns wird besonders eifrig über einen Waggon Kohle debattiert. Aber Karl macht nur eine abweisende Geste. »Das sind alles Luftgeschäfte. Der eine hat mal irgendwo etwas gehört, ein Zweiter vermittelt weiter, ein Dritter interessiert einen Vierten, sie rennen herum und tun sich wichtig, aber es steckt fast nie etwas dahinter. Das sind nur Mitläufer, die gern eine Provision schnappen möchten. Die echten Schiebefürsten machen ihre Geschäfte höchstens mit ein bis zwei Mittelspersonen, die sie kennen. Da drüben der Dicke hat gestern zwei Waggons Eier in Polen gekauft. Die laufen jetzt angeblich nach Holland, werden unterwegs anders deklariert und kommen dann als frische holländische Trinkeier zum dreifachen Preis wieder zurück. Das da vorn sind Kokainhändler; sie verdienen natürlich kolossal. Links sitzt Diederichs; der handelt nur mit Speck. Auch sehr gut.«

»Wegen diesen Schweinen müssen wir nun Kohldampf schieben«, knurrt Willy.

»Das müsstest du ohne sie auch«, erwidert Karl. »Vorige Woche wurden noch zehn Fass Butter von Staats wegen verkauft, weil sie völlig verdorben waren durch das lange Stehen. Mit dem Getreide ist das ebenso. Bartscher hat neulich noch ein paar Fuder für ein paar Pfennige kaufen können, weil sie dem Staat in einem baufälligen Schuppen ganz verregnet und verpilzt waren.«

»Wie heißt der?«, fragt Albert.

»Bartscher. Julius Bartscher.«

»Ist der öfter hier?« –

»Ich glaube wohl«, sagt Karl, »willst du mit ihm Geschäfte machen?« –

Albert schüttelt den Kopf. »Hat er Geld?«

»Wie Heu«, erwidert Karl mit einem gewissen Respekt. »Seht mal, da kommt Arthur!«, ruft Willy lachend.

Der kanariengelbe Gummimantel taucht in der Hintertür auf. Ein paar Leute stehen auf und stürzen auf ihn los. Ledderhose schiebt sie beiseite, grüßt gönnerhaft diesen und jenen und geht zwischen den Tischen weiter wie ein General. Erstaunt sehe ich, welch einen harten, unangenehmen Ausdruck sein Gesicht gekriegt hat, einen Ausdruck, der bleibt, auch wenn er lächelt.

Er begrüßt uns ziemlich von oben herab. »Setz dich, Arthur«, schmunzelt Willy. Ledderhose zögert, aber er kann der Versuchung nicht widerstehen, uns hier in seinem Reich mal zu zeigen, was für ein Kerl er geworden ist.

»Nur für einen Augenblick«, sagt er und nimmt den Stuhl von Albert, der gerade durchs Lokal streift, als suche er jemand. Ich will hinter ihm herlaufen, lasse es aber, weil ich glaube, dass er nur mal in den Hof muss. Ledderhose lässt Schnaps anfahren und beginnt, über zehntausend Militärstiefel und zwanzig Waggons Altmaterial mit einem Manne zu verhandeln, dessen Finger nur so blitzen von Diamanten. Ab und zu vergewissert Arthur sich durch einen Blick, ob wir auch zuhören.

Albert aber geht die Kojen entlang. Jemand hat ihm etwas erzählt, das er nicht glauben kann, und das ihm trotzdem den ganzen Tag wie ein Brett im Kopf sitzt. Als er durch den Spalt der vorletzten Koje späht, hat er das Gefühl, als ob ein riesiges Beil auf ihn heruntersause. Er taumelt eine Sekunde, dann reißt er den Vorhang beiseite.

Sektgläser stehen auf dem Tisch, ein Bukett Rosen liegt daneben, das Tischtuch ist verschoben und hängt halb auf dem Boden. Hinter dem Tisch kauert eine blonde Person in einem Sessel. Das Kleid ist heruntergestreift, das Haar zerzaust, die Brüste sind noch frei. Das Mädchen hat Albert den Rücken zugewandt, es summt einen Schlager und kämmt sich vor einem kleinen Spiegel. »Lucie«, sagt Albert heiser.

Sie fährt herum und starrt ihn an wie ein Gespenst. Krampfhaft versucht sie zu lächeln, aber das Zucken ihres Gesichtes erstirbt, als sie sieht, wie Alberts Blick auf ihren nackten Brüsten haftet. Es gibt nichts mehr zu lügen. Angstvoll drückt sie sich hinter den Sessel. »Albert – ich habe keine Schuld –«, stammelt sie, »er – er ist es gewesen –«, und plötzlich plappert sie ganz schnell: »Er hat mich betrunken gemacht, Albert, ich habe es gar nicht gewollt, er hat mir immer mehr gegeben, ich habe von nichts mehr gewusst, ich schwöre es dir …«

»Was ist denn hier los?«, fragt jemand hinter ihm. Bartscher ist vom Hof zurückgekehrt und wiegt sich in den Knien hin und her. Er bläst Albert den Rauch seiner Zigarre ins Gesicht. »Bisschen nassauern, was? Marsch, abfahren!«

Albert steht einen Augenblick wie betäubt vor ihm. Mit ungeheurer Deutlichkeit springen ihm der gewölbte Bauch, das karierte Muster des braunen Anzugs, die goldene Uhrkette und das breite rote Gesicht des andern ins Gehirn.

In diesem Moment blickt Willy von unserm Tisch aus zufällig auf, springt sofort hoch, wirft ein paar Leute um und rennt durchs Lokal. Doch es ist zu spät. Ehe er ankommt, hat Albert seinen Feldrevolver in der Hand und schießt. Wir laufen hin.

Bartscher hat versucht, sich mit einem Stuhl zu decken – doch er hat ihn nur bis zur Augenhöhe gekriegt. Alberts Schuss aber sitzt zwei Zentimeter darüber in der Stirn. Er hat kaum gezielt – er war immer schon der beste Schütze in der Kompanie, und mit seinem Feldrevolver weiß er seit Jahren Bescheid.

Bartscher kracht zu Boden. Die Füße zucken. Der Schuss war tödlich. Das Mädchen kreischt. »Raus!«, schreit Willy und hält die anstürmenden Gäste in Schach. Wir reißen Albert, der bewegungslos dasteht und das Mädchen ansieht, durch den Hof, über die Straße, um die nächsten Ecken, auf einen dunklen Platz, wo zwei Möbelwagen stehen. Willy kommt nach. »Du musst sofort verschwinden, diese Nacht noch!«, sagt er keuchend.

Albert sieht ihn an, als erwache er jetzt erst. Dann macht er sich los. »Lass nur, Willy«, antwortet er schwerfällig, »ich weiß, was ich jetzt zu tun habe.«

»Bist du verrückt?«, schnauzt Kosole.

Albert taumelt etwas. Wir halten ihn. Er wehrt uns wieder ab. »Nein, Ferdinand«, sagt er leise, als sei er sehr müde, »wer das eine macht, muss auch das andere tun.« Er geht langsam der Straße zu.

Willy läuft ihm nach und redet auf ihn ein. Albert schüttelt nur den Kopf und geht zur Mühlenstraße. Willy folgt ihm.

»Man muss ihn mit Gewalt wegbringen«, ruft Kosole, »er bringt es fertig, zur Polizei zu laufen!«

»Ich glaube, es nützt nichts, Ferdinand«, sagt Karl verstört, »ich kenne Albert.«

»Aber der Mann wird doch davon nicht wieder lebendig«, schreit Ferdinand, »was nützt ihm das? Albert muss weg!«

Wir sitzen schweigend herum und warten auf Willy.

»Wie konnte er das nur machen?«, fragt Kosole nach einer Weile.

»Er hat so an dem Mädchen gehangen«, sage ich.

Willy kommt allein zurück. Kosole springt auf. »Ist er weg?«

Willy wendet den Kopf ab. »Zur Polizei gegangen. Es war nichts zu machen. Fast hätte er auch noch auf mich geschossen, als ich ihn wegschleppen wollte.«

»Verflucht!« Kosole legt den Kopf auf die Wagendeichsel. Willy lässt sich ins Gras fallen. Karl und ich lehnen an den Wänden des Möbelwagens.

Kosole, Ferdinand Kosole schluchzt wie ein kleines Kind.

V

EIN SCHUSS IST GEFALLEN, ein Stein hat sich gelöst, eine dunkle Hand hat zwischen uns gegriffen. Wir sind vor einem Schatten davongelaufen, aber wir sind im Kreise gelaufen, und der Schatten hat uns eingeholt.

Wir haben gelärmt und gesucht, wir haben uns verhärtet und hingegeben, wir haben uns geduckt und sind angesprungen, wir haben uns verirrt und sind weitergelaufen – aber immer spürten wir den Schatten im Genick und wollten ihm entrinnen. Wir haben geglaubt, er jagt hinter uns her – und wir haben nicht gewusst, dass wir ihn mitgeschleppt haben, dass da, wo wir waren, schweigend auch er war – dass er nicht hinter uns, sondern in uns war –, in uns selber.

Wir haben Häuser bauen wollen, wir hatten Sehnsucht nach Gärten und Terrassen, denn wir wollten das Meer sehen und den Wind fühlen – aber wir dachten nicht daran, dass Häuser ein Fundament brauchen. Wir waren wie die verlassenen Trichterfelder in Frankreich – sie sind ebenso still wie die Äcker ringsum, aber in ihnen sitzt noch die verschüttete Munition – und so lange ist der Pflug gefährlich und gefährdet, bis sie ausgegraben und fortgeräumt ist.

Wir sind immer noch Soldaten, ohne es gewusst zu haben. Wäre Alberts Jugend friedlich und ohne Bruch gewesen, so hätte er vieles gehabt, das warm und vertraut mit ihm gewachsen und ihn gehalten und bewahrt hätte. So aber war alles zerbrochen, er hatte nichts mehr, als er wiederkam – seine ganze verdrängte Jugend, seine geknebelt gewesene Sehnsucht und sein Bedürfnis nach Heimat und Zärtlichkeit warf sich blind auf diesen einen Menschen, den er zu lieben glaubte. Und als alles zerbrach, wusste er nichts anderes, als zu schießen – denn sonst hatte er nichts gelernt. Wäre er kein Soldat gewesen, so hätte er viele andere Wege gehabt. So aber zitterte nicht einmal seine Hand – er war seit Jahren gewohnt, zu treffen.

In Albert, dem verträumten Jungen, in Albert, dem scheuen Liebenden, saß immer noch Albert, der Soldat.

Die zerknitterte, alte Frau begreift es nicht. »Wie konnte er das nur tun? Er war immer so ein stilles Kind!« Die Bänder ihres Altfrauenhutes zittern, das Taschentuch zittert, die schwarze Mantille zittert – die ganze Frau ist ein einziges bebendes Stück Leid. »Vielleicht ist es gekommen, weil er keinen Vater mehr hat. Er war erst vier Jahre, als sein Vater starb. Aber er war doch immer ein so stilles, gutes Kind –«

»Das ist er heute auch noch, Frau Troßke«, sage ich. Sie klammert sich daran und beginnt von Alberts Kindheit zu erzählen. Sie muss sprechen, sie hält es nicht mehr aus, die Nachbarn waren da, Bekannte, zwei Lehrer auch, alle verstehen es nicht –

»Die sollen nur ihren Schnabel halten«, sage ich, »die sind alle mit schuld.«

Sie blickt mich verständnislos an. Aber dann erzählt sie weiter davon, wie Albert laufen gelernt hat, dass er nie geschrien hat wie andere Kinder, dass er fast zu ruhig war für einen Jungen – und jetzt so etwas. Wie konnte er das nur tun?

Verwundert sehe ich sie an. Sie weiß nichts von Albert. Vielleicht würde es meiner Mutter genauso mit mir gehen. Mütter können wohl nur lieben, das ist ihr einziges Verständnis.

»Bedenken Sie, Frau Troßke«, sage ich behutsam, »Albert ist doch im Kriege gewesen.«

»Ja«, antwortet sie, »ja – ja –« Sie fasst den Zusammenhang nicht. »Dieser Bartscher war wohl ein schlechter Mensch?«, fragt sie dann leise.

»Er war ein Lump«, bestätige ich ohne Weiteres, denn darauf soll es mir nicht ankommen.

Sie nickt unter Tränen. »Sonst konnte ich es mir auch nicht denken. Er hat nie einer Fliege etwas getan. Hans, der hat ihnen die Flügel ausgerissen, aber Albert nie. Was werden sie nun wohl mit ihm machen?«

»Viel kann ihm nicht passieren«, beruhige ich sie, »er war sehr aufgeregt, und das ist beinahe so wie Notwehr.«

»Gott sei Dank«, seufzte sie, »der Schneider über uns hat gesagt, er würde hingerichtet.«

»Der Schneider ist verrückt«, erwidere ich.

»Ja, er hat auch gesagt, Albert wäre ein Mörder.« Sie bricht aus. »Und er ist nie und nimmer einer, nie und nimmer!«

»Diesen Schneider werde ich mir mal kaufen«, erkläre ich wütend.

»Ich traue mich gar nicht mehr aus dem Hause«, schluchzt sie, »immer steht er da.«

»Ich bringe Sie hin, Mutter Troßke«, sage ich.

Wir kommen bei ihrem Haus an. »Da ist er wieder«, flüstert die alte Frau ängstlich und zeigt auf die Haustür. Ich mache mich steif. Wenn er jetzt einen Ton sagt, haue ich ihn zu Brei, und wenn ich zehn Jahre dafür in den Kasten komme. Aber er geht uns aus dem Wege, ebenso wie zwei Weiber, die bei ihm herumlungern.

In der Wohnung zeigt Alberts Mutter mir noch ein Jugendbild von Hans und ihm. Dabei beginnt sie von Neuem zu weinen, doch sie hört wie beschämt gleich wieder auf. Alte Frauen sind darin wie Kinder; Tränen kommen ihnen rasch; aber sie versiegen auch rasch. Auf dem Korridor fragt sie mich: »Hat er wohl genug zu essen?«

»Sicher wohl«, antworte ich, »Karl Bröger wird schon darauf aufpassen. Der kann genug bekommen.«

»Ich habe noch etwas Pfannkuchen, den isst er so gern. Ob ich ihm den wohl bringen darf?«

»Versuchen Sie es mal«, erwidere ich, »und wenn Sie es dürfen, dann sagen sie einfach zu ihm: Albert, ich weiß, du bist nicht schuld daran. Mehr nicht.«

Sie nickt. »Vielleicht habe ich mich nicht genug um ihn gekümmert. Aber Hans hat doch keine Füße –«

Ich tröste sie. »Der arme Junge«, sagt sie, »sitzt da nun ganz allein –«

Ich gebe ihr die Hand. »Mit dem Schneider werde ich jetzt mal reden. Der wird Sie nächstens in Ruhe lassen.«

Er steht noch vor der Haustür. Ein plattes, dummes Kleinbürgergesicht. Er glupscht mich hämisch an, das Maul schon parat, um hinter mir loszuklatschen. Ich fasse ihn am Rock. »Sie verfluchter Ziegenbock, wenn Sie noch ein einziges Wort zu der alten Frau da oben sagen, dann hacke ich Sie in Stücke, merken Sie sich das, Sie Zwirnfadenathlet, Sie Waschweib!« Ich schüttle ihn wie einen Sack Lumpen und stoße ihm das Kreuz gegen die Türklinke – »ich komme wieder, die Knochen breche ich dir, du lausiger Plättbrettscheißer, du verdammter Meck-Meck-Meck!« Damit haue ich ihm rechts und links eine gehörige Wucht herunter.

Ich bin schon weit weg, da kreischt er hinter mir her. »Das geht ans Gericht! Das kostet Sie mindestens hundert Mark.« Ich drehe mich um und gehe zurück. Er verschwindet.

Georg Rahe hockt schmutzig und übernächtigt in Ludwigs Zimmer. Er hat die Nachricht von Albert in der Zeitung gelesen und ist sofort hergekommen. »Wir müssen ihn herausholen«, sagt er. Ludwig blickt auf.

»Wenn wir ein halbes Dutzend vernünftiger Kerle und ein Automobil hätten«, fährt Rahe fort, »müsste es klappen. Die beste Zeit wäre, wenn er zum Gerichtssaal überführt wird. Wir springen dazwischen, machen einen Tumult, und zwei rennen mit Albert los zum Auto.« Ludwig hat einen Augenblick aufgehorcht. Dann schüttelt er den Kopf. »Es geht nicht, Georg. Wir würden Albert nur schaden, wenn es misslänge. So hat er wenigstens die Hoffnung, dass er noch einigermaßen davonkommt. Doch das wäre das Wenigste – ich würde sofort dabei sein – aber Albert – wir würden Albert nicht mitkriegen. Er will nicht.«

»Dann müssen wir es auch bei ihm mit Gewalt machen«, erklärt Rahe nach einer Weile –, »heraus muss er – und wenn ich dabei draufgehe –«

Ludwig erwidert nichts.

»Ich glaube auch, dass es nichts nützen wird, Georg«, sage ich –, »selbst wenn wir ihn draußen hätten, würde er sofort wieder zurückgehen. Er hat ja fast auf Willy geschossen, als der ihn wegbringen wollte.«

Rahe stützt den Kopf in die Hände. Ludwig sieht grau und verfallen aus. »Ich glaube, wir sind alle verloren«, sagt er trostlos. Keiner antwortet. Tot hängt das Schweigen und die Sorge im Zimmer. –

Nachher sitze ich noch lange allein bei Ludwig. Er stützt den Kopf in die Hände. »Es ist alles umsonst, Ernst. Wir sind kaputt, aber die Welt geht weiter, als wenn der Krieg nicht da gewesen wäre. Es wird nicht lange mehr dauern, und unsere Nachfolger auf den Schulbänken werden mit gierigen Augen den Erzählungen aus dem Kriege lauschen und sich aus der Langeweile der Schule heraus wünschen, auch dabei gewesen zu sein. Jetzt schon laufen sie zu den Freikorps – und kaum siebzehnjährig begehen sie politische Morde. Ich bin so müde, Ernst –«

»Ludwig ...« Ich setze mich neben ihn und lege den Arm um seine schmalen Schultern.

Er lächelt trostlos. Dann sagt er leise: »Damals, vor dem Kriege, hatte ich so eine Schülerliebe, Ernst. Vor ein paar

Wochen habe ich das Mädchen wiedergetroffen. Es schien mir noch schöner geworden zu sein. Das war so, als ob die Zeit von früher noch einmal in einem Menschen lebendig geworden wäre. Wir haben uns dann öfter gesehen – und plötzlich habe ich gespürt …«, er legt den Kopf auf die Tischplatte. Als er wieder aufsieht, sind seine Augen tot vor Qual –, »das ist ja alles nichts mehr für mich, Ernst – ich bin ja krank.« Er steht auf und öffnet das Fenster. Draußen ist eine warme Nacht mit vielen Sternen.

Bedrückt starre ich vor mich hin. Ludwig sieht lange hinaus. Dann wendet er sich um: »Weißt du noch, wie wir mit einem Band Eichendorff nachts in den Wäldern umhergezogen sind?«

»Ja, Ludwig«, sage ich rasch, froh, dass er auf andere Gedanken gekommen ist, »es war im Spätsommer. Einmal haben wir einen Igel dabei gefangen.«

Sein Gesicht entspannt sich. »Und wir glaubten schon, es sei ein Abenteuer mit Postkutschen, Waldhörnern und Sternen –. Weißt du noch, wie wir ausreißen wollten nach Italien?«

»Ja, aber die Postkutsche kam nicht, die uns mitnehmen sollte. Und für die Eisenbahn hatten wir kein Geld.«

Ludwigs Gesicht wird klarer, es sieht fast geheimnisvoll aus, so heiter ist es. »Und dann haben wir Werther gelesen –«, sagt er.

»Und Wein getrunken –«, erinnere ich ihn.

Er lächelt. »Und den ›Grünen Heinrich‹ gelesen –. Weißt du noch, wie wir von Judith geflüstert haben?«

Ich nicke. »Du mochtest nachher aber Hölderlin lieber als alles andere –«

Ein sonderbarer Frieden ist über Ludwig gekommen. Er spricht leise und weich. »Was hatten wir damals für Pläne, und wie edel und gut wollten wir werden. Wir sind dann eigentlich recht arme Hunde geworden, Ernst –«

»Ja«, antworte ich nachdenklich, »wo ist das alles geblieben! –« Wir lehnen nebeneinander im Fenster. Der Wind hängt in den Kirschbäumen. Eine Sternschnuppe fällt. Es schlägt zwölf Uhr.

»Wir wollen schlafen gehen.« Ludwig gibt mir die Hand. »Gute Nacht, Ernst –«

»Schlaf gut, Ludwig.«

Spätnachts trommelt jemand gegen meine Tür. Verstört fahre ich auf. »Wer ist da?«

»Ich, Karl! Mach auf!«

Ich springe aus dem Bett.

Er stürzt herein. »Ludwig –«

Ich reiße ihn heran. »Was ist mit Ludwig?«

»Tot –«

Das Zimmer dreht sich. Ich falle auf mein Bett zurück. »Arzt holen!«

Karl schlägt einen Stuhl auf den Boden, dass er splittert. »Tot, Ernst – Pulsadern aufgeschnitten –«

Ich weiß nicht, wie ich meine Sachen angezogen habe. Ich weiß nicht, wie ich hingekommen bin. Plötzlich ist ein Zimmer da, grelles Licht, Blut, das unerträgliche Funkeln und Blitzen der Quarze und Kiesel, und davor, in einem Sessel, eine unendlich müde, schmale, zusammengefallene Gestalt, ein furchtbar blasses, spitzes Gesicht mit halb geschlossenen, erloschenen Augen. –

Ich weiß nicht, was geschieht. Seine Mutter ist da, Karl ist da, Lärm ist da, einer redet auf mich ein, ich verstehe, hier bleiben, ich begreife, sie wollen jemand holen, ich nicke, ich kauere mich in das Sofa, Türen knarren, ich kann mich nicht bewegen, ich kann nicht sprechen, plötzlich bin ich allein mit Ludwig und sehe ihn an –

Karl war der Letzte, der bei ihm war. Er fand ihn still und fast froh. Als er gegangen war, ordnete Ludwig seine paar Sachen und schrieb eine Zeit lang. Dann rückte er einen

Stuhl ans Fenster und stellte ein Becken mit warmem Wasser daneben auf den Tisch. Er verschloss die Tür, setzte sich in den Sessel und schnitt sich die Adern im Wasser auf. Der Schmerz war gering. Er sah das Blut fließen, ein Bild, an das er oft gedacht hatte: dieses verhasste, vergiftete Blut ausströmen zu lassen aus dem Körper.

Sein Zimmer wurde sehr deutlich. Er sah jedes Buch, jeden Nagel, jeden Reflex der Steinsammlung, das Bunte, die Farben, er empfand: sein Zimmer. Es drängte sich heran, es ging in seinen Atem ein und verwuchs mit ihm. Dann wurde es wieder ferner. Undeutlich. Seine Jugend begann in Bildern. Eichendorff, die Wälder, das Heimweh. Versöhnt, ohne Schmerz. Hinter den Wäldern stieg Stacheldraht auf, die weißen Wölkchen der Schrapnells, der Einschlag schwerer Granaten. Doch sie erschreckten ihn nicht mehr. Sie waren gedämpft, fast wie Glocken. Die Glocken wurden stärker, aber die Wälder blieben. Sie läuteten in seinem Kopfe, so stark, als müsste er gleich zerspringen. Es wurde dabei auch dunkler. Dann wurde es schwächer, und der Abend stieg durch das Fenster, die Wolken schwammen heran, unter seine Füße. Er hätte gern in seinem Leben einmal Flamingos gesehen, jetzt wusste er: diese waren Flamingos, mit weiten rosagrauen Schwingen, viele, ein Keil – zogen nicht einmal Wildenten in einem Keil gegen den sehr roten Mond, rot wie Mohn in Flandern? – Die Landschaft weitete sich mehr und mehr, die Wälder sanken tiefer, silbern glänzten Flüsse herauf und Inseln, die rosagrauen Schwingen flogen immer höher, und immer heller wurde der Horizont – das Meer – – Doch plötzlich stemmte sich noch einmal heiß im Halse ein schwarzer Schrei hoch, ein letzter Gedanke wurde aus dem Hirn in das schwindende Bewusstsein gespült: Angst, Rettung, Abbinden – er versuchte aufzutaumeln, die Hand hochzureißen – der Körper zuckte, aber er war schon zu schwach. Es kreiste und kreiste, dann schwand es, und der riesige Vogel mit den dunklen Fittichen kam sehr leise mit langsamen Flügelschlägen und wehte sie lautlos über ihm zusammen.

Eine Hand schiebt mich fort. Menschen sind wieder da, sie fassen Ludwig an, ich reiße den Ersten weg, niemand soll ihn anrühren, aber dann ist sein Gesicht mit einmal sehr hell und kalt vor mir, verändert, streng, fremd – ich erkenne ihn nicht mehr und taumele zurück, hinaus.

Ich weiß nicht, wie ich in mein Zimmer gekommen bin. Mein Kopf ist leer, und kraftlos liegen meine Arme auf den Lehnen des Stuhles.

Ludwig, ich will nicht mehr. Ich will auch nicht mehr. Was soll ich denn noch hier? Wir gehören ja alle nicht mehr hierher. Entwurzelt, verbrannt, müde – warum bist du allein weggegangen?

Ich stehe auf. Meine Hände glühen. Meine Augen brennen. Ich fühle, dass ich Fieber habe. Meine Gedanken verwirren sich. Ich weiß nicht mehr, was ich tue. »Holt mich doch«, flüstere ich, »holt mich doch auch!«

Die Zähne zittern mir vor Frost. Meine Hände sind feucht. Ich taumele vorwärts. Große schwarze Kreise flirren mir vor den Augen.

Plötzlich erstarre ich. Ging da nicht eine Tür? Klinkte nicht ein Fenster? Ein Schauer durchfährt mich. Durch die offene Tür meines Zimmers sehe ich im Mondlicht neben der Geige an der Wand meinen alten Waffenrock hängen. Ich gehe vorsichtig darauf los, auf Zehenspitzen, damit er nichts merkt, ich schleiche auf diesen grauen Rock zu, der alles zerschlagen hat, unsere Jugend und unser Leben – ich reiße ihn herunter, ich will ihn wegwerfen, aber plötzlich streife ich ihn über, ich ziehe ihn an, ich fühle, wie er durch meine Haut Besitz von mir ergreift, ich fröstle, das Herz schlägt mir rasend hoch im Halse – da zerreißt ein Ton klingend die Stille, ich fahre auf und wende mich um, ich erschrecke, und voll Entsetzen presse ich mich gegen die Wand. –

Denn im fahlen Licht der offenen Tür steht ein Schatten. Er schwankt und weht, er kommt näher und winkt, eine Gestalt formt sich, ein Gesicht mit dunklen Augenhöhlen, zwischen denen ein breiter Riss klafft, ein Mund, der tonlos spricht – ist das nicht –? »Walter –«, flüstere ich, Walter Willenbrock, gefallen im August siebzehn bei Paschendaele – bin ich denn verrückt? träume ich? bin ich krank? – aber hinter ihm schiebt sich schon ein anderer herein, bleich, verkrümmt, gebeugt; Friedrich Tomberge, dem bei Soissons ein Splitter den Rücken zerschmetterte, als er auf den Stufen des Unterstandes hockte. – Und nun drängen sie herein, mit toten Augen, grau und gespenstisch, eine Schar von Schatten, sie sind wiedergekommen und füllen das Zimmer: Franz Kemmerich, mit achtzehn Jahren amputiert und drei Tage später gestorben. Stanislaus Katczinsky, mit schleifenden Füßen und gesenktem Kopf, aus dem dunkel ein dünner Faden sickert – Gerhard Feldkamp, zerrissen von einer Mine bei Ypern, Paul Bäumer, gefallen im Oktober 1918, Heinrich Weßling, Anton Heinzmann, Haie Westhus, Otto Matthes, Franz Wagner – Schatten, Schatten, ein langer Zug, eine endlose Reihe – Sie wehen herein, sie hocken auf den Büchern, sie klettern am Fenster hoch, sie füllen das Zimmer –

Aber plötzlich zerbricht das Grauen und das Staunen in mir – denn langsam hat sich ein stärkerer Schatten erhoben, er kriecht durch die Tür, die Arme aufgestemmt, er wird lebendig, Knochen wachsen hinein, ein Körper schleift hinterher, kreidig leuchten Zähne aus dem schwarzen Gesicht, jetzt funkeln auch schon Augen in den Höhlen – aufgeschreckt wie ein Seehund schleicht er herein, auf mich zu – der englische Hauptmann – hinter ihm schleifen raschelnd die Wickelgamaschen. Mit einem weichen Ruck wirft er sich hoch und krallt die Hände nach mir. – »Ludwig! Ludwig!«, schreie ich, »hilf mir, Ludwig!«

Ich packe in die Bücherhaufen und werfe sie den Händen entgegen, »Handgranate, Ludwig!«, stöhne ich, reiße das Aquarium vom Ständer und schleudere es in die Tür, krachend zersplittert es – aber er grinst nur und kommt näher, ich schmeiße den Schmetterlingskasten hinterher, die Geige, ich greife einen Stuhl und schlage auf das Grinsen ein, ich schreie »Ludwig! Ludwig!«, ich stürze auf ihn los, ich breche durch die Tür, der Stuhl kracht, ich rase davon, Rufe hinter mir, angstvolle Rufe, aber stärker, näher das jappende Keuchen, er jagt hinter mir her, ich stürme die Treppen hinunter, er poltert hinter mir, ich erreiche die Straße, ich spüre seinen gierigen Atem im Genick, ich renne, die Häuser schwanken. »Hilfe! Hilfe!« Plätze, Bäume, eine Kralle auf meiner Schulter, er holt mich ein, ich brülle, heule, stolpere, Uniformen, Fäuste, Toben, Blitze und das dumpfe Donnern der weichen Beile, die mich zu Boden schlagen! –

Siebenter Teil

I

SIND JAHRE VERGANGEN? Oder waren es nur Wochen? Wie ein Nebel, wie ein fernes Gewitter hängt die Vergangenheit am Horizont. Ich bin lange krank gewesen, und immer war das besorgte Gesicht meiner Mutter da, wenn das Fieber einmal wich. Dann aber kam eine große Müdigkeit, die alle Härte wegnahm, ein waches Schlafen, in dem alle Gedanken sich auflösten, eine matte Hingabe an das leise Singen des Blutes und die Wärme der Sonne. –

Die Wiesen leuchten im Glanz des Spätsommers. In Wiesen liegen – die Halme sind höher als das Gesicht, sie biegen sich, sie sind die Welt, nichts ist mehr da als sanftes Schwanken im Rhythmus des Windes. An den Stellen, wo das Gras allein wächst, hat der Wind einen leise sirrenden Ton, wie eine Sense von weither – da, wo der Sauerampfer steht, ist sein Ton dunkler und tiefer. Man muss lange ruhig sein und lauschen, um es zu hören. Dann aber wird die Stille lebendig. Winzige Fliegen mit schwarzen, rot gepunkteten Flügeln sitzen dicht beisammen auf den Rispen des Sauerampfers und schwanken mit den Stängeln hin und her. Hummeln summen wie kleine Flugzeuge über den Klee, und ein Marienkäferchen klettert einsam und beharrlich zur höchsten Spitze eines Hirtentäschelkrautes hinauf.

Eine Ameise erreicht mein Handgelenk und verschwindet im Tunnel meines Rockärmels. Sie schleppt ein Stück trockenes Gras, das viel länger ist als sie, hinter sich her. Ich spüre den leisen Reiz an meiner Haut und weiß nicht: Ist es die Ameise oder das Grasstückchen, das diesen zarten Streifen Leben an meinem Arm entlangzieht und kleine Schauer auslöst? Dann aber weht der Wind in den Ärmel, und ich empfinde: alles Streicheln der Liebe muss grob sein gegen diesen Hauch auf der Haut.

Schmetterlinge taumeln heran, so sehr dem Wind hingegeben, als schwämmen sie auf ihm, weiße und goldene Segel der zärtlichen Luft. Sie verweilen an den Blüten, und plötzlich, als ich wieder die Augen hebe, sehe ich zwei still auf meiner Brust sitzen, einer wie ein gelbes Blatt mit roten Punkten, der andere ausgebreitet mit violetten Pfauenaugen auf tiefdunklem Samtbraun. Orden des Sommers. Ich atme sehr leise und langsam, dennoch bewegt mein Atem ihre Flügel – aber sie bleiben bei mir. Der helle Himmel schwebt hinter den Gräsern, und eine Libelle steht mit schwirrenden Schwingen über meinen Schuhen. Weiße Marienfäden, Spinngewebe, schimmernde Altweibersommer wehen in der Luft. Sie hängen an den Stängeln und Blättern, der Wind treibt sie heran, sie hängen über meinen Händen, meinem Anzug, sie legen sich auf mein Gesicht, über meine Augen, sie decken mich zu. Mein Körper, eben noch mein Körper, geht über in die Wiese. Seine Grenzen verschwimmen, er ist nicht mehr abgesondert, das Licht löst seine Konturen auf, und an den Rändern beginnt er undeutlich zu werden.

Über das Leder der Schuhe steigt der Atem der Gräser, in die Wollporen des Anzugs dringt der Hauch der Erde, durch mein Haar weht bewegter Himmel: Wind – und das Blut klopft gegen die Haut, es hebt sich den Eindringenden entgegen, die Nervenspitzen richten sich auf und beben, schon fühle ich die Schmetterlingsfüße auf meiner Brust, und der Gang der Ameisen widerhallt in den konkaven Räumen meiner Adern – dann wird die Welle stärker, der letzte Widerstand zerschmilzt, und ich bin nur noch ein Hügel ohne Namen, Wiese, Erde. –

Die lautlosen Ströme der Erde kreisen herauf und hinab, und mein Blut kreist mit ihnen, es wird davongetragen und hat Anteil an allem. Durch das warme Dunkel der Erde fließt es mit den Stimmen der Kristalle und Quarze, es ist in dem geheimnisvollen Laut der Schwere, mit dem die Tropfen zwischen den Wurzeln niedersinken und sich zu den dünnen Rinnsalen sammeln, die ihren Weg zu den Quellen suchen. Es bricht mit ihnen wieder aus dem Boden hervor, es ist in Bächen und Flüssen, im Glanz der Ufer, in der Weite des Meeres und im feuchtsilbernen Dunst, den die Sonne wieder heraufzieht zu den Wolken – es kreist und kreist, es nimmt immer mehr von mir mit und spült es in die Erde und die unterirdischen Ströme, langsam und ohne Schmerzen verschwindet der Körper, er ist fort, nur noch Stoffe und Hüllen sind da, er ist Sickern unterirdischer Quellen geworden, Gespräch der Gräser, wehender Wind, rauschendes Laub, schweigend tönender Himmel. Die Wiese kommt näher, Blumen wachsen hindurch, Blüten schwanken darüber, ich bin versunken, vergessen, verströmt unter Mohn und gelben Sumpfdotterblumen, über denen Schmetterlinge und Libellen schweben. – Leiseste Bewegung – sanftestes Erzittern. – Ist es das letzte Schwanken vor dem Ende? Sind es die Mohnblüten und die Gräser? Ist es das Rieseln zwischen den Wurzeln der Bäume?

Aber die Bewegung verstärkt sich. Sie wird regelmäßiger, sie geht in Atem und Pulse über, Welle auf Welle kommt wieder und spült sich zurück – zurück aus Flüssen, Bäumen, Laub und Erde. – Das Kreisen beginnt erneut, aber es nimmt nicht fort, es bringt heran und bleibt, es wird Schauer. Empfindung, Fühlen, Hände, Körper – die Hüllen sind nicht mehr leer – lose, leicht und beschwingt spült die Erde meinen Körper wieder an – ich öffne die Augen.

Wo bin ich? Wo war ich? Habe ich geschlafen? Immer

noch ist die rätselhafte Verbundenheit da, ich lausche und wage nicht, mich zu bewegen. Aber sie bleibt, und immer stärker wird das Glück und die Leichtigkeit, das Schwebende, Strahlende, ich liege auf der Wiese, die Schmetterlinge sind fort und ferner, der Sauerampfer wiegt sich, und das Sonnenkäferchen hat seine Spitze erreicht, die Marienfäden hängen auf meinen Kleidern, das Schwingende bleibt, es steigt mir in die Brust, in die Augen, ich bewege meine Hände, welches Glück! Ich hebe meine Knie, ich setze mich auf, mein Gesicht ist feucht – und dann erst fühle ich, dass ich weine, fassungslos weine, als wäre vieles vorbei. –

Eine Zeit lang ruhe ich mich aus. Dann stehe ich auf und nehme die Richtung zum Friedhof. Bisher bin ich noch nicht da gewesen. Seit Ludwigs Tod habe ich heute zum ersten Mal allein ausgehen dürfen.

Eine alte Frau kommt mit mir, um mir Ludwigs Grab zu zeigen. Es liegt hinter einer Buchenhecke und ist mit Immergrün bepflanzt. Die Erde ist noch locker und bildet einen Hügel, an dem einige verwelkte Kränze lehnen. Die Goldschrift der Schleifen ist verblichen, man kann sie nicht mehr lesen.

Ich habe mich etwas gefürchtet, hierher zu gehen. Aber diese Stille ist ohne Schrecken. Der Wind weht über die Gräber, golden steht der Septemberhimmel hinter den Kreuzen, und im Laub der Platanenallee singt eine Amsel.

Ach, Ludwig, zum ersten Male habe ich heute etwas wie Heimat und Frieden gespürt, und du bist nicht mehr dabei. Noch wage ich es nicht zu glauben, noch halte ich es für Schwäche und Müdigkeit – aber vielleicht wird es einmal zur Hingabe, vielleicht müssen wir nur warten und schweigen, und es kommt dann von selbst zu uns, vielleicht ist das Einzige, was uns nicht verlassen hat, wirklich nur unser Körper und die Erde, und vielleicht brauchen wir nichts anderes zu tun, als zu horchen und ihnen zu folgen.

Ach, Ludwig, da haben wir nun gesucht und gesucht, wir sind irre gegangen und gestürzt, wir haben Ziele gewollt und sind über uns selbst gestolpert, wir haben es nicht gefunden und du bist zusammengebrochen – und jetzt soll es ein Windhauch über Gräsern, ein Amselruf im Abend sein, der uns anrührt und uns schon heimführt? Kann denn eine Wolke am Horizont, ein Baum im Sommer mehr Gewalt haben als noch so vieles Wollen?

Ich weiß es nicht, Ludwig. Ich kann es noch nicht glauben, denn ich hatte schon keine Hoffnung mehr. Aber wir wissen ja auch nicht, was Hingabe ist, und kennen nicht ihre Kraft. Wir kennen nur die Gewalt.

Wenn es aber ein Weg wäre, Ludwig – was soll er mir schon – ohne dich –

Der Abend steigt langsam hinter den Bäumen empor. Er bringt die Unruhe und die Trauer wieder mit. Ich starre auf das Grab. Schritte knirschen auf dem Kies. Ich blicke auf. Es ist Georg Rahe. Er sieht mich besorgt an und redet mir zu, nach Hause zu gehen.

»Ich habe dich lange nicht gesehen, Georg«, sage ich, »wo warst du?«

Er macht eine unbestimmte Geste. »Ich habe eine Anzahl Berufe versucht –«

»Bist du denn kein Soldat mehr?«, frage ich.

»Nein«, antwortet er hart.

Zwei Frauen in Trauerkleidern kommen den Weg zwischen den Platanen entlang. Sie tragen kleine, grüne Wasserkannen in den Händen und beginnen, die Blumen eines alten Grabes zu begießen. Süß weht der Duft von Goldlack und Reseden herüber.

Rahe sieht auf. »Ich glaubte, einen Rest Kameradschaft da zu finden, Ernst. Aber es war nur noch ein verwildertes Zusammengehörigkeitsgefühl, eine gespenstische Karikatur des Krieges. Leute, die glaubten, wenn sie ein paar Dutzend Gewehre versteckten, könnten sie das Vaterland retten – brotlose Offiziere, die nichts anderes mit sich anzufangen wussten, als bei allen Unruhen dabei zu sein; ewige Landsknechte, die jede Verbindung verloren hatten und geradezu Angst davor hatten, wieder ins bürgerliche Leben zurückzumüssen – die letzten, härtesten Schlacken des Krieges. Dazwischen ein paar Idealisten und ein Haufen neugieriger, abenteuersüchtiger junger Burschen. Das alles verhetzt, verbittert, verzweifelt und missbraucht gegeneinander. Ja, und dann ...«

Er schweigt eine Weile und starrt vor sich hin. Ich betrachte von der Seite sein Gesicht. Es ist nervös und zerrissen, und die Augen liegen in tiefen Schatten. Dann gibt er sich einen Ruck. »Warum soll ich es dir nicht sagen, Ernst. – Ich habe lange genug darauf herumgekaut. Eines Tages hatten wir ein Gefecht. Es hieß, gegen Kommunisten. Aber als ich die Toten dann sah, Arbeiter, einige noch in ihren alten Fronträcken und ihren Militärstiefeln, frühere Kameraden, da riss etwas in mir. Ich habe mal mit meinem Flugzeug eine halbe Kompanie Engländer weggeknallt – es hat mir nichts gemacht, Krieg war Krieg. Aber diese toten Kameraden in Deutschland – erschossen von früheren Kameraden – aus, Ernst!«

Ich muss an Weil und Heel denken und nicke.

Über uns beginnt ein Buchfink zu schlagen. Die Sonne wird abendlich und goldener. Rahe zerbeißt eine Zigarette. »Ja, und dann – dann fehlten etwas später plötzlich bei uns zwei Leute. Angeblich sollen sie den Plan gehabt haben, ein Waffenlager zu verraten. Kameraden hatten sie ohne Untersuchung nachts im Walde mit Kolben erschlagen. Feme nannte man das. Einen der Toten habe ich als Unteroffizier im Felde gehabt. Eine Seele von Kerl. Da habe ich alles hingeschmissen.« Er sieht sich um. »Das ist daraus geworden, Ernst. – Und damals – damals, als wir rausgingen, was war das für ein Wille und ein Sturm!« – Er wirft die Zigarette weg. »Verdammt, wo ist das alles geblieben!«

Dann sagt er nach einer Weile leise: »Das möchte ich noch wissen, Ernst – wie so etwas daraus werden konnte. –«

Wir stehen auf und gehen zwischen den Platanen entlang dem Ausgang zu. Die Sonne spielt in den Blättern und flirrt über unsere Gesichter. Es ist alles so unwirklich – das, was wir sprechen, und die weiche warme Luft des Spätsommers, die Amseln und der kalte Hauch der Erinnerung.

»Was machst du denn jetzt, Georg?«, frage ich.

Er köpft im Weitergehen mit seinem Spazierstock die wolligen Schöpfe der Disteln. »Ich habe mir alles angesehen, Ernst – Berufe, Ideale, Politik –, aber ich passe in diesen Betrieb nicht hinein. Was ist da schon – überall Schieberei, Misstrauen, Gleichgültigkeit und grenzenloser Egoismus. –«

Ich bin etwas erschöpft vom Gehen, und wir setzen uns. Die Türme der Stadt schimmern grün, die Dächer rauchen, und silbern zieht der Dampf aus den Schornsteinen. Georg deutet hinunter: »Wie Spinnen lauern sie da in ihren Büros, ihren Läden, ihren Berufen, jeder bereit, den anderen auszusaugen. Und was hängt noch sonst alles über ihnen – Familien, Vereine, Behörden, Gesetze, Staat! Ein Spinnennetz über dem anderen! Gewiss, man kann das Leben nennen und stolz darauf sein, vierzig Jahre darunter herumzukriechen. Aber ich habe im Felde gelernt, dass Zeit für das Leben kein Maßstab ist. Wozu soll ich also vierzig Jahre absteigen? Jahrelang habe ich alles auf eine Karte gesetzt, und der Einsatz war immer das Leben – jetzt kann ich nicht um Pfennige und kleine Fortschritte spielen.«

»Du warst im letzten Jahr nicht mehr im Graben, Georg«, sage ich, »bei den Fliegern mag das anders gewesen sein. Wir aber haben oft monatelang keinen einzigen Feind gesehen, wir waren nur Kanonenfutter. Da gab es nichts einzusetzen – da gab es nur Warten, bis man seinen Schuss kriegte.«

»Ich spreche ja nicht vom Kriege, Ernst – ich spreche von der Jugend und von der Kameradschaft. –«

»Ja, das ist vorbei«, sage ich.

»Wir haben wie im Treibhaus gelebt«, sagt Georg nachdenklich. »Heute sind wir alte Leute. Aber es ist gut, wenn man Klarheit hat. Ich bedaure nichts. Ich schließe nur ab. Alle Wege sind mir verstellt. Es bliebe nur Vegetieren. Aber das will ich nicht. Ich will frei bleiben.«

»Ach, Georg«, rufe ich, »was du sagst, ist ja ein Ende! Es muss aber doch auch für uns noch einen Anfang geben! Ich habe es heute gespürt. Ludwig wusste ihn, aber er war zu krank. –«

Er legt mir den Arm um die Schultern. »Ja, ja – werde nur nützlich, Ernst. –«

Ich lehne mich an ihn. »Wenn du es sagst, klingt es hässlich und fettig. Aber es muss dahinter noch eine Kameradschaft sein, von der wir jetzt noch nichts wissen.«

Ich möchte ihm gern etwas von dem sagen, was ich vorhin auf der Wiese empfunden habe. Aber ich kann es nicht recht in Worte fassen.

Wir sitzen schweigend nebeneinander. »Was willst du denn wirklich jetzt machen, Georg?«, frage ich nach einer Weile wieder. Er lächelt nachdenklich. »Ich, Ernst? Ich bin nur durch ein Versehen nicht gefallen – das macht mich etwas lächerlich.«

Ich schiebe seine Hand weg und starre ihn an. Er beruhigt mich. »Zunächst werde ich mal ein bisschen wegfahren.« Er spielt mit seinem Spazierstock und blickt lange vor sich hin. »Erinnerst du dich noch, was Giesecke einmal sagte? In der Anstalt droben. Nach Fleury wollte er. – Zurück, weißt du. Er glaubte, dass es ihm helfen würde. –« Ich nicke. »Er ist immer noch da oben. Karl ist neulich bei ihm gewesen. –«

Leise beginnt es zu wehen. Wir blicken auf die Stadt und die lange Reihe der Pappeln, unter denen wir früher

Zelte gebaut und Indianer gespielt haben. Georg war immer der Anführer, und ich habe ihn geliebt, wie nur Knaben lieben können, die nichts davon ahnen.

Unsere Augen begegnen sich. »Old Shatterhand«, sagt Georg leise und lächelt.

»Winnetou«, antworte ich ebenso leise.

II

JE NÄHER DER TAG DER VERHANDLUNG RÜCKT, umso öfter denke ich an Albert. Und plötzlich, eines Tages, sehe ich klar und deutlich eine Lehmwand vor mir, eine Schießscharte, ein Gewehr mit Zielfernrohr und dahinter ein kalt lauerndes, gespanntes Gesicht: Bruno Mückenhaupt, den besten Scharfschützen des Bataillons, der nie vorbeitraf.

Ich springe auf – ich muss sehen, was er macht und wie er damit fertig geworden ist.

Ein hohes Haus mit vielen Wohnungen. Die Treppen triefen vor Nässe. Es ist Sonnabend, und überall stehen Eimer, Schrubber und Frauen mit aufgesteckten Röcken umher.

Eine schrillende Klingel, die viel zu laut für die Tür ist. Zögernd öffnet jemand. Ich frage nach Bruno. Die Frau lässt mich eintreten. Mückenhaupt sitzt in Hemdsärmeln auf dem Boden und spielt mit seiner Tochter, einem Mädchen von ungefähr fünf Jahren, strohblond, mit einer großen, blauen Schleife im Haar. Er hat ihr aus Silberpapier einen Fluss über den Teppich gelegt und Papierschiffchen darauf gesetzt. Einige davon haben Wattebäuschchen angesteckt, das sind die Dampfer, und kleine Zelluloidpuppen fahren darin mit. Bruno raucht behaglich eine mittellange Pfeife. Auf dem Porzellankopf ist das Bild eines kniend schießenden Soldaten zu sehen mit der Umschrift: Üb Aug und Hand fürs Vaterland!

»Sieh, Ernst«, sagt Bruno, gibt dem Mädchen einen Klaps und lässt es allein weiterspielen. Wir gehen in die gute Stube. Sofa und Stühle sind aus rotem Plüsch, gehäkelte Schonerdeckchen liegen auf den Lehnen, und der Fußboden ist so glatt gebohnert, dass ich ausrutsche. Alles ist sauber und an seinem Platz; Muscheln, Nippsachen und Fotografien stehen auf der Kommode, und dazwischen, in der Mitte, auf rotem Samt, unter einem Glassturz, Brunos Orden.

Wir sprechen von den Zeiten damals. »Hast du deine Trefferliste noch?«, frage ich.

»Aber Mensch«, erwidert Bruno vorwurfsvoll, »die hat doch einen Ehrenplatz.«

Er holt sie aus der Kommode und blättert genießerisch darin herum. »Im Sommer war natürlich immer meine beste Zeit, weil man da abends so lange sehen konnte. Hier – warte mal – Juni – 18. vier Kopfschüsse, 19. drei, 20. einer, 21. zwei, 22. einer, 23. keiner, Fehlanzeige. Da hatten die Schweinehunde nämlich was gemerkt und waren vorsichtig geworden – aber hier, pass mal auf, 26. da war die neue Ablösung gerade angekommen, die von Bruno noch keinen Dunst hatte, neun Kopfschüsse, was sagst du nun?«

Er strahlt mich an. »In zwei Stunden! Es war komisch, ich weiß nicht, ob es davon kam, dass ich sie vielleicht von unten, vom Kinn aus anblies, jedenfalls flogen sie nacheinander wie die Ziegenböcke bis zur Brust aus dem Graben hoch. – Und nun sieh mal hier – 29. Juni 10.02 abends Kopfschuss, kein Witz, Ernst, du siehst, ich habe Zeugen gehabt, da steht es: Bestätigt, Vizefeldwebel Schlie. Zehn Uhr abends, fast im Dunkeln, Leistung, was? Mann, was waren das für Zeiten!«

»Sag mal, Bruno«, frage ich, »die Leistung war ja großartig, aber jetzt – ich meine, tun dir die armen Kerle nicht manchmal ein bisschen leid?«

»Was?«, antwortet er verblüfft.

Ich wiederhole, was ich gesagt habe. »Damals war man ja mittendrin, Bruno – aber heute ist doch alles anders geworden.« Er schiebt seinen Stuhl zurück. »Mensch, du bist wohl Bolschewist, was? War doch Pflicht! Befehl! So was –« Beleidigt packt er sein Trefferbuch wieder in das Seidenpapier.

Ich beruhige ihn mit einer guten Zigarre. Er macht versöhnt ein paar Züge und erzählt von seinem Schützenverein, der jeden Sonnabend tagt. »Neulich hatten wir einen Ball. Klasse, sag ich dir! Und nächstens Preiskegeln. Du musst mal hinkommen, Ernst, ein Bier gibt es in dem Lokal, so gepflegt habe ich selten eins getrunken. Und zehn Pfennig billiger der Topp als anderswo. Das macht was aus pro Abend. Schneidig und gemütlich geht's da zu. Hier –«, er zeigt auf eine vergoldete Kette, »Schützenkönig geworden! Bruno I.! Sache, was?«

Das Kind kommt herein. Ein Schiffchen ist entzweigegangen. Bruno macht es sorgfältig zurecht und streichelt dem Mädchen über das Haar. Die blaue Schleife knistert.

Dann führt er mich vor ein Büfett, das überladen ist mit allen möglichen Sachen. Er hat sie auf dem Jahrmarkt bei den Schießbuden gewonnen. Drei Schuss kosten da ein paar Groschen, und wer eine bestimmte Anzahl Ringe schießt, darf sich einen Gewinn aussuchen. Bruno war den ganzen Tag von den Buden nicht wegzukriegen. Er hat ganze Haufen Teddybären, Kristallschalen, Pokale, Bierkrüge, Kaffeekannen, Aschenbecher, Bälle und sogar zwei Korbsessel zusammengeschossen.

»Zuletzt ließen sie mich nirgendwo mehr ran«, lacht er vergnügt, »ich hätte die ganze Bude pleite geballert. Ja, gelernt ist gelernt!« –

Ich gehe die dunkle Straße entlang. Aus den Haustüren fließt Licht und Spülwasser. Bruno wird wieder mit seinem Mädel spielen. Dann wird die Frau mit dem Abendessen kommen. Danach wird er zum Bier gehen. Sonntags macht er mit der Familie einen Ausflug. Er ist ein gemütlicher Mann, ein guter Vater, ein geachteter Bürger. Nichts dagegen zu sagen.

Und Albert? Und wir? –

Schon eine Stunde vor Beginn der Verhandlung gegen Albert stehen wir auf dem Korridor des Gerichtsgebäudes. Endlich werden die Zeugen aufgerufen. Wir gehen mit klopfendem Herzen hinein. Albert lehnt blass in der Anklagebank und sieht vor sich hin. Wir wollen ihm mit den Augen zurufen: Mut, Albert! Wir lassen dich nicht im Stich! Aber er blickt nicht auf.

Nachdem unsere Namen verlesen worden sind, müssen wir den Saal wieder verlassen. Im Hinausgehen entdecken wir vorn in der ersten Reihe des Zuschauerraumes Tjaden und Valentin. Sie blinzeln uns zu.

Einer nach dem anderen werden die Zeugen eingelassen. Mit Willy dauert es besonders lange. Dann bin ich an der Reihe. Ein rascher Blick zu Valentin – ein unmerkliches Kopfschütteln. Albert hat sich also bisher geweigert, auszusagen. Das habe ich mir schon gedacht. Abwesend sitzt er neben seinem Verteidiger. Willy jedoch hat einen roten Kopf. Wachsam wie ein Schlächterhund beobachtet er den Staatsanwalt. Die beiden scheinen schon Krach gehabt zu haben.

Ich werde vereidigt. Dann beginnt der Vorsitzende zu fragen. Er will wissen, ob Albert schon darüber gesprochen habe, dem Bartscher eins auswischen zu wollen. Als ich mit Nein antworte, meint er, verschiedenen Zeugen sei aufgefallen, dass Albert merkwürdig ruhig und überlegt gewesen sei.

»Das ist er immer«, erwidere ich.

»Überlegt?«, zuckt der Staatsanwalt dazwischen.

»Ruhig«, entgegne ich.

Der Vorsitzende beugt sich vor. »Auch in einer solchen Situation?«

»Natürlich«, sage ich, »der ist schon bei ganz anderen Sachen ruhig geblieben.«

»Bei was für anderen Sachen?«, fragt der Staatsanwalt und schnellt einen Finger vor.

»Im Trommelfeuer.«

Er nimmt den Finger wieder weg. Willy grunzt befriedigt. Der Staatsanwalt wirft ihm einen wütenden Blick zu.

»Er war also ruhig?«, fragte der Vorsitzende nochmals.

»So ruhig wie jetzt«, antworte ich ärgerlich. »Sehen Sie denn nicht, dass er zwar ruhig dasteht, dass aber trotzdem alles in ihm kocht und tobt? Er war doch Soldat! Da hat er gelernt, in kritischen Lagen nicht herumzuspringen und die Arme verzweifelt zum Himmel zu werfen. Sonst hätte er nämlich keine mehr!« Der Verteidiger macht sich Notizen. Der Vorsitzende blickt mich einen Augenblick an. »Weshalb musste er denn gleich schießen?«, fragt er, »so furchtbar schlimm war es doch nicht, dass das Mädchen mal mit jemand anders im Café war.«

»Es war für ihn schlimmer als ein Schuss in den Magen«, sage ich.

»Warum?«

»Weil das Mädchen das Einzige war, was er hatte.«

»Er hat doch auch noch seine Mutter«, wirft der Staatsanwalt ein.

»Die kann er doch nicht heiraten«, erwidere ich.

»Weshalb musste er denn unbedingt heiraten?«, fragt der Vorsitzende, »ist er dazu nicht noch zu jung?«

»Er war ja auch nicht zu jung, um Soldat zu werden«, entgegne ich. »Und heiraten wollte er, weil er sich nach dem Kriege nicht wieder zurechtfand, weil er Angst vor sich selbst und seinen Erinnerungen bekam und einen Halt suchte. Das war ihm dieses Mädchen.«

Der Vorsitzende wendet sich zu Albert. »Angeklagter,

wollen Sie nun nicht endlich antworten? Ist das richtig, was der Zeuge hier sagt?«

Albert zaudert eine Weile. Willy und ich starren ihn an. »Ja«, sagt er dann widerwillig.

»Wollen Sie uns nun auch sagen, weshalb Sie den Revolver bei sich hatten?«

Albert schweigt.

»Den hat er doch immer bei sich«, sage ich.

»Immer?«, fragt der Vorsitzende.

»Natürlich«, erwidere ich, »genau so wie sein Taschentuch und seine Uhr.«

Der Vorsitzende sieht mich erstaunt an. »Ein Revolver ist doch etwas anderes als ein Taschentuch.«

»Richtig«, sage ich, »das Taschentuch braucht er nicht so nötig. Das hat er manchmal auch nicht bei sich gehabt.«

»Und der Revolver? –«

»Der hat ihm ein paarmal das Leben gerettet. Den trägt er seit drei Jahren bei sich. Das ist seine Gewohnheit vom Felde her.«

»Aber jetzt braucht er ihn doch nicht mehr. Wir haben doch Frieden.«

Ich zucke die Achseln. »Daran haben wir noch nicht so gedacht.«

Der Vorsitzende wendet sich wieder zu Albert. »Angeklagter, wollen Sie Ihr Gewissen nicht endlich entlasten? Bereuen Sie Ihre Tat denn nicht?«

»Nein«, sagt Albert dumpf.

Es wird still. Die Geschworenen horchen auf. Der Staatsanwalt beugt sich vor. Willy macht ein Gesicht, als wolle er sich auf Albert stürzen. Ich sehe ihn verzweifelt an.

»Aber Sie haben doch einen Menschen getötet«, sagt der Vorsitzende eindrücklich.

»Ich habe schon viele Menschen getötet«, antwortet Albert.

Der Staatsanwalt springt hoch. Der Geschworene neben

der Tür hört auf, an seinen Nägeln zu kauen. »Was haben Sie getan?«, fragt der Vorsitzende atemlos.

»Im Kriege«, werfe ich rasch ein.

»Das ist doch etwas ganz anderes«, erklärt der Staatsanwalt enttäuscht.

Da hebt Albert den Kopf. »Wieso ist das denn etwas anderes?«

Der Staatsanwalt erhebt sich. »Wollen Sie etwa den Kampf fürs Vaterland mit Ihrer Tat hier vergleichen?«

»Nein«, erwidert Albert, »die Leute, die ich damals erschossen habe, haben mir nichts getan –«

»Unerhört«, sagt der Staatsanwalt angewidert und wendet sich zum Vorsitzenden, »ich muss doch sehr bitten …«

Doch der ist ruhiger. »Wohin kämen wir, wenn alle Soldaten so denken würden wie Sie!«, sagt er.

»Das stimmt«, sage ich, »aber dafür sind wir ja nicht verantwortlich. Hätte man dem da –«, ich zeige auf Albert, »nicht beigebracht, auf Menschen zu schießen, dann hätte er es jetzt auch nicht getan.«

Der Staatsanwalt ist puterrot. »Es geht aber wirklich nicht, dass Zeugen ungefragt selbstständig …«

Der Vorsitzende beschwichtigt ihn. »Ich glaube, wir dürfen hier wohl einmal von der Regel abweichen.« Ich werde einstweilen abgeschoben, und das Mädchen wird aufgerufen. Albert zuckt zusammen und presst die Lippen aufeinander. Das Mädchen trägt ein schwarzes Seidenkleid und hat die Haare frisch onduliert. Selbstbewusst tritt sie vor. Man merkt, wie wichtig sie sich fühlt.

Der Richter fragt nach ihren Beziehungen zu Albert und Bartscher. Sie schildert Albert als unverträglich, Bartscher dagegen als einen liebenswürdigen Menschen. Sie hätte nie an eine Heirat mit Albert gedacht, im Gegenteil, sie sei mit Bartscher so gut wie verlobt gewesen. »Herr Troßke ist doch viel zu jung dazu«, meint sie und wiegt sich in den Hüften.

Der Schweiß läuft Albert von der Stirn, aber er rührt sich nicht. Willy knetet an seinen Händen herum. Wir können kaum an uns halten.

Der Vorsitzende fragt nach ihrem Verhältnis zu Albert.

»Ganz harmlos«, sagt sie, »wir waren nur bekannt miteinander.«

»War der Angeklagte damals aufgeregt?«

»Natürlich«, antwortet sie eifrig. Das scheint ihr zu schmeicheln.

»Wie kam denn das?«

»Na, so –«, sie lächelt und dreht sich ein bisschen, »er war ja sehr verliebt in mich.«

Willy stöhnt dumpf auf. Der Staatsanwalt fixiert ihn durch seinen Kneifer.

»Toppsau!«, hallt es plötzlich durch den Saal.

Alles fährt auf. »Wer hat da gerufen?«, fragt der Vorsitzende.

Tjaden erhebt sich stolz.

Er wird zu fünfzig Mark Ordnungsstrafe verurteilt.

»Billig«, sagt er und zieht seine Brieftasche, »soll ich gleich zahlen?«

Darauf bekommt er weitere fünfzig Mark Strafe zudiktiert und wird aus dem Saal gewiesen.

Das Mädchen ist zusehends bescheidener geworden.

»Was war denn zwischen Ihnen und Bartscher vorgefallen an dem Abend?«, forscht der Vorsitzende weiter.

»Nichts«, erwidert sie unsicher, »wir saßen nur so zusammen.«

Der Richter wendet sich an Albert. »Haben Sie etwas dazu zu bemerken?«

Ich durchbohre ihn mit Blicken. Aber er sagt leise: »Nein.«

»Die Angaben stimmen also?«

Albert lächelt bitter, er ist grau im Gesicht. Das Mädchen sieht starr den Christus an, der über dem Vorsitzenden an der Wand hängt. »Es ist möglich, dass sie stimmen«, sagt Albert, »ich höre sie heute zum ersten Mal. Dann habe ich mich geirrt.«

Das Mädchen atmet auf. Aber zu früh. Denn Willy fährt hoch. »Lüge!«, ruft er, »sie lügt hundsgemein. Herumgehurt hat sie mit dem Kerl, sie war ja noch halb nackt, als sie herauskam!« Tumult. Der Staatsanwalt zetert. Der Vorsitzende erteilt Willy einen Rüffel. Aber der ist nicht mehr zu halten, so verzweifelt Albert ihn auch ansieht. »Und wenn du vor mir niederkniest, es muss heraus«, ruft er ihm zu, »herumgehurt hat sie, und als er vor ihr stand, hat sie ihm erzählt, Bartscher hätte sie betrunken gemacht, da ist er wild geworden und hat geschossen!«

Der Verteidiger hackt zu, das Mädchen kreischt verwirrt: »Hat er auch – hat er auch!« Der Staatsanwalt fuchtelt mit den Armen.

»Die Würde des Gerichts erfordert ...«

Willy wendet sich wie ein Stier gegen ihn. »Setzen Sie sich nur ja nicht so aufs hohe Ross, Sie Paragrafenschlange, oder meinen Sie, vor Ihrem Affentalar da hielten wir die Schnauze? Versuchen Sie doch mal, uns rauszuschmeißen! Was wissen Sie denn überhaupt von uns? Der Junge da war sanft und still, fragen Sie seine Mutter nur! Aber er schießt heute, wie er früher mit Kieseln geworfen hätte. Reue! Reue! Wie kann er denn Reue haben, wenn er jetzt einmal jemand erledigt, der ihm alles in Fetzen geschlagen hat? Der einzige Fehler, den er gemacht hat, ist, dass er auf den Falschen geschossen hat. Das Weib hätte er erledigen müssen! Meint ihr denn, man könne vier Jahre Töten mit dem läppischen Wort Frieden aus dem Gehirn wischen wie mit einem nassen Schwamm? Wir wissen selbst, dass wir nicht nach Herzenslust unsere Privatfeinde abknallen dürfen, aber wenn uns mal die Wut packt und alles durcheinander geht und es über uns gerät, dann bedenkt auch, wo das herkommt!«

Ein wildes Durcheinander ist entstanden. Vergeblich bemüht sich der Vorsitzende, Ruhe zu schaffen.

Wir stehen dicht gedrängt, Willy sieht fürchterlich aus, Kosole hat die Fäuste geballt, sie haben im Moment kein Mittel gegen uns, wir sind zu gefährlich. Der eine Schupo wagt sich nicht an uns ran. Ich springe vor die Bank, wo die Geschworenen sitzen. »Es geht um unsern Kameraden!«, rufe ich, »verurteilt ihn nicht! Er wollte auch nicht so gleichgültig gegen Leben und Tod werden, wir wollten es alle nicht, aber wir haben alle Maßstäbe draußen verloren, und niemand hat uns geholfen! Patriotismus, Pflicht, Heimat, das haben wir uns doch selbst immer wieder gesagt, um es auszuhalten und zu rechtfertigen! Aber es waren nur Begriffe, es gab zu viel Blut draußen, das schwemmte sie weg!«

Willy steht plötzlich neben mir. »Vor einem Jahr noch lag er da« – er zeigt auf Albert – »mit zwei Kameraden allein in einem Maschinengewehrnest, es war nur das eine noch da im ganzen Abschnitt, und ein Angriff kam, aber die drei waren ganz ruhig, sie zielten und warteten und schossen nicht zu früh, sie visierten genau auf Bauchhöhe, und als die Kolonnen vor ihnen schon meinten, alles sei frei, und stürmten, da erst schossen sie, und immer wieder, und erst viel später kriegten sie Verstärkung. Der Angriff wurde abgeschlagen. Nachher konnten wir die holen, die das MG abgeknallt hatte, es waren allein siebenundzwanzig tadellose Bauchschüsse, einer ebenso exakt wie der andere, nämlich sämtlich tödlich, von den anderen Sachen, Beinschüssen, Hodenschüssen, Magenschüssen, Lungenschüssen, Kopfschüssen ganz zu schweigen. Der da« – er zeigt wieder auf Albert – »hatte allein mit seinen beiden Kameraden für ein ganzes Lazarett gesorgt, allerdings kamen die meisten Bauchschüsse gar nicht erst mehr hin. Dafür bekam er dann das EK I und eine Belobigung vom Obersten. Könnt Ihr nun verstehen, weshalb dieser Mann gar nicht vor eure Paragrafen und eure Zivilgerichte gehört? Ihr habt ihn gar nicht zu richten! Er ist Soldat, er gehört zu uns, und wir sprechen ihn frei!«

Jetzt aber kommt der Staatsanwalt endlich zu Wort. »Diese verhängnisvolle Verwilderung –«, keucht er und schreit dem Schupo zu, Willy festzunehmen.

Erneuter Radau. Willy hält alles in Schach. Ich gehe wieder los. »Verwilderung? Durch wen denn? Durch euch! Ihr alle gehört vor unser Gericht! Ihr habt das mit eurem Krieg aus uns gemacht! Sperrt uns doch gleich mit ein, das ist das Beste! Was habt ihr denn für uns getan, als wir wiedergekommen sind? Nichts! Nichts! Ihr habt euch um die Siege gestritten, ihr habt Kriegerdenkmäler eingeweiht, ihr habt von Heldentum geredet und euch gedrückt vor der Verantwortung! Ihr hättet uns helfen müssen! Aber ihr habt uns alleingelassen in der schwersten Zeit, als wir uns zurückfinden mussten! Von allen Kanzeln hättet ihr es predigen müssen, immer wieder hättet ihr es uns sagen müssen: Wir haben alle furchtbar geirrt! Wir wollen gemeinsam zurückfinden! Habt Mut! Für euch ist es am schwersten, weil ihr nichts hinterlassen habt, das euch wieder aufnehmen könnte! Habt Geduld! Ihr hättet uns das Leben wieder zeigen müssen! Ihr hättet uns wieder leben lehren müssen! Aber ihr habt uns im Stich gelassen! Ihr habt uns vor die Hunde gehen lassen! Ihr hättet uns lehren müssen, wieder an Güte, Ordnung, Aufbau und Liebe zu glauben! Stattdessen habt ihr wieder angefangen, zu fälschen und zu hetzen und eure Paragrafen in Gang zu bringen. Einer von uns ist schon kaputt daran gegangen! Da steht der Zweite!«

Wir sind außer uns. Alle Wut, alle Erbitterung, alle Enttäuschung kocht aus uns heraus. Ein wildes Durcheinander herrscht im Saale. Es dauert lange, bis einigermaßen Ruhe eintritt. Wir bekommen sämtlich einen Tag Haft wegen ungebührlichen Benehmens vor Gericht und müssen sofort raus. Wir könnten uns auch jetzt noch mit Leichtigkeit gegen den Schupo durchschlagen; aber wir wollen es nicht. Wir wollen mit Albert ins Gefängnis. Dicht gehen wir an ihm vorbei, um ihm zu zeigen, dass wir alle mit ihm sind. –

Später hören wir, dass er zu drei Jahren Gefängnis verurteilt worden ist und die Strafe wortlos angenommen hat.

III

GEORG RAHE IST ES GELUNGEN, sich den Pass eines Ausländers zu besorgen und damit über die Grenze zu kommen. Ein Gedanke hat sich in ihm festgesetzt: Er will seiner Vergangenheit noch einmal Auge in Auge gegenüberstehen. Er fährt durch die Städte und Dörfer, er steht auf großen und kleinen Bahnhöfen herum, und abends ist er endlich da, wohin er will.

Ohne sich aufzuhalten, wandert er durch die Straßen, zur Stadt hinaus, den Höhen zu. Heimkehrende Arbeiter kommen ihm entgegen. Kinder spielen in den Lichtpfützen der Laternen. Ein paar Autos schnaufen vorüber. Dann wird es still.

Das Licht der Dämmerung ist noch hell genug, um sehen zu können. Außerdem sind Rahes Augen an Dunkelheit gewöhnt. Er verlässt den Weg und geht querfeldein. Nach einiger Zeit stolpert er. Rostiger Draht hakt in seiner Hose und hat einen Winkel hineingerissen. Er bückt sich, um ihn loszumachen. Es ist der Stacheldraht eines Verhaus, der sich an einem zerschossenen Graben entlangzieht. Rahe richtet sich auf. Die kahlen Felder der Schlacht liegen vor ihm.

In der ungewissen Dämmerung sind sie ein aufgewühltes und erstarrtes Meer, ein versteinerter Sturm. Rahe spürt den fahlen Dunst von Blut, Pulver und Erde, den wilden

Geruch des Todes, der immer noch in dieser Landschaft ist und Gewalt hat.

Unwillkürlich zieht er den Kopf ein, die Schultern schieben sich hoch, die Arme hängen lose nach vorn, die Hände sind fallbereit in den Gelenken – das ist nicht mehr der Gang aus den Städten – das ist wieder das geduckte, vorsichtige Schleichen des Tieres, das lauernde Sichern des Soldaten. –

Er bleibt stehen und beobachtet das Gelände. Vor einer Stunde noch war es ihm fremd, aber jetzt kennt er es wieder, jede Höhe, jede Bodenfalte, jedes Tal. Er ist nie fort gewesen, die Monate schrumpfen im Aufflackern der Erinnerung zusammen wie Papier, sie verbrennen und verfliegen wie Rauch. – Hier schleicht wieder der Leutnant Georg Rahe abends auf Patrouille, und nichts ist sonst gewesen dazwischen. Um ihn ist nur das Schweigen des Abends und der schwache Wind in den Gräsern – in seinen Ohren aber brüllt wieder die Schlacht, er sieht die Explosionen rasen, Leuchtschirme hängen wie riesige Bogenlampen über der Vernichtung, schwarz glühend kocht der Himmel, und die Erde spült sich in Fontänen und Schwefelkratern donnernd von Horizont zu Horizont.

Rahe beißt die Zähne zusammen. Er ist kein Fantast, aber er kann sich nicht wehren: die Erinnerung überstürzt ihn wie ein Wirbelsturm, hier ist noch kein Frieden, nicht der Scheinfrieden der übrigen Welt, hier ist immer noch Kampf und Krieg, hier rast die Zerstörung geisterhaft weiter und ihre Strudel verlieren sich in den Wolken.

Die Erde packt zu, sie greift nach ihm wie mit Händen, der gelbe, dicke Lehm klebt an den Schuhen und macht die Schritte schwer, als wollten die Toten mit dumpfen, murrenden Stimmen den Überlebenden zu sich herabziehen.

Er rennt über die schwarzen Trichterfelder. Der Wind wird stärker, die Wolken wandern, und manchmal gießt der Mond sein fahles Licht über die Landschaft. Jedes Mal hält Rahe dann mit gepresstem Herzen an, wirft sich hin und klebt bewegungslos am Boden. Er weiß, es ist nichts, aber beim nächsten Mal springt er wieder erschreckt in einen Trichter. Sehend und bewusst verfällt er dem Gesetz dieser Erde, über die man nicht aufrecht gehen kann.

Der Mond ist ein riesiger Leuchtschirm geworden. Die Stümpfe des Wäldchens stehen schwarz vor dem blonden Licht. Hinter den Ruinen der Ferne zieht sich die Schlucht hin, durch die nie ein Angriff kam. Rahe hockt in einem Graben. Stücke eines Koppels liegen da, ein paar Kochgeschirre, ein Löffel, verdreckte Handgranaten, Patronentaschen, und daneben graugrünes, nasses Tuch, faserig, halb schon zu Lehm geworden, die Reste eines Soldaten.

Er legt sich lang auf die Erde, das Gesicht am Boden – und das Schweigen beginnt zu reden. Ein dumpfes, ungeheures Brausen ist in der Erde, stoßweises Atmen, Dröhnen, und wieder Brausen, Klappern und Klirren. Er krallt die Finger hinein und presst den Kopf dagegen, er glaubt Stimmen zu vernehmen und Rufe, er möchte fragen, sprechen, schreien, er lauscht und wartet auf eine Antwort, eine Antwort auf sein Leben. –

Aber nur der Wind wird stärker, die Wolken ziehen rascher und niedriger, und Schatten auf Schatten jagt über die Felder. Rahe richtet sich auf und geht weiter, ohne Richtung, lange Zeit, bis er vor den schwarzen Kreuzen steht, die hintereinander in langen Reihen ausgerichtet sind, wie eine Kompanie, ein Bataillon, ein Regiment, eine Armee.

Und plötzlich weiß er alles. Vor diesen Kreuzen kracht das ganze Gebäude der großen Worte und Begriffe zusammen. Hier allein ist noch der Krieg, nicht mehr in den Gehirnen und den verschobenen Erinnerungen der Davongekommenen! Hier stehen die verlorenen Jahre, die nicht erfüllt worden sind, wie ein gespenstischer Nebel über den Gräbern, hier schreit das ungelebte Leben, das keine Ruhe findet, in dröhnendem Schweigen zum Himmel, hier strömt die Kraft und der Wille einer Jugend, die starb, bevor sie zu leben beginnen konnte, wie eine ungeheure Klage durch die Nacht.

Schauer überlaufen ihn. Grell erkennt er mit einem Schlage seinen heroischen Irrtum, den leeren Rachen, in den die Treue, die Tapferkeit und das Leben einer Generation versunken sind. Es würgt und erschüttert ihn.

»Kameraden!«, schreit er in den Wind und in die Nacht: »Kameraden! Wir sind verraten worden! Wir müssen noch einmal marschieren! Dagegen! – Dagegen – Kameraden!«

Er steht vor den Kreuzen, der Mond bricht durch, er sieht sie glänzen, sie heben sich von der Erde mit ausgebreiteten Armen, nun dröhnt schon ihr Schritt, er steht vor ihnen und marschiert auf der Stelle, er reckt die Hand aufwärts: »Kameraden – marsch!« –

Und greift in die Tasche und hebt wieder den Arm. – – Ein müder, einsamer Knall, der von den Stößen des Windes aufgefangen und weggeschleppt wird – dann taumelt er in die Knie, stützt die Arme auf und wendet sich mit einer letzten Anstrengung den Kreuzen zu – er sieht sie marschieren, sie stampfen und sind in Bewegung, sie marschieren langsam und ihr Weg ist weit, es wird lange dauern, aber es geht vorwärts, sie werden ankommen und ihre letzte Schlacht schlagen, die Schlacht für das Leben, sie marschieren schweigend, eine dunkle Armee, den weitesten Weg, den Weg in die Herzen, es wird viele Jahre dauern, aber was ist ihnen Zeit? Sie sind aufgebrochen, sie kommen.

Der Kopf sinkt ihm herunter, es wird dunkel um ihn, er fällt vornüber, er marschiert mit dem Zuge. Wie ein spät Heimgefundener liegt er an der Erde, die Arme ausgebreitet, die Augen schon stumpf, ein Knie angezogen. Der Körper zuckt noch einmal, dann ist alles Schlaf geworden, und nur der Wind allein ist noch da über der öden, dunklen

Weite, er weht und weht, über die Wolken und den Himmel, die Felder und die endlosen Ebenen mit den Gräben und Trichtern und Kreuzen.

Ausgang

I

DIE ERDE RIECHT NACH MÄRZ UND VEILCHEN. Primeln kommen unter dem feuchten Laub hervor. Violett schimmern die Furchen der Äcker.

Wir gehen einen Waldweg entlang. Willy und Kosole voran, Valentin und ich hinterher. Zum ersten Male seit langer Zeit sind wir wieder zusammen. Wir sehen uns nur noch selten.

Karl hat uns sein neues Auto den Tag über zur Verfügung gestellt. Aber er selbst ist nicht mitgekommen, er hat zu wenig Zeit. Seit einigen Monaten verdient er sehr viel Geld, denn die Mark fällt, und das begünstigt seine Geschäfte. Sein Chauffeur hat uns herausgefahren. »Was machst du eigentlich, Valentin?«, frage ich.

»Ich reise auf den Jahrmärkten herum«, antwortet er, »mit einer Schiffschaukel.«

Ich sehe ihn erstaunt an. »Seit wann denn?«

»Schon eine ganze Zeit. Meine Partnerin damals hat mich bald im Stich gelassen. Sie tanzt jetzt in einer Bar. Foxtrotts und Tangos. Das wird heute mehr verlangt. Na, und dazu ist ein alter Kommissknüppel wie ich nicht fein genug.«

»Bringt die Schiffschaukel denn was ein?«, frage ich.

Er winkt ab. »Hör auf! Zum Leben zu wenig, zum Sterben zu viel! Und dies ewige Herumziehen! Morgen geht's schon wieder auf die Walze. Nach Krefeld. Schön auf den

Hund gekommen ist man, Ernst! Wo steckt Jupp eigentlich?«

Ich zucke die Achseln. »Fortgezogen. Ebenso wie Adolf. Haben nie wieder was von sich hören lassen.«

»Und Arthur?«

»Der ist bald Millionär«, erwidere ich.

»Der versteht's«, nickt Valentin trübselig.

Kosole bleibt stehen und dehnt die Arme. »Kinder, Spazierengehen ist ja ganz schön – wenn man bloß nicht arbeitslos dabei wäre.«

»Glaubst du nicht, dass du bald wieder was kriegst?«, fragt Willy. Ferdinand schüttelt zweifelnd den Kopf. »Leicht wird's nicht sein. Ich stehe auf der schwarzen Liste. Bin nicht zahm genug. Na, wenigstens gesund ist man. Und vorläufig pumpe ich bei Tjaden. Der sitzt ja gut im Fett.«

An einer Lichtung machen wir halt. Willy holt eine Schachtel Zigaretten heraus, die Karl ihm mitgegeben hat. Valentins Gesicht heitert sich auf. Wir setzen uns hin und rauchen.

Die Kronen der Bäume knarren leise. Ein paar Meisen zwitschern. Die Sonne ist schon stark und warm. Willy gähnt herzhaft und legt sich dann auf seinen Mantel lang. Kosole macht sich aus Moos eine Art Kopfstütze zurecht und legt sich dann ebenfalls hin. Valentin sitzt nachdenklich am Stamm einer Buche.

Ich sehe die vertrauten Gesichter an, und einen Augenblick schwankt alles wunderlich – da hocken wir wieder beieinander, wie so oft früher – wenige nur noch – aber sind selbst wir noch wirklich beieinander?

Kosole horcht plötzlich auf. Aus der Ferne kommen Stimmen. Junge Stimmen. Es werden Wandervögel sein, die an diesem silbern verhangenen Tag mit Lauten und Bändern ihre erste Wanderung machen. Vor dem Kriege haben wir das ja auch getan – Ludwig Breyer, Georg Rahe und ich.

Ich lehne mich zurück und denke an die Zeit damals; an die Abende am Lagerfeuer, an die Volkslieder, die Gitarren und die feierlichen Nächte vor dem Zelt. Das war unsere Jugend. In diesen Jahren vor dem Kriege lebte in der Romantik des Wandervogels die Begeisterung für eine neue, freie Zukunft, die dann in den Schützengräben noch eine Zeit lang loderte und 1917 im Grauen der Materialschlachten zusammenbrach.

Die Stimmen kommen näher. Ich stütze mich auf die Arme und hebe den Kopf, um den Zug vorüberwandern zu sehen. Sonderbar – vor ein paar Jahren gehörten wir noch dazu, und jetzt erscheint es, als wäre das schon eine ganz neue Generation, eine Generation nach uns, die wieder aufnehmen kann, was wir fallen lassen mussten. –

Rufe ertönen. Ein ganzer Schwall, fast wie ein Chor. Dann nur noch eine einzelne Stimme, und noch nicht zu verstehen. Zweige brechen, und der Boden hallt dumpf von vielen Tritten. Wieder ein Ruf. Wieder Tritte, Brechen, Schweigen. Dann klar und deutlich ein Befehl: »Von rechts anreitende Kavallerie – mit Gruppen rechts schwenkt – marsch, marsch –!«

Kosole springt auf. Ich ebenfalls. Wir blicken uns an. Narrt uns ein Spuk? Was soll das heißen?

Da bricht es auch schon vor uns aus den Büschen, rennt an den Waldrand, wirft sich nieder auf den Boden. – »Visier vierhundert!«, knarrt die Stimme von vorhin – »Schützenfeuer!«

Es tackt und knattert. Eine lange Reihe von fünfzehn- bis siebzehnjährigen Jungen liegt ausgeschwärmt nebeneinander am Waldrand. Sie tragen Windjacken und haben Ledergürtel wie Koppel darüber geschnallt. Alle sind gleichmäßig gekleidet, mit grauen Jacken, Wickelgamaschen und Kappen mit Abzeichen – das Uniformmäßige ist absichtlich betont. Jeder hat einen Spazierstock mit Bergspitze bei sich, mit dem er gegen die Bäume klappert, um das Gewehrfeuer nachzuahmen.

Unter den kriegerischen Kappen aber sehen junge, rotwangige Kindergesichter hervor. Aufmerksam und erregt spähen sie nach der von rechts anreitenden Kavallerie aus. Sie sehen nicht das zarte Wunder der Veilchen unter dem braunen Laub – nicht den violetten Dunst des Werdens über den Äckern – nicht das flaumig pelzige Fell des Junghasen, der durch die Furchen hoppelt. Doch, den Hasen sehen sie – aber sie zielen nur mit ihren Stöcken danach, und heftiger schwillt das Klappern gegen die Stämme an. Hinter ihnen steht ein kräftiger Mann mit etwas Bauch, ebenfalls in Windjacke und Wickelgamaschen, und gibt ihnen energische Befehle. »Ruhiger feuern! Visier zweihundert!« Er hat einen Feldstecher bei sich und beobachtet den Feind.

»Himmel, Herrgott!«, sage ich erschüttert.

Kosole hat sich von seinem Staunen erholt. »Was ist denn das für ein verdammter Blödsinn?«, schimpft er wütend.

Aber er kommt schlecht an. Der Führer, zu dem sich noch zwei andere gesellen, blitzt und donnert. Die weiche Frühlingsluft schwirrt nur so von markigen Worten. »Schnauze halten, Drückeberger! Vaterlandsfeinde! Schlappes Verräterpack!«

Die Jungen stimmen eifrig mit ein. Einer schüttelt seine schmale Faust. »Wir müssen euch wohl mal auf die Rolle nehmen, was?«, schreit er mit heller Stimme. »Feiglinge!«, fällt ein anderer ein. »Pazifisten!« ein Dritter. »Diese Bolschewiken müssen alle erledigt werden, eher wird Deutschland nicht frei«, ruft rasch und eingelernt ein Vierter.

»Recht so!« Der Führer klopft ihm auf die Schulter und rückt vor. »Jagt sie weg, Jungens!«

In diesem Augenblick wacht Willy auf. Er hat bis jetzt

geschlafen. Darin ist er noch immer altes Militär – wenn er langliegt, schläft er gleich ein.

Er richtet sich auf. Der Führer bleibt sofort stehen. Willy sieht mit großen Augen um sich und bricht in ein Gelächter aus. »Ist hier Maskenball?«, fragt er. Dann begreift er die Situation. »So ist's richtig«, knurrt er zu dem Führer herüber, »ihr habt uns wahrhaftig schon lange wieder gefehlt! Ja, ja, Vaterland – das habt ihr allein in Erbpacht, was? Die andern sind alle Verräter, was? Komisch, dass dann drei Viertel des deutschen Heeres Verräter waren! Macht, dass ihr wegkommt, ihr Gespenster! Könnt ihr den Jungens die paar Jahre nicht lassen, wo sie noch nichts davon wissen?«

Der Führer hat seine Armee zurückgezogen. Aber der Wald ist uns verleidet. Wir gehen zum Dorf zurück. Hinter uns schallt es rhythmisch und abgehackt: »Frontheil! Frontheil! Frontheil!« »Frontheil? –« Willy greift sich in die Haare. »Wenn man das einem Muskoten im Felde gesagt hätte!«

»Ja«, sagt Kosole ärgerlich, »so geht es wieder los.«

Vor dem Dorfe finden wir einen kleinen Wirtsgarten, in dem bereits ein paar Tische draußen stehen. Obwohl Valentin schon in einer Stunde wieder bei seiner Schiffschaukel sein muss, setzen wir uns noch rasch etwas hin, um die Zeit auszunützen – wer weiß, wann wir wieder einmal zusammen sind. –

Ein blasses Abendrot färbt den Himmel. Ich muss immer noch an die Szene vorhin im Walde denken. »Mein Gott, Willy«, sage ich, »wir leben doch alle noch und sind kaum erst raus – wie ist es da möglich, dass es schon wieder Menschen gibt, die so etwas machen?«

»Die wird's immer geben«, erwidert Willy ungewöhnlich ernst und nachdenklich, »aber uns gibt's ja auch noch. Und so wie wir denken eine ganze Masse Leute. Die allermeisten, das könnt ihr wohl glauben. Mir ist seit damals –

ihr wisst ja, seit Ludwig und Albert – so allerhand durch den Schädel gegangen, und ich finde, dass jeder auf seine Weise irgendwas tun kann, selbst wenn er eine Kohlrübe als Kopf hat. Nächste Woche sind meine Ferien zu Ende, und ich muss wieder als Schulmeister aufs Dorf. Darauf freue ich mich direkt. Ich will meinen Jungens da beibringen, was wirklich Vaterland ist. Ihre Heimat nämlich, und nicht eine politische Partei. Ihre Heimat aber sind Bäume, Äcker, Erde, und keine großmäuligen Schlagworte. Ich habe mir das lange hin und her überlegt und gefunden, dass wir alt genug sind, eine Aufgabe zu haben. Dies ist meine. Sie ist nicht groß, das gebe ich zu. Aber für mich reicht sie. Ich bin ja auch kein Goethe.« Ich nicke und sehe ihn lange an. Dann brechen wir auf.

Der Chauffeur wartet auf uns. Leise gleitet der Wagen durch die langsam einfallende Dämmerung.

Wir sind schon nahe an der Stadt, und die ersten Lichter flammen bereits auf, da mischt sich in das Knirschen und Mahlen der Reifen ein lang gezogener heiserer, kehliger Laut – am Abendhimmel zieht in der Richtung nach Osten ein hakenförmiger Keil – eine Schar wilder Gänse. –

Wir blicken uns an. Kosole will etwas sagen, schweigt dann aber. Wir denken alle dasselbe.

Die Stadt kommt mit Straßen und Lärm. Valentin steigt aus. Dann Willy. Dann Kosole.

II

ICH WAR DEN GANZEN TAG IM WALDE. Jetzt bin ich müde in einem kleinen Landgasthof eingekehrt und habe mir ein Zimmer für die Nacht geben lassen. Das Bett ist schon aufgedeckt, aber ich mag noch nicht schlafen. Ich setze mich ans Fenster und lausche auf die Geräusche der Frühlingsnacht.

Schatten fließen zwischen den Bäumen hindurch, und vom Walde her kommen Rufe, als lägen dort Verwundete. Ich sehe ruhig und gefasst in das Dunkel, denn ich fürchte die Vergangenheit nicht mehr. Ich blicke ihr in die erloschenen Augen, ohne mich abzuwenden. Ich gehe ihr sogar entgegen, ich schicke meine Gedanken zurück in die Unterstände und Trichter – aber wenn sie wiederkehren, bringen sie keine Angst und kein Entsetzen mehr mit, sondern Kraft und Willen.

Ich habe auf einen Sturm gewartet, der mich retten und fortreißen müsste – doch nun ist es leise gekommen, ohne dass ich es gefühlt habe. Aber es ist da. Während ich verzweifelte und alles verloren glaubte, wuchs es still heran. Ich glaubte, Abschied sei immer ein Ende. Heute weiß ich: Auch Wachsen ist Abschied. Auch Wachsen heißt verlassen. Und es gibt kein Ende.

Ein Teil meines Daseins hat im Dienste der Zerstörung gestanden – es hat dem Hass, der Feindschaft, dem Töten gehört. Aber das Leben ist mir geblieben. Das ist beinahe eine Aufgabe und ein Weg. Ich will an mir arbeiten und bereit sein, ich will meine Hände rühren und meine Gedanken, ich will mich nicht wichtig nehmen, sondern weitergehen, auch wenn ich manchmal bleiben möchte. Es gibt vieles aufzubauen und fast alles wiedergutzumachen, es gibt zu arbeiten und auszugraben, was verschüttet worden ist in den Jahren der Granaten und der Maschinengewehre. Nicht jeder braucht ein Pionier zu sein – es werden auch schwächere Hände und geringere Kräfte gebraucht werden. Dort will ich meinen Platz suchen. Dann werden die Toten schweigen, und die Vergangenheit wird mich nicht mehr verfolgen, sondern mir helfen.

Wie einfach das alles ist; aber wie lange hat es gedauert, dahin zu finden. Und vielleicht hätte ich mich doch noch im Vorgelände verirrt und wäre den Drahtschlingen und Sprengkapseln zum Opfer gefallen, wenn nicht Ludwigs

Tod wie eine Rakete vor uns aufgeschossen wäre und uns den Weg gezeigt hätte. Wir verzweifelten, als wir sahen, dass der Strom unserer Gemeinschaft, der Wille des gewaltig schlichten, an der Grenze des Todes wiedergewonnenen Lebens, nicht die überlebten Formen der Halbwahrheit und der Selbstsucht wegfegte und sich neue Ufer suchte, sondern versickerte in den Mooren des Vergessens, abgeleitet wurde in die Sümpfe der Phrasen, verrieselte in den Gräben der Verhältnisse, der Sorgen und Berufe. Heute weiß ich, dass alles im Leben vielleicht nur Vorbereiten ist und Wirken im Einzelnen, in vielen Zellen, in vielen Kanälen, jedes für sich – und so wie die Zellen und Kanäle eines Baumes den aufwärts drängenden Saft nur aufzunehmen und weiterzuleiten brauchen, so wird wohl auch daraus dann einmal Rauschen und besonntes Laub werden, Wipfel und Freiheit. Ich will anfangen.

Es wird nicht die Erfüllung werden, von der wir in der Jugend geträumt und die wir nach den Jahren draußen erwartet haben. Es wird ein Weg sein wie die andern, mit Steinen und guten Strecken, mit aufgerissenen Stellen und Dörfern und Feldern – ein Weg der Arbeit. Ich werde allein sein. Vielleicht finde ich manchmal jemand für eine Strecke – für immer wohl nicht. Und es mag sein, dass ich noch oft meinen Tornister aufheben muss, wenn die Schultern schon müde sind; und oft werde ich wohl auch noch zögern an Kreuzwegen und Grenzen und etwas zurücklassen müssen und stolpern und fallen – aber ich will wieder aufstehen und nicht liegen bleiben, ich will weitergehen und nicht umkehren. Vielleicht werde ich nie mehr ganz glücklich sein können, vielleicht hat der Krieg das zerschlagen, und ich werde immer etwas abwesend sein und nirgendwo ganz zu Hause – aber ich werde auch wohl nie ganz unglücklich sein –, denn etwas wird immer da sein, um mich zu halten, und wären es auch nur meine Hände oder ein Baum oder die atmende Erde.

Der Saft steigt in den Stämmen, mit schwachem Knall platzen die Knospen, und das Dunkel ist voll vom Geräusch des Wachsens. Die Nacht ist im Zimmer und der Mond. Das Leben ist im Zimmer. In den Möbeln knackt es, der Tisch kracht und der Schrank knarrt. Man hat sie vor Jahren gefällt und zerschnitten, gehobelt und geleimt zu Dingen des Dienens, zu Stühlen und Betten – aber in jedem Frühjahr, in den Nächten des Saftes, rumort es wieder in ihnen, sie erwachen, sie dehnen sich, sie sind nicht mehr Gerät, Stuhl und Zweck, sie haben wieder teil am Strömen und Fließen des Lebens draußen. Unter meinen Füßen knarren die Dielen und bewegen sich, unter meinen Händen knackt das Holz der Fensterbank, und neben dem Wege vor der Tür treibt selbst der zersplitterte, morsche Stamm einer Linde dicke braune Knospen – in wenigen Wochen wird er ebenso kleine seidengrüne Blätter haben wie die weit verbreiteten Äste der Platane, die ihn überschatten.

4,-

»Wider den undeutschen Geis